KB059217

곤란하군요…….

I was troubled…….

재의 마녀 일레이나

어린 나이에 마법사의 최고위인 「마녀」가 된 재원.
「돌고 도는 꿈의 도시 캐러셀」에 잠시 머무는 중.

마법 소녀
밀리나리나

캐러셀의 치안을 유지하는 소녀.
'몽롱의 마녀,를
잡으러 분투 중.

사마라

밀리나리나의 스승.
마법 소녀를 은퇴하고
가수로 데뷔한다.

©Azure

패티

캐러셀에서 유학 중이다.
오컬트를 무척 좋아하는 열다섯 살.

몽롱의 마녀

캐러셀을 시끄럽게 하고 있는 마녀.
신출귀몰하며 정체 불명.

무르네!

계속 쫓아다닐 거야

나는 당신을 죽을 때까지

©Azure

마녀의 여행 17
THE JOURNEY OF ELAINA
CONTENTS

마녀의 여행

THE JOURNEY OF ELAINA

17

Shiraishi Jougi
시라이시 죠우기

Illustration
아즈루

커버 및 본문 일러스트 아즈루

어느 레스토랑 안. 아빠가 내 손을 잡고서 객석 사이를 걸어 빠져나갔다.

"창피해."

아직 여덟 살 무렵이던 나는 오랜만에 일을 마치고 돌아온 아빠와 손을 잡고 있다는 기쁨을 얼버무리며 숨기듯 아래를 보았다.

곧이어 도착한 곳은 가게 구석.

작은 무대.

이미 피아노 앞에 앉아 있던 피아니스트는 나를 보더니 싱긋 웃었다.

"네가 오늘의 주역이구나" 하고 말을 걸면서.

그것은 아빠가 한 갑작스러운 제안이었다.

아빠의 단골 레스토랑에서 피아니스트가 자주 곡을 연주하는데, 가끔 즉석에서 곡에 맞춰 노래를 부를 수 있게 해준다고 한다.

내가 부모님을 따라서 간 그날도 즉석에서 참가자를 모집하고 있었다.

그러던 때 아빠가 내 등을 밀었다.

"사마라도 노래해보면 어떻겠니?"

노래하는 거 좋아하잖아? 하고 아빠는 내게 제안했다.

나는 부끄러워하며 대답하지 않았다. 사실은 무대에 올라가고 싶었지만, 말을 꺼낼 용기가 없었다.

아빠는 그런 내 손을 끌고서 가게 한쪽의 무대까지 데려가 주었다.

창피하다느니 말하면서도 사실 마음속으론 흥분해 있던 나는, 그리고서 바로 무대로 올라갔다.

그리고 나는 노래했다.

가게 안의 모두가 내게 시선을 보냈다.

모두가 내 노랫소리에 귀를 기울이고, 때때로 고개를 끄덕이면서 웃음 지었다.

내가 노래한 것은 한 곡뿐이었다.

노래가 끝난 순간, 가게 안이 박수로 감싸였다. 객석의 사람들이 일어났고, 그 자리에 있던 모두가 내게 미소를 보내주었다.

그 광경은 지금도 선명하게 내 두 눈에 새겨져 있다.

인생에서 가장 행복했던 그 순간이, 지금의 나를 만들었으니까.

제 1 장

그것은 신기한 분위기가 감도는 나라였습니다.

키가 크거나 작거나, 색은 물색이거나 흰색이거나 혹은 노란색이거나.

높이도 색도 제각각이라 통일감은 전혀 없는 신기한 거리였습니다. 길은 구불구불했고, 돌을 깐 바닥은 뱀의 비늘처럼 늘어서 저 앞까지 이어져 있었습니다.

그것은 마치 어린아이의 머릿속에 떠오른 공상을 그대로 옮겨 놓은 듯한, 불가사의하고 뒤죽박죽인 분위기의 거리였습니다.

한 여행자는 길을 잠시 걷다가 소리를 질렀습니다.

"우와."

이 얼마나 재미있는 도시인가요. 제가 어린아이라면 분명 매일 거리를 걷는 것만으로도 가슴 설렜을 것이 틀림없습니다── 그렇게 한숨을 내쉬는 것은 컬러풀한 도시와 달리 검정을 기조로 한 비교적 수수한 의상을 몸에 걸친 한 여성(아름다움).

머리카락은 잿빛. 눈동자는 유리색. 검정 로브와 검정 삼각 모자를 착용하고, 어디를 보아도 화려한 거리에 어린아이처럼 눈을 빛내면서도 무표정을 가장하고 있습니다.

"좋은 도시네요──."

잠시 길을 걷기만 했을 뿐인 그녀가 그런 단순한 감상을 말한 것은 분명 거리를 오가는 사람들의 모습이 행복으로 가득해 보였기 때문일 테지요.

그녀를 추월해 길 저편으로 달려가는 아이들의 모습이 보였습니다. 부모의 손을 끌며 환하게 웃는 얼굴로 향해 가는 곳에는 인파가. 그 너머에는 피에로 차림을 하고서 저글링을 선보이는 사람이 한 명.

거기서 조금 더 걸어가자 "보십시오! 이건 지극히 평범한 상자! 지금부터 순간 이동으로 이 상자에서 조수를 불러내겠습니다!" 하고 마술을 선보이는 분이 보였습니다.

더 걸으니, 개, 원숭이, 꿩 같은 동물들에게 연기를 선보이게 하는 분의 모습.

바이올린, 트럼펫, 아코디언 같은 다양한 악기를 길에서 연주하는 분들.

오늘은 나라에 서커스단이라도 와 있는지, 거리는 밝은 분위기와 음악으로 가득했습니다.

즐거운 분위기에 그녀도 마을 사람들과 마찬가지로 눈을 빛냈습니다.

어쩌면 이 도시의 거리에는 지금 행복한 사람밖에 없는 건 아닐까요──하고, 그런 느긋한 공상에 빠져버리는 그녀는 대체 누구일까요?

그렇습니다. 저입니다.

"…………."

그나저나.

이렇게나 행복한 사람들로 가득한 거리에 있자니, 그저 그 자리에 함께 있을 뿐인 저까지도 묘한 고양감이 들고 마는군요. 흥과 기세에 몸을 맡기고 왠지 아주 좋은 일을 하고 싶은 기분. 제가 이런 변덕을 부리는 일은 수백 년에 한 번 있을까 말까 할 정도로 희소한 기회라 할 수 있을 테지요.

어디 불행한 분은 안 계실까요?

구체적으로 말씀드리자면 대략 나이는 열다섯 살 정도로 보이고, 검은 머리카락은 아주아주 길고, 그 틈새로 금색의 아름다운 눈동자가 보이는 소녀. 옷소매는 쓸데없이 길어서 축 늘어져 있고, 그 안에 감춰진 양손 손끝이 잡고 있는 팻말에는 '매우 불행합니다. 도와주세요'라는 글자.

대략 그런 느낌으로 불행한 여자아이가 있다면 저는 곧바로 달려들었을 터입니다만.

"흐음흐음, 불행, 한가요······."

아니, 그보다.

"저기, 너무 쳐다보지 말아, 주세요······."

있습니다만. 바로 눈앞에.

길 구석 쪽에서 조심스러운 기색으로 팻말을 들고 있는 것은, 방금 예를 들었던 그대로의 특징을 가진 소녀였습니다. 응시당하는 것이 거북한지 그녀의 뺨은 약간 붉은 기를 띠고 있었습니다. 저는 팻말만 보고 있습니다만, 그래도 응시당하는 것이 몹시도 거북한가 봅니다.

"곤란한 일이라도 있나요?"

저는 단도직입적으로 물었습니다.

"저기…… 네, 그런 참, 입니다……."

"과연 그렇군요."

"저기, 그 차림…… 당신은 마녀님, 인가요……? 책에서 본 적이 있어요……" 하고 쭈뼛쭈뼛 묻는 그녀.

"그러네요. 보시는 바와 같이 마녀입니다."

아무래도 이 나라에서는 마법이 그다지 번성하지 않았나 봅니다. 일단 당당하게 가슴을 펴두었습니다. 그런 자신감 넘치는 제게 그녀는.

"이 사람이라면…… 어쩌면……."

하고 저를 신나게 할 만한 말을 뱉는 것이었습니다. 어쩌면, 뭡니까? 불행한 그녀에게 도움이 될지도 모른다, 라는 겁니까? 오늘의 저는 매우 기분이 좋기 때문에 그런 간단한 말만으로도 기분이 좋아지고 말았습니다.

그런고로 스스슥 그녀 옆으로 다가가면서.

"그래서, 구체적으로 어떤 일로 고민하고 있나요?"

그렇게 물었습니다. 저로서는 성실하게 질문을 했을 뿐입니다만, 제 손이 그녀의 어깨에 올려져 있고, 그리고 그녀가 그런 저를 매우 겁먹은 기색으로 올려다보고 있는 탓에 옆에서 보면 그 상황은 돈을 뜯고 있는 악당과 애처로운 소녀라는 모습으로 보였을지도 모르겠습니다.

"저기, 자세한 이야기를 여기에서 하는 건 좀——."

"흐음흐음, 과연. 아주 슬픈 사정이 있는 거로군요. 이렇게나 눈이 부을 정도로 울다니, 불쌍하게도……."

"네? 아니, 그…… 저, 딱히 울지는 않았는데요——."

"괜찮습니다. 제가 당신의 마음을 지탱해주고, 반드시 고민을 해결로 이끌어 드리죠."

"이 사람 이야기를 전혀 안 듣고 있어."

뭐, 농담은 이쯤 해두고.

아무튼 저는 순간의 흥과 기세로 그녀의 고민을 들어드리기로 했던 것입니다.

○

그녀의 집으로 향하는 도중에 서로 간단히 자기소개를 했습니다.

불행에 머리를 끌어안고 있는 애처로운 그녀의 이름은 패티 씨.

제가 보고 판단했던 대로 열다섯 살인 그녀는 현재 인생에 매우 고민하고 계시다고 합니다. 뭐, 감수성이 풍부한 시기니까요. 여러 가지 일로 머리가 복잡하겠지요. 열다섯 살이란 대체로 그러한 시기일 겁니다.

"그래서, 대체 어떤 고민이 있는 겁니까?"

길을 걷기를 약 5분.

풀죽은 그녀의 모습과 상반된 분홍빛 들뜬 분위기의 공동 주택에 다다르자 패티 씨는 그 1층 문을 열었습니다. 지나치게 화려한 외관치고는 차분한 식당으로 저를 안내했습니다.

그리고서 그녀는 마주 놓인 소파 안쪽에 저를 앉혔습니다. 그리 넓지 않은 방은 수상한 그림과 항아리, 그리고 꺼림직한 인형

같은 취미를 잘 알 수 없는 물건에 둘러싸여 있었고, 가족으로 보이는 사진도 한쪽에 장식되어 있었습니다. 아무래도 지금은 혼자 사나 봅니다.

"저기……."

제 맞은편에 앉은 그녀는 팻말을 안아 들고서 조심스럽게 입을 열었습니다.

대체 그녀의 입에서 어떠한 고민이 쏟아져 나올까요. 몹시 불행해서 도움을 요청했으니 당연히 그에 걸맞은 고민이 있을 테지요.

인간관계에 관한 고민일까요? 좋아하는 남자아이가 관심을 주지 않는다든가, 친구와 싸움을 하고 말았다든가.

공부에 관한 고민일까요? 성적이 오르지 않는다든가, 지나치게 천재적이라 수업이 시시하다든가. 혹은 반에서 겉돈다든가.

"실은 저, 망령 때문에 고민하고 있어요."

과연, 망령계의 고민이었나요.

……망령?

네? 망령이라고 하셨나요?

"망령이라는 건, 저기?"

잘못 들은 걸까요? 라는 의미를 담아서 저는 물었습니다. 그러나 그녀의 눈빛은 진지했습니다.

"네, 맞아요."

휙, 두 팔꿈치를 굽히고 가슴 앞에서 긴 소매를 흔들면서 답했습니다. 아주 몹시 진정성 넘치는 표정으로.

농담이 아니라, 정말로, 진짜, 망령 때문에 고민하고 있다는?

하하하 아니 아니 설마.

"제가 망령과 만난 건 한 달 정도 전의 일이에요. 일레이나 씨는 이 도시 교외에 체스터성이라고 불리는 오래된 저택이 있다는 걸 아시나요? 자세히 설명하자면 체스터성이라는 건 제가 현재 살고 있는 돌고 도는 꿈의 도시 캐러셀에서 예전부터 유명한 심령 스폿인데."

"네? 저기."

이 애 뭔가 멋대로 이야기를 시작했는데요.

"이 체스터성은 엄밀하게는 성이 아니지만 그 이상한 외형으로 인해 성이라 불리는 거대한 저택으로——."

"잠깐만요."

눈이 엄청나게 반짝이고 있는데요. 이거 누구야?

"아, 네. 뭔가요? 역시 체스터성을 만든 분의 정체가 궁금한가요? 좋은 착안점이에요. 체스터성을 만든 분의 이름은 성의 이름과 같은 체스터라는 부호로."

"아니, 저기, 일단 말을 한번 멈춰주시겠어요?"

"……네? 왜 그러시나요?"

"갑자기 시작되면 제가 당황스럽거든요……."

돌연 마치 무언가가 씐 것처럼 이야기를 멈추지 않던 그녀를 겨우 제지한 다음 저는 한숨을 내쉬었습니다.

"애초에 저는 아직 망령이 실재하는지 어떤지 반신반의라——."

"망령은 있어요."

"우와, 단언했어."

"일레이나 씨 우선 망령이 존재하지 않는다는 생각은 지금 이 시대에 난센스예요. 혹시 직접 눈으로 볼 수 없는 건 믿지 않는다느니 하는 잠꼬대 같은 소리를 지껄이는 타입의 인간인가요? 아니면 최신의 연구로 망령의 정체는 해명할 수 있다고 주장하는 타입의 분인가요? 리얼리스트인 척하는 사람들이 자주 그런 의미 불명인 이론을 내세우는데 정말이지 난센스예요. 다른 이야기인데 일레이나 씨는 가위에 눌리는 원리를 아시나요? 사람은 자고 있을 때 몸을 쉬게 하는 대신에 뇌가 하루의 일을 정리하는 프로세스와 몸이 깨어 있는 대신에 뇌를 쉬게 하는 프로세스를 90분 주기로 반복해서 내일에 대비합니다만, 가위라는 건 이 뇌가 깨어 있는 타이밍에 우연히 의식 그 자체가 각성해버리면서 야기되는 현상이라고 합니다. 수면 시에 뇌가 깨어 있을 때 사람은 꿈을 꿉니다. 방 정리를 하던 중에 추억이 담긴 책 같은 걸 발견하고 읽어버리는 것 같은 일이 있잖아요? 사람이 꿈을 꾸는 원리는 대략 그런 겁니다. 이때 우연히 의식이 각성하면 깨어 있으면서 꿈을 꾸고 있는 것이 되고, 더욱이 몸은 휴식 중이기 때문에 근육이 이완해 움직이지 못합니다. 이것이 가위의 정체이며, 그리고 이때 보이고 마는 심령 현상 같은 것의 정체는 꿈과 현실의 구별이 되지 않아 혼란스러운 뇌가 보여주는 환각이라고 여겨집니다. 이 이야기를 하면 대부분의 리얼리스트 놈들은 '그것 봐 역시 망령 같은 건 없잖아'라며 물 만난 물고기처럼 의기양양한 표정을 짓습니다만 제가 말하고자 하는 바는 그런 게 아닙니다. 설령 가위의 메커니즘이 해명되었다고 해도, 그것은 그저 연구로 증명된 것에 지나지 않고, 지금까지 유사 이래 세계 각지에서 일어났던 온갖 가위눌림의 원인 전부를 해명한 것은 아니라는 겁니다. 그 중에는 아마도 진짜 망령이 일으킨 가위눌림도 존재할 겁니다. 그럴 겁니다. 최신 연구라는 이름의 대의명분은 보이는 것도 보이지 않게 만들어버리는 겁니다. 연구의 성과란 어디까지나 가능성의 하나를 보여주는 것에 불과합니다. 그것이 세상 모든 것도 유일한 정답도 아니며, 당연히 망령의 존재를 부정하는 데는 다다를 수 없습니다. 망령의 정체가 모두 잘못 본 참억새라고 할 수는 없습니다. 아시겠나요? 일레이나 씨."

"아니저는그렇게까지말한적없습니다만……."

이 애, 제멋대로 불이 붙어버렸네요.

한바탕 있는 대로 지껄인 후에 그녀는 깊은 한숨을 내쉬더니, 마치 직전까지의 길고 긴 대사 같은 건 없었던 양 고개를 숙이면서 "그런 거니까, 믿어주시겠어요……?"라며 조심스럽게 물었습니다.

아니, 그것참.

"당신의 상태를 보고 있자니 확실히 망령은 존재하겠구나 싶어졌습니다……."

"정말인가요?! 믿어주셔서 기뻐요!"

에헤헤 하고 그녀는 지금까지 중에 가장 환한 미소를 보여주었습니다.

"당신의 희로애락의 기준이 더 알기 어렵습니다만."

명백하게 좋지 않은 무언가가 씐 것만 같은 기세의 말이었으니, 망령의 존재 정도는 그녀의 열성적인 이야기를 봐서 믿어도 상관없을 테지요. 그 탓에 불행 이야기를 들을 마음으로 가득했던 제가 지금은 그저 오로지 그녀에게 소금을 뿌리고 싶은 마음이 되어 있기는 했습니다만.

"믿어준다면 이야기가 빠르겠네요. 일레이나 씨. 제 고민을 부디 들어주세요!"

일단 그녀가 고민을 밝혀줄 마음이 든 모양이니, 잘된 일이라고 치지요.

○

그녀의 고민을 자세히 이야기하기 전에 우선은 패티 씨라는 소녀에 관해 자세히 이야기할 의무가 있을 테지요.

패티 씨라는 사람은 아무래도 자신과 같은 동류 혹은 신뢰할 만한 인간에게만 마음을 여는, 이른바 내성적인 여자아이인 듯했습니다. 뭐, 눈을 가릴 정도의 앞머리와 지나치게 독특한 분위기에서 어렴풋이 눈치채고 있던 부분이기는 했습니다만, 집을 나와 길을 걷자 역시 그 내성적인 성격이 현저하게 두드러졌습니다. 직전까지 가위눌림에 관해서 열정적으로 이야기했던 그녀는 어디로 갔는지.

"히익, 우으으……."

길을 걷는 그녀는 몸만이 아니라 사고회로까지도 딱딱하게 굳어진 듯, 떨면서 제 로브를 잡았습니다. 산책을 싫어하는 강아지처럼.

이 상태의 그녀는 저 말고는 제대로 대화가 성립하지 않았습니다. 아니, 아마도 그 누구의 얼굴도 보고 있지 않을 테지요.

"앗, 저기! 실례지만, 패티 씨 맞죠?"

길을 걷다가 패티 씨가 아까 팻말을 안아 들고 서 있던 곳을 지나가던 때, 한 소년이 저희 곁으로 달려왔습니다.

소년은 얼굴을 새빨갛게 붉히면서 패티 씨를 바라보고 있었습니다. 그 모습만으로도 연애 관련 이야기에는 둔한 저조차 이 소년이 왠지 패티 씨에게 연심 같은 것을 품고 있다는 기색을 느꼈습니다만.

하지만 당사자인 패티 씨로 말하자면, 집 밖에서는 제대로 사람과 대화가 불가능한 불쌍한 소녀.

"헤엑……!" 하고 짧게 비명을 지르더니, 그녀는 곧바로 제 뒤에 숨어버렸습니다.

"저기……." 소년이 몸을 비스듬하게 기울여 제 등 뒤를 들여다보려 해도.

"파앗!"

알 수 없는 비명과 함께 제 등에 얼굴을 묻는 패티 씨.

"……저기."

지나치게 피해대는 그 모습에 서서히 표정이 가라앉아 가는 씩씩한 소년.

"흐아흐아흐아!"

그리고 고개를 숙인 채 알 수 없는 말로 답하는 그녀.

그 무자비하다 할 만큼 말이 통하지 않는 모습은 소년의 마음을 꺾기에 충분했습니다. 그는 문자 그대로 '시무룩'해지더니 시든 꽃처럼 축 늘어져서 터덜터덜 혼자 돌아갔습니다. 아아, 불쌍하게도. 저는 멀어져가는 소년의 뒷모습을 바라보면서.

"좀 불쌍하잖아요" 하고 패티 씨를 쿡 찔렀습니다. 그러자 그녀는 등 뒤에서 불쑥 고개를 내밀고, 쓸데없이 긴 앞머리 사이로 보이는 촉촉한 눈동자로 저를 올려다보며.

"모르는 사람…… 무서워……."

그렇게 꺼질 듯한 목소리로 중얼거리는 것이었습니다. 저는 어느샌가 모르는 사람이 아니게 된 거군요──하고 답하면서, 저희는 다시 걸음을 옮기기 시작했습니다.

그녀의 곁에 불행이 찾아온 것은 지금으로부터 한 달 전의 일이라고 합니다.

"저, 이 나라엔 3년 전에 유학으로 왔어요. 그런데 그, 친구가 별로 없어서……."

말하길 3년 전에 이 나라에 처음 왔을 때부터 그녀는 틈만 나면 교외의 체스터성으로 향하고 있다고 합니다. 그 빈도는 무려 일주일에 한 번 정도. 평범한 폐가에 계속 다니며 대체 무얼 하고 있는가 하면, 출입구 앞에서 그저 책을 읽으며 하루를 보내고 있다고 합니다.

"참으로 기발한 취미를 갖고 있군요."

"체스터성에 있으면 차분해지니까……."

하고 변명처럼 말하는 그녀.

내성적인 그녀를 3년간 사로잡고 놓아주지 않는 교외의 저택은 과거 40년 전에 이 나라에서 활약했던 발명가 체스터라는 분이 세운 저택이라고 합니다.

그가 발명한 마도 지팡이는 긴 지팡이 끝에 마력을 담은 보석을 끼움으로써 누구나 간단히 마법을 쓸 수 있게 되는 획기적인 발명이라나요. 이 나라에 마법사를 동경한 사람은 많았고, 누구나 하나같이 마도 지팡이를 원한 결과, 40년 전 당시 체스터 씨는 대부호가 되었다고 합니다.

그리고 돈이 남아돈 그가 만들어낸 것이 이 저택. 처음엔 그저 커다랄 뿐이었습니다.

그러나 그는 그 후로부터 저택을 처분할 때까지의 10년간──저택이 체스터성이라고 불리게 되기까지의 10년간, 셀 수 없을 만큼의 증축과 개축을 반복하게 되었습니다. 문을 늘리고, 방을 늘리고, 창을 늘리고, 때로는 방에 트랩을 설치하고, 때로는 막다른 길에 다다르는 계단이나, 바닥이 꺼지는 함정이나, 비밀의 문 등등 온갖 장치를 증개축 중에 설치했다고 합니다.

"체스터 씨는 원래 발명가였기 때문에, 처음엔 새로운 발명품을 자신의 저택에서 시험하고 있는 거라고들 했어요."

그런데 증개축을 반복한 원인은 달리 있었다는 것이 밝혀졌습니다.

어느 해의 일이었습니다.

증개축을 위해 저택을 방문한 목수들은 평소처럼 아침부터 밤까지 공사에 몰두했습니다. 평소 체스터 씨는 방에 틀어박혀 있을 뿐, 인사도 작업 관찰도 하지 않았습니다. 그런데 그날은 드물게도 그들의 작업을 등 뒤에서 한 여성이 바라보고 있었습니다. 금색의 긴 앞머리는 머리핀으로 고정되었고, 가슴께에는 사파이어를 장식한 목걸이를 걸고, 시원해 보이는 원피스를 입은 젊고 아름다운 여성이었습니다.

목수들은 체스터 씨의 아내나 애인일 거라고 여기며 딱히 관심을 두지 않았습니다만, 그날 하루의 작업이 끝나고 체스터 씨에게 인사를 하러 찾아갔을 때 작업을 지켜보던 여성에 관해 물어보자, 그는 창백해진 얼굴로 이렇게 답했습니다.

"아아, 결국 당신들 앞에도 나타난 겁니까."

그것은 그에게 달라붙은 망령이라고 합니다. 마도 지팡이를 만들어냈을 무렵부터, 그의 곁에 그 여성이 나타나게 되었다고 합니다.

매일같이 밤이면, 잠꼬대처럼, 여성은 머리맡이나 귓가에서 속삭인다고 합니다.

『어째서, 어째서, 어째서…….』

체스터 씨는 망령에게서 도망칠 수단을 찾았습니다. 그 수단이 증개축이었나 봅니다. 저택을 크게 만들고, 함정투성이로 만들어 망령을 혼란스럽게 해 저택 안에서 도망칠 시간을 번다는 방법인 모양입니다.

"망령에 쫓겨 곤란하다면 애초에 저택을 버리고 도망쳐 나오면 되는 거 아닌가요?"

저는 이야기를 끊고 물었습니다.

"그럴 수도 없었나 봐요. 저택 안에는 막대한 재산이 숨겨져 있었던 모양이라……."

"아아……."

가진 재산이 너무나도 막대해서 꼼짝할 수 없게 된 거로군요. 사치스러운 고민이네요.

"하지만 결국, 10년이 지났을 무렵에 그는 스스로 죽음을 선택했어요."

저택 앞의 나무에 목을 맨 상태로 발견된 그의 곁에는 유서가 놓여 있었습니다.

『부디 저택에는 아무도 들이지 말아주세요.』

고작 한 문장. 그뿐.

그러나 그 부탁을 착실하게 지키려 한 사람은 별로 없었던 모양입니다.

저택에는 엄청난 돈이 잠들어 있으니까요. 당연하다고 하면 당연한 이야기입니다.

그가 죽은 이후 체스터성이라고 불리는 저택으로 많은 탐험가와 빈집털이, 그리고 호기심 넘치고 시간이 남아도는 사람들이 걸음을 옮겼습니다.

그러나 저택에 도전한 사람 대부분이 들어가서 한 시간도 지나기 전에 도망쳐 나왔습니다.

그의 말은 부탁이기도 했고, 그리고 충고이기도 했던 것입니다.

다음은 저택에 들어갔던 사람들의 증언입니다.

"여, 여자가 나왔어……! 여자가, 우리한테 나가라고……!" "잘

못했어요 잘못했어요 잘못했어요……." "아무도 없을 텐데, 발소리가 계속 울리는 거야……."

그렇게 들어간 사람 대부분이 보물을 찾을 때가 아니라며 바로 도망쳤습니다.

이후 체스터성은 사연 있는 심령 스폿으로서 알려지게 되었습니다. 그리고 아름다운 여성 망령은 지금도 여전히, 미로처럼 뒤얽힌 복잡한 체스터성 안을 방황하고 있다나요.

"……후후, 재밌어……."

그리고 지금으로부터 3년 전.

주말이 찾아올 때마다 한 소녀가 체스터성의 입구에 자리를 잡고 앉아 오컬트 책을 읽게 되었습니다.

이 나라에 온 지 얼마 안 된 패티 씨입니다.

"으헤헤……."

말하길, 당시부터 대략 3년에 걸쳐 이런 느낌으로 이상한 웃음소리를 내면서 저택에 늘 다녔다고 합니다. 쓸데없는 참견일지도 모르지만, 저는 체스터성에 관한 소문이 그녀 탓에 늘어나고 있지는 않은지 어떤지 조금 걱정이 되었습니다.

아무튼 여기까지는 일단, 그녀는 매우 평범한 나날을 구가했던 것입니다.

문제는 지금으로부터 한 달 전, 어느 날의 일이었습니다.

"……어?"

평소처럼 출입구 앞에서 "으헤헤"를 하기 위해 걸음을 옮긴 패티 씨.

그러나 그날 그녀가 본 것은 너무나도 달라진 체스터성의 모습이었습니다.

일주일 동안 무슨 일이 있었는지—— 벼락이라도 떨어졌는지, 부러져 쓰러진 나무가 저택 벽을 무너뜨렸던 것입니다. 들여다보면 간단히 안이 보였습니다.

지금까지 약 3년간, 그녀는 체스터성 안에 들어간 적은 없었습니다.

그것은 체스터성이 사연 있는 스폿이기 때문이기도 하며, 그리고 애초에 문도 창도 전부 닫혀 있어 들어간다고 하는 발상조차 떠오르지 않았기 때문입니다.

그런데 그것이 지금은 열려 있다.

"…………."

우발적인 마음이었습니다.

그녀는 3년 동안이나 다니며 몇 번이고 몇 번이고 체스터성에 관한 서적을 모조리 뒤져왔건만, 그 무서움을 알고 있을 터이건만, 그날 바닥에 쓰러진 나무줄기 위를 줄타기하듯 걸어, 그리고 안으로 들어가 버렸던 것입니다.

"이게 체스터성……."

그녀가 발을 내디딘 방은 침실이었습니다. 방 안에는 침대 하나가 놓여 있을 뿐. 조금 꺼림칙하게 보였습니다.

거기에서 문 하나를 사이에 둔 너머에는 복도. 똑같은 문이 같은 간격으로 쭉 늘어선 모습은 숙소처럼 느껴졌다고 합니다.

그녀는 문을 하나씩 하나씩 열었습니다.

처음에 연 곳에는 의자가 딱 하나 놓인 방. 그다음으로 연 문 너머에는 침대와 테이블만 있는 방, 그다음 문 너머에는 벽, 다음에 이어서 연 문 너머에는 한 면이 책장인 방. ……등등, 용도가 불명인 방이 잔뜩 있었습니다. 그런 의미 불명인 방들을 보고 그녀는 "후와아" 하고 흥분해 소리를 질렀다고 합니다. 저로서는 전혀 의미를 알 수 없었습니다만 그녀에게 있어선 그렇지 않았던 것일 테지요.

일단 발을 들이고 나니 지금까지 억눌러온 호기심은 끝도 없이 넘쳐 나와서 그녀를 어디까지고 대담하게 만들었습니다. 그녀는 계속해서 문을 열고는, 그 너머에 펼쳐진 공간의 의미 불명함에 흥분했습니다. 아아, 이 얼마나 행복한 일인가요. 그녀는 시간을 잊고 체스터성을 탐색했습니다.

갑자기 누군가가 등 뒤에서 말을 걸어올 때까지는.

『──저기.』

분명하게 여성의 목소리가 울렸습니다. 아무런 망설임 없이 돌아선 그녀가 본 것은, 지금까지 태연하게 걸었던 끝없이 이어진 길디긴 복도. 그리고 짙은 어둠.

그녀 이외엔 아무도 있을 리가 없었습니다.

이곳은 30년도 전부터 방치된 폐허니까요.

"……어?"

그 순간 무서워졌습니다.

자신 이외의 누군가가 숨어 있다는 것이, 무서워졌습니다.

그래서 그녀는 곧장 체스터성에서 도망치려 했습니다. 패티 씨는 왔던 길을 되돌아 달렸습니다.

『──기다려.』

그녀가 열고 왔던 문들이 하나씩 하나씩 소리를 내며 닫혀갔습니다. 숨을 몰아쉬는 그녀. 그 바로 뒤에서 다시 목소리가 울렸습니다.

『──어째서 돌아가는 거야? 안 돼, 돌아가지 마.』

그 목소리는 몇 번이고 몇 번이고 그녀를 불러 세웠습니다.

『어째서? 어째서?』『어째서 돌아가는 거야?』

아랑곳하지 않고 달렸습니다. 시야 속을 스쳐 가는 여성의 모습. 귀를 통과하는 여성의 목소리. 고개를 돌리거나 귀를 기울이면 돌이킬 수 없는 일이 될 것만 같아서, 그녀는 계속 달렸습니다.

필사적으로 달려 집으로 돌아갔습니다.

체스터성에서 들렸던 목소리는 뭐였을까요? 잊고 싶다고 생각하면 생각할수록, 그녀의 뇌리에『저기』하고 부르던 목소리가 되살아났습니다.

잊으려 하면 할수록, 성에서 들은 목소리, 따라오던 목소리가 머리에서 떨어지지 않게 되었습니다.

"그게 고민인가요?"

저는 그녀의 말을 자르며 물었습니다. 그녀는 고개를 끄덕이지도 가로젓지도 않고, 혼잣말을 중얼거리듯이 이야기하기 시작했습니다.

"저, 이래 봬도 고향에는 아주 친한 친구가 있어요."

"아주 친한 친구인가요."

끄덕, 그녀는 고개를 끄덕였습니다.

"그 애는 저 같은 어두운 사람에게도 상냥하게 말을 걸어주는 착한 아이라, 여기로 이사 올 때도 편지 보낼게 하고 말해주고, 그리고, 똑같은 반지를 나눠 끼자며 줬어요. 둘의 이름이 새겨진 예쁜 반지인데――."

그리 말했지만, 그녀는 제게 반지를 직접 보여주지는 않았습니다.

이유는 단순명쾌. 지금, 그녀의 손에 없었기 때문입니다.

"소중한 반지라서, 저, 언제나 손가락에 끼고 있었는데―― 하지만 한 달 전에 체스터성을 탐색한 직후에 잃어버려서……."

"……과연."

어렴풋이 이야기는 보이기 시작했습니다.

상식적으로 생각하자면 손가락에 끼고 있던 것이 탐색하던 중에 빠졌을 거라고는 생각하기 어렵습니다만―― 망령이 아무렇지 않게 나오는 그런 곳에서 상식을 바라는 것은 눈치 없는 이야기일 테니, 체스터성에서 떨어뜨렸다고 보아도 틀림없을 테지요.

하지만 무시무시한 체험을 한 체스터성으로 돌아가지도 못하고, 소중한 반지를 잃어버려 안절부절못한 채, 결국 남에게 도움을 청하지 않을 수 없었던 것일 테지요.

이 나라에는 친구가 없고, 내성적인 성격이라 언제나 교외의 체스터성으로 걸음을 하고 있는 패티 씨. 그런 그녀가 도움을 청하기 위해 길에서 팻말을 들기까지는 얼마나 용기를 짜내야 했을까요. 지난 한 달 동안, 얼마나 괴로웠을까요.

저는 생각했습니다.

"말을 걸어 다행이었네요."

그리고 소리 내어 말하기도 했습니다.

패티 씨는 그런 저를 올려다보며 아주 살짝 미소를 머금었습니다.

"저도…… 말을 걸어줘서 다행이었어요."

덕분에 반지를 찾을 수 있겠어요 하고 그녀는 말했습니다.

체스터성에 다다른 것은 그때였습니다.

그것은 이야기 그대로의 외관이었습니다. 크고도 큰 저택. 그것은 마치 비슷한 형태의 호화 저택 여럿을 하나로 연결해 겹쳐 놓은 듯한, 뒤틀린 형태를 하고 있었습니다. 슬쩍 둘러보았을 때 눈에 들어온 것은 창과 창과 창과 창으로, 셀 수도 없을 정도의 창들.

그런 저택에 꽂힌 것처럼, 부러진 나무 한 그루가 벽을 부수었고 구멍이 뻥 뚫린 그곳에 짙은 어둠이 펼쳐져 있었습니다.

마치 저희를 삼키려 하는 것처럼.

저는 생각했습니다.

"우와아, 무서워. 역시 돌아갈까."

"네? 일레이나 씨, 저기요? 안 돼요 여기까지 와서 그런 건 허락할 수 없어요."

이런 입 밖으로도 나왔나요?

발길을 돌린 제 소매를, 뺨을 뾰로통하게 부풀린 그녀의 양손 소매가 감싸고 있었습니다.

        ○

　역시 세상을 사는 데 필요한 것은 흐름과 기세와 배짱이라고 저는 생각합니다. 그때그때의 흐름이 때로는 길을 만들어주기도 하는 법입니다.

　그런 연유로 저는 그녀와 함께 오늘도 흐름과 기세로 저택에 들어갔습니다.

　"패티 씨, 절대로 저한테서 떨어지지 말아주세요. 아시겠어요?"

　"네, 네……! 알았습니다."

　"패티 씨, 체스터성 안은 어둡네요…… 마법으로 빛을 밝힐 테니까 넘어지지 않도록 조심해주세요."

　"고, 고맙습니다……! 그런데, 일레이나 씨──."

　"패티 씨, 무서우면 언제든 얘기해주세요. 그리고 방금 했던 말이지만 절대로 떨어지지 말아주세요. 아시겠어요?"

　"아, 알았습니다! 그런데, 일레이나 씨…… 저기."

　"뭔가요?"

　"어째서 제가 앞인가요?"

　"…………."

　"…………."

　패티 씨는 우뚝 걸음을 멈추었습니다.

　바로 뒤에서 걷고 있던 저도 함께 우뚝 멈추었습니다.

　"일레이나 씨, 혹시 무서──."

"아닙니다."

"우와, 단언했어."

"그것참 요즘 열다섯 살은 정말이지 곤란하군요. 무슨 말을 꺼내나 했더니만 제가 무서워하고 있다고요? 하하하 농담도. 제가 어딜 무서워하고 있다는 겁니까? 제가 왜 뒤에서 걷고 있는지 혹시 이해하지 못한 겁니까? 저는 당신을 배려하는 마음으로 일부러 뒤에 서 있는 건데 말이죠. 저는 당신의 등 뒤를 지켜주고 있는 겁니다. 알겠습니까? 지난번에 당신이 이곳을 찾아왔을 때, 등 뒤에서 망령이 말을 걸었다고 했죠? 그렇다면 이번에도 등 뒤에서 덮쳐 올 가능성 쪽이 높다는 겁니다. 그렇다고 한다면 당신을 지킬 때, 앞을 걸어야 할까요? 뒤를 걸어야 할까요? 그중 어느 쪽을 선택해야 할지는 불을 보듯 뻔한 일이지요. 일부러 이런 걸 설명하게 하지 말아주세요 정말이지. 아니 정말로 곤란하네요. 이제 왠지 싫어지기 시작했습니다. 돌아가도 되겠습니까?"

"엄청나게 말이 빨라."

"아무튼 저는 무섭지 않습니다. 정말이지 농담이 너무 심하다고요."

"아, 저기에 망령이."

"꺄악."

그때 신기한 일이 일어났습니다. 제 몸이 멋대로 움직이더니, 양손은 그녀의 어깨를 단단히 잡고 마치 그녀의 등 뒤에 숨듯이 몸을 구부정하게 웅크렸던 것입니다. 제 의사와 달리 몸이 멋대로 움직였던 것입니다. 아아 이 얼마나 무서운 일인가요.

혹시 망령이 한 짓……?

"…………."

그리고 잠시 후, 저는 그녀의 등 뒤에서 고개를 내밀고 복도 끝을 노려보았습니다. 그러나 그곳에는 아무것도 없었습니다. 그저 어둠뿐.

과연, 그렇군요.

"잘못 본 건가요……."

후우 하고 한숨을 내쉬면서 다시 복도를 비추는 저.

"…………."

그런 저를 경멸하는 눈빛이 눈앞의 소녀에게서 쏟아졌습니다. 그 모습은 조금 전과는 전혀 다른 사람.

혹시 망령이 한 짓……?

애초에 어두운 곳이나 망령이 무서운 것은 혼자서 어둠 속에 있기 때문입니다.

심령 현상의 대부분이 그저 망상이라고 치부되는 것은 혼자 있을 때만 망령과 마주치는 일이 너무나도 많기 때문입니다.

이 이론대로라면 이번에 망령은 나오지 않을 겁니다. 두 사람이니까요.

둘이서 행동하는 건 좋은 일입니다. 대화할 상대가 있고, 배려할 상대가 있고, 그리고 자기 자신보다 무서워하고 있을 터인 인물이 옆에 함께하기만 해도 간단히 평정을 유지할 수 있습니다.

"……흐음. 이 방은 의자뿐인 방, 이로군요…… 대체 무슨 목적으로 이 방을 만든 걸까요…… 고찰할 보람이 있겠어요…….."

그런 연유로 패티 씨는 엄청나게 든든했습니다. 두 번째이기 때문인지, 아니면 저라는 사람이 옆에 있기 때문인지, 그녀는 본인 집에서 그러했던 것처럼 수다스럽게 이야기하며 체스터성을 탐색했습니다.

그녀가 사전에 이야기했던 것처럼 복도는 마치 어디까지고 끝없이 이어지는 것처럼 길었고, 그리고 방문이 같은 간격으로 늘어서 있었습니다. 방향 감각이 이상해질 것만 같은 광경이었습니다.

그리고 이것 역시 사전에 패티 씨가 이야기했던 대로, 문 너머에서 기다리고 있는 방들도 역시 기묘한 것들뿐이었습니다.

그럼 여기서 저희가 조우한 기기괴괴한 구조의 방들을 한번 보시죠.

처음 들어간 방은 사방이 책장으로 둘러싸인 방이었습니다. 눈에 보이는 모든 곳이 책으로 가득했고 다른 건 아무것도 없었습니다. 체스터 씨는 책을 좋아했던 걸까요?

"과연, 이건 비밀의 방이로군요. 아마도 여기서 책을 빼면 다음 방으로 나아갈 수 있는 구조일 테죠."

책장에 바짝 몸을 밀착시키며 그런 말을 하는 패티 씨. 무슨 말을 하는 건가 하고 제가 고개를 갸웃거리고 있자 그녀는 책을 몇 권 뽑았습니다.

직후, 책장은 덜컹하고 소리를 내는가 싶더니, 선반이 위에서부터 한 단씩 차례대로 안쪽으로 미끄러져 계단이 되었습니다. 올려다보니 위에는 또 하나의 방이.

"아아."

뭡니까? 이 의미 불명의 장치는. 그렇게 제가 입을 벌리고 있자 패티 씨는 "자, 다음으로 가죠" 하고 자신감 넘치는 얼굴로 말했습니다. 그 모습은 마치 탐험가. 이거 누구야?

다음으로 들어간 방은 양쪽 벽에 그림이 세 장씩 걸려 있는 방이었습니다.

"과연, 이건 아마도 양쪽의 그림을 회전시켜서 각도를 맞추면 문이 열리는 타입의 방이로군요."

아무런 망설임 없이 방을 어슬렁거리며 그림을 빙글빙글 돌리는 패티 씨. 다음 방문이 열렸습니다. ……어째서?

"자, 다음 방으로──."

이젠 딱히 뭐든 상관없나 하는 마음으로 적당히 걸음을 내디디는 저.

"일레이나 씨, 잠깐만요!"

그러나 패티 씨는 제 로브를 전력으로 잡아당겨 그것을 제지. 그리고 "이쯤에서 함정이 설치되어 있는 게 특수 장치된 방의 이론이에요" 같은 말을 하면서 그녀는 다음 방을 향해서 책을 던져 넣었습니다.

직후에 책이 폭발해 흩어졌습니다.

"어째서?"

"아마도 지금 건 덫일 거예요…… 위험할 뻔했네요……."

후우 하고 땀을 닦는 패티 씨. 이거 누구야?

그 후로도 가는 곳곳마다 이상한 방이 있었습니다.

예를 들면 피아노만이 놓여 있는 방.

"아마도 이건 음악을 연주하면 비밀의 문이 열리는 타입의 방이겠네요" 하고 쓸데없이 긴 소맷자락으로 쓸데없이 훌륭한 연주를 했더니 문이 열렸습니다.

그다음으로 말하자면, 예를 들면 쓸데없이 허브가 무성하게 자라난 방.

"여긴 휴식용 방이네요." 우물우물 허브를 먹는 패티 씨.

그리고 딱히 아무것도 없는 방.

"우으으읏……! 배가, 아파……! 일레이나 씨, 저주인가 봐요……!"

"아까 허브를 먹어서 그런 거 아닙니까."

아무튼 기기괴괴한 방들이——.

"일레이나 씨, 이것 보세요! 이 방의 그림에 돌멩이를 끼워 넣어 봤더니 비밀의 문이 열렸어요!"

기기괴괴한 방이——.

"이 방 벽에 등을 딱 붙인 상태에서 찰싹! 하고 쳤더니 회전했어요!"

기기괴괴——.

"일레이나 씨, 이것 보세요. 이 방 조각상에 무기를 올려놨더니 문이 열렸어요!"

하아, 이제 행동 쪽이 더 기기괴괴해서 방의 특수함이 전혀 눈에 들어오지 않습니다만? 대체 뭡니까?

그러나 기분이 최고조로 올라간 그녀는 여전히 제게 끊임없이 계속해서 말을 걸었습니다.

"그나저나, 일레이나 씨는 이 체스터성에서 나오는 망령이 누구일 거라고 생각하나요?"

분명 사파이어 목걸이를 하고 있고 긴 금발을 머리핀으로 고정한 아름다운 여성, 이었던가요?

누구냐고 물은들, 딱히 외모 이외엔 이렇다 할 힌트도 없으니.

"체스터 씨에게 강한 원한을 품은 사람, 이 아닐까요?"

딱히 특별할 것 없는 대답을 하는 저.

그리고 실제로 여기에 3년 동안 다닌 그녀가 아는 망령의 정체도 딱히 특별할 것 없었나 봅니다.

"맞진 않지만 틀리지도 않았다, 라고 할까요."

그리고 여기부터는 그녀가 한 고찰입니다.

"저는 이 건물에서 나오는 망령의 정체는, 체스터 씨의 제자가 아닐까 생각하고 있어요."

말하길, 패티 씨가 체스터라는 인물에 관해 조사해보니, 이것저것 기묘한 점이 보이기 시작했다고 합니다. 예를 들면 체스터 씨는 마도 지팡이를 만들어낸 타고난 발명가로 이 나라에선 널리 알려져 있습니다만, 그러나 그가 이름을 알린 발명품은 마도 지팡이 이외엔 아무것도 없었습니다.

발명의 세계에서는 단 하나의 획기적인 발명만 해낸다면 충분하다고 하는 의견도 있습니다만, 그러나 그의 연구를 조사해보니 마법에 관련된 연구는 마도 지팡이 전에도 후에도 단 한 번도 한 적이 없었습니다.

무슨 일이든 전후의 흐름이라는 것이 있을 터입니다. 그의 발명에는 그것이 없었습니다. 그의 연구 인생에서 마도 지팡이는 갑작스레 나타났던 것입니다.

애초에 그는 마법을 쓰지 못했습니다. 전혀 경험하지 못했던 분야인 마법을 처음 접하고, 마도 지팡이를 만들어냈다고 합니다.

이 천재적인 번뜩임이라고도 부를 수 있는 업적은 국내에서도 많은 사람에게 칭송을 받았습니다만, 그러나 패티 씨는 이런 그의 공적을 의심했습니다.

"그에 관해 조사했더니, 한 가지 사실이 판명되었어요."

그녀는 숨을 쉬듯이 장치들을 풀어내며 이야기했습니다.

"체스터 씨는 제자를 두었던 시기가 있었다고 해요."

아주 짧은 기간이었지만, 그 제자는 젊고 아름다운 여성이었고, 체스터 씨가 마도 지팡이를 발표하기 조금 전에 제자로 들어온 여성이었다나요.

어떤 문헌에는 체스터 씨의 마도 지팡이 개발에 공헌했다고도 기록되어 있다고 합니다.

"그러나 그 제자는, 마도 지팡이가 발표된 직후에 행방불명되었어요."

그리고 그는 그 후 10년 동안, 교외에 만든 저택에서, 금색의 긴 머리카락을 머리핀으로 고정하고 가슴께에는 사파이어를 장식한 목걸이를 늘어뜨리고, 그리고 시원해 보이는 원피스를 입은 젊고 아름다운 여성의 망령에 겁을 먹고 떨게 됩니다.

저택의 증축, 개축을 반복하면서.

즉, 그것은 하나의 사실을 가리키고 있는 것처럼 보였습니다.

"체스터 씨가 제자의 연구를 제 것으로 만들고 죽였다, 라는 겁니까?"

그러자 그녀는 바로 고개를 끄덕이며 답했습니다.

"저는 그렇게 생각해요. 연구 성과를 스승에게 도둑맞은 제자분은, 원령이 되어 이 체스터성 안을 방황하고 있는 거죠. 줄곧, 줄곧, 영원히——."

거리에서 만났던 그때처럼 어두운 얼굴을 하고서, 띄엄띄엄 그녀는 이야기했습니다.

괴롭고, 슬픈 듯, 팻말을 안고 고개를 숙이고 있던 때처럼, 진심으로 불행하다는 말이라도 하듯이.

"…………."

그나저나.

그녀가 그런 말을 했기 때문일까요? 혹은 몹시 타이밍이 좋았던 것일까요?

패티 씨가 그때 연 문 너머에는 길디긴 복도가 있었습니다.

오늘 몇 번을 봤는지도 모를 만큼, 이제 질리기 시작할 만큼 보아온 긴 복도입니다.

그 안에서 유일하게 평소와 다른 부분이 있다고 한다면, 복도 끝에 사람 그림자가 보인다는 것일까요?

그것은 금색 머리카락을 길게 늘어뜨린 한 여성의 모습을 하고 있었습니다.

입고 있는 옷은 시원해 보이는 원피스. 그녀는 마치 불행하고 불행해서 견딜 수 없다는 듯이 고개를 숙이고 있었습니다.

분명 뭔가 아주 싫은 일이라도 있었던 것일 테지요.

그러나 마을에서 패티 씨를 발견했을 때처럼 말을 걸 마음은 들지 않았습니다.

『⋯⋯⋯⋯.』

무엇보다, 복도 끝에 선 그녀.

그 너머가 투명하게 비쳐 보이고 있으니까요.

○

그녀는 분명 이 성의 주인이로군요. 분명 그럴 겁니다. 체스터 성 안을 탐색하는 저희를 환영하러 나와준 겁니다. 뭔가 저편이 비쳐 보이고 발걸음 소리도 없이 걷는 듯 움직임도 없이 마치 얼음 위를 미끄러지는 것처럼 저희 쪽으로 접근해 오고 있습니다만 이건 분명 위해를 가할 셈은 전혀 없이 그녀 나름의 인사를 할 셈으로 으아아아아아.

"빠아아아아아아아아아아아아아아아아아아아아악!"

저와 패티 씨는 그 자리에서 곧바로 도망쳤습니다. 물론 비명을 지르고 있는 것은 제가 아니라 패티 씨 한 사람입니다. 제가 망령 따위에 놀라 눈물을 글썽거리다니 말도 안 됩니다. 그런 일이 있을 리 없지 않습니까 웃기지 마십시오 죽여버릴 겁니다.

아무튼 저희는 온갖 수를 다 써서 그곳에서 도망치려 우왕좌왕했습니다.

과연 어떤 길을 따라온 것일까요. 오른쪽으로 왼쪽으로, 위로 아래로, 패티 씨와 함께 방에서 방을 계속 건넜습니다.

이름도 모르는 망령님은 그런 저희를 언제까지고 언제까지고 쫓아왔습니다.

"햐아아아아아아아아아아아아아아악!"

방에서 방을 건너는 저……와 절규하는 패티 씨.

『…………』

그리고 쫓아오는 망령 씨.

"햐아아아아아아악!"

또 방을 건너가는 저희.

『…………』

쫓아오는 망령 씨.

"싫어어어엇!"

달리는 저희.

『…………』

저희를 추월하더니 빙글 돌아 오른쪽을 가리키는 망령 씨.

"싫어어어어어어어어…… 네? 오른쪽인가요?"

『…………』

말없이 고개를 끄덕이는 망령 씨.

"가, 감사합니다……?"

그리고 달리는 저희

『…………』

말없이 따라오는 망령 씨.

"…………?"

이윽고 걸음을 멈추고 돌아보는 저희.

『…………?』

마찬가지로 멈춰 서서, 그리고 고개를 갸웃거려 보이는 망령 씨.

……어라라?

"이건 대체 어떻게 된 건가요?"

저는 곧장 냉정해졌습니다.

패티 씨도 마찬가지로 고개를 갸웃거렸습니다.

"혹시 저희에게 위해를 가할 마음이 없다……는 걸까요?"

그녀는 허브를 우물거리며 말했습니다.

"그 허브는 어디서 가져온 겁니까?"

"습격당하기 전에 회복해두는 편이 좋겠다 싶어서."

"어렴풋이 느끼고 있었는데 당신은 때때로 대화가 통하지 않는군요."

저는 들고 온 이유를 물었습니다만?

눈앞에서 고개를 갸웃거리던 망령 씨는 조금 전과 마찬가지로 바닥을 미끄러지며 이쪽으로 다가왔습니다. 신기하게도 조금 전과 같은 공포는 없었습니다. 자세히 보니 확실히 얼굴은 미인이었습니다. 잘 생각해보면 이런 미인이 남에게 위해를 가하는 일이 있을 리 없습니다. 저희는 대체 무엇에 겁을 먹고 있던 것일까요?

실제로 그녀는 저희를 그대로 지나치더니, 복도 저편까지 미끄러져 갔습니다.

그 모습은, 마치 저희 두 사람을 부르는 것처럼도 보였습니다.

패티 씨는 그녀의 반투명한 뒷모습을 바라보면서 조용히 중얼거렸습니다.

"혹시, 저희를 밖으로 안내해주려 하는 걸까요……?"

저도 같은 생각을 하고 있었습니다. 말하는 일은 없이, 그저 행동만을 보고 있었습니다만, 망령 씨에게서 적의나 악의 같은 건 일절 느끼지 못했던 것입니다.

『…………?』

오히려 좀처럼 쫓아오지 않는 저희 쪽을 빙글 돌아보고 다시 고개를 갸웃거리는 지경.

그 행동은 명백하게 따라와 주세요라고 말하고 있는 것이었고, 반투명한 그녀의 그러한 헌신적인 자세에 저희가 감동을 받은 것은 이제 굳이 말할 필요도 없을 테지요.

"아무래도 괜찮을 것 같네요──."

안심하며 가슴을 쓸어내리고, 저희는 망령 씨의 뒤를 쫓아가기에 이르렀습니다.

그리고서 그녀는 방에서 방을 망설임 없이 건너가기 시작했습니다.

"그보다, 새삼스럽지만 저 사람은 어떻게 문을 열고 있는 걸까요?"

반투명합니다만.

"일레이나 씨. 세상에는 폴터가이스트라는 게 있어요."

"그거 인력이었던 겁니까……."

모습이 보이지 않을 뿐, 망령 씨들이 평범하게 손으로 움직이고 있었다는 것일까요? 패티 씨는 "하나 더 알게 돼서 똑똑해졌네요……" 하고 앞머리에 가려진 눈을 빛냈습니다.

그리고서 저희는 망령 씨가 이끄는 대로 걸었습니다. 저희의 눈앞을 걷는 그녀는 보면 볼수록 체스터 씨가 두려워했던 망령과 똑같았습니다. 즉.

"저게 체스터 씨의 제자분이라는 거로군요."

옆을 걷는 패티 씨도 확신에 찬 표정으로 고개를 끄덕였습니다.

"네── 분명, 체스터 씨가 떠난 후에도, 줄곧 이곳에 사로잡혀 있는 걸 테죠."

줄곧, 영원처럼 긴 시간을 외톨이로 지내온 것일 테지요──패티 씨는 마치 제 일인 양, 쓸쓸하게 말을 내뱉었습니다.

그리고 그녀가 거기까지 말했을 때, 저희의 앞을 걷던 망령 씨가 우뚝 걸음을 멈추었습니다.

망령 씨가 벽을 더듬자 커다란 문이 나타났습니다. 문에 난 작은 창에서는 바깥 풍경이 보였습니다── 비밀의 문인가 봅니다.

그리고 망령 씨는 스윽 하고 바닥을 미끄러지며 저희 앞에서 물러났습니다. 여전히 말은 없었습니다만, 그 거동은 어서 돌아가 주세요라고 말하고 있는 것처럼 보였습니다.

"출구……!"

패티 씨는 기뻐 뛰는 듯한 발걸음으로 출구를 향해 갔습니다.

저도 그녀의 뒤를 따라 걸었습니다.

"………….."

그런데.

다른 이야기입니다만.

저희는 뭔가 잊고 있지 않은가요?

체스터성에 오늘 온 이유는 뭐였던가요?

만년의 체스터 씨가 어째서 저택의 증개축을 반복했는가.

어느샌가 잊고 있지 않았나요?

"어라?"

문득 그런 생각이 떠오른 것은, 패티 씨가 문에 손을 댄 그 순간의 일이었습니다.

그러나 제가 입을 열 틈도 없이, 저희는 그대로 덜컹하고 열린 바닥 아래. 어둠 속으로 빨려 들어가 버렸습니다.

출구 앞에 아래로 떨어지는 함정.

과연, 함정투성이인 저택에 어울리는 사양이라 할 수 있겠군요.

○

패티 씨에게 이 체스터성은 괴로울 때 마음 기댈 곳이 되어 있었습니다.

본래 오컬트 같은 요소를 좋아했던 것도 이 체스터성에 다닌 이유 중 하나입니다만, 외국에서 유학 온 그녀에게 학교생활은 때로 고독과 소외감이 느껴지는 일이었을 테지요.

그래서 그녀는 무슨 일이 있을 때마다 이곳을 찾아와 책을 읽었습니다.

꺼림칙하다며 아무도 접근하지 않는 곳에 접근한 그녀는 상당

한 괴짜로 보였을 테지요. 그러나 그런 그녀였기에 체스터 씨에
관한 비밀도 눈치챘는지 모릅니다.

체스터 씨의 제자의 존재는 온갖 문헌을 찾아도 전무. 그녀는
누구인지, 어째서 마도 지팡이의 발명과 함께 사라지고 말았는
지, 그녀의 신원은 수수께끼에 싸여 있었습니다.

도시 사람들이 꺼림칙한 건물이라고 두려워하며 접근하지 않
는 곳 앞에서 그녀는 조사에 몰두했습니다. 아무도 눈길을 주지
않는 것을 직시했습니다.

그리하여 패티 씨는 단 하나의 결론에 다다랐습니다.

마도 지팡이를 발명한 것은 제자이며, 그리고 스승인 체스터
씨는 그녀의 연구 성과를 빼앗고 죽였다고 하는. 이 나라의 누구
도 믿어주지 않을 결론에 다다랐던 것입니다.

『이야기를 나눌 수 있을까요?』

함정의 바닥.

희미한 불빛이 쏟아지는 속에서, 아름다운 원피스를 입은 그녀
가 치맛자락을 들어 올리며 고개를 숙였습니다.

『저는 당신을 줄곧 보고 있었습니다.』

망령 씨의 시선 끝에는 패티 씨가 있었습니다.

『3년 전부터, 줄곧 줄곧, 출입구에 앉아서, 이 건물에 관해 연구
하셨죠── 특이한 방문객이라, 당신은 확실히 기억하고 있어요.』

그녀는 담담하게 말을 늘어놓았습니다.

반투명한 몸 어디에서 목소리가 나오는 것일까요?

저희의 머릿속에 직접 그녀의 말이 울려 퍼졌습니다.

『줄곧, 저는 당신에게 한마디 감사 인사를 드리고 싶었어요.』

부드럽게 말을 거는 망령 씨를 보며 패티 씨는 당황한 듯 "감사, 인사요……?" 하고 고개를 갸웃거렸습니다.

『이곳에 계속 다녀준 사람은 당신뿐이었어요. 그 남자가 한 짓을 눈치챈 건, 당신뿐이었어요. 지난 40년간, 당신과 같은 결론에 다다를 수 있는 사람을── 저는 줄곧, 기다렸어요.』

3년 전부터 줄곧 이곳에 빈번하게 찾아왔던 패티 씨.

오컬트 같은 것과 대면하면 어느샌가 기기괴괴한 언동을 반복하는 그녀는 분명 출입구에서 자료를 읽으며 언제나 혼잣말을 반복했을 테지요.

그런 모습은 분명 망령인 그녀가 보기에도 상당히 눈에 띄지 않았을까요?

『기뻤어요.』

망령 씨는 말했습니다. 『정말 나를 이해해주는 사람이 있어서, 나를 이해해주려 하는 사람이 있다는 게, 다가와 준 사람이 있다는 게, 기뻤어요.』

사실은 줄곧 당신과 이야기하고 싶었다.

사실은 줄곧 안으로 들어와 주길 바랐다.

그래도 줄곧 체스터성 안에서 바라볼 수밖에 없었던 것은, 지금까지의 일들이 있었기 때문.

많은 사람이 망령 씨를 한 번 보기만 해도 도망쳤습니다. 집주인이 두려워하며 목숨을 끊는 선택을 한 탓에 무서운 망령이라고 여겨지게 되고, 말을 걸어도 결코 돌아보지 않고, 모두가 도망쳤습니다.

그래서 말을 걸 수 없었다고 그녀는 말했습니다.

『게다가, 지난번엔 말을 걸었더니 놀라서 울음을 터뜨려버렸잖아요.』

키득키득 웃음을 짓고 있었습니다.

한 달 전의 일 말이로군요.

"앗, 아니, 저기, 그건…… 좀 갑작스러워서 깜짝 놀랐던 것뿐이고, 딱히 당신이 무서웠던 건…….”

변명하듯 허둥지둥 이야기하는 패티 씨. 바람을 피우다 들킨 것처럼 행동거지가 수상했습니다.

『알고 있어요.』

망령 씨는 여전히 미소를 머금고 있었습니다.

『사실 오늘은 이야기를 하지 않고 돌려보내 드릴 셈이었어요. 감사의 말을 전하는 게, 당신에게 폐가 될지도 모른다고 생각해서.』

그래서 오늘은 쭉 말하지 않았던 거로군요.

패티 씨가 처음 망령 씨와 마주쳤을 때와는 상황이 상당히 달랐기에 무슨 일인가 했습니다만──.

『용기를 내서 이야기하길 잘했네요.』

당신에게 감사의 말을 전할 수 있었던 것만으로도 저는 만족해요.

그리 말하고 그녀는 인사를 하고, 저희가 무언가 그럴듯한 말로 대꾸할 틈도 없이, 아름답게 미소 지은 채로 사라졌습니다.

눈을 깜빡이는 사이에, 그 모습은 보이지 않게 되었습니다.

마치 한순간의 환각이었던 것처럼, 그곳에 망령 씨의 모습은 흔적도 남아 있지 않았습니다.

"⋯⋯⋯⋯."

올려다보니 구멍은 얕았고, 기어 올라가면 밖으로 나갈 수 있을 것 같았습니다.

"갈까요?" 하고 저는 패티 씨에게 말을 걸었습니다.

그러나 그녀는 망령 씨가 있던 곳을 그저 계속 바라보고 있었습니다.

그곳에는 두 개, 물건이 놓여 있었습니다.

그녀는 주워 들었습니다.

누군가의 머리핀.

그리고.

『잊어버린 물건이에요.』

그런 메모와 함께 누군가의 반지가 놓여 있었습니다.

착실하게 주워둔 것일 테지요.

"고맙습니다."

패티 씨는 꾸벅 고개를 숙였습니다.

저희가 떨어졌던 작은 구멍 안.

가슴께에는 사파이어를 장식한 목걸이를 건, 이제 누더기가 된 원피스를 입은 백골 시신에, 그녀는 고개를 숙이고 있었습니다.

○

결국에 저희가 떨어진 구멍 안에서 본 것이, 10년이나 되는 시간 동안, 체스터 씨가 저택을 포기하지 못했던 이유인 것일 테지요.

　백골 시신에는 편지가 쥐여 있었습니다.

　내용은 체스터 씨의 행실을 하나부터 열까지 전부 기록한 고발문. 연구 성과를 빼앗긴 것. 체스터 씨에게 지적했다 목숨이 위험해진 것. 도망치다가 상처를 입고 숨었던 것. 아마도 이러한 내용을 살아서 누군가에게 전하기는 이제 불가능하리라는 것.

　그것들 전부가 극명하게 적혀 있었습니다.

　체스터 씨는 10년이라는 시간 동안, 그녀의 시신을 발견하지 못했던 것일 테지요. 게다가 그녀의 망령에 쫓겨 다니는 꼴이 되고, 그저 도망치는 것만 생각하게 되어버리고 말았을 테지요.

　그리고 결국, 그는 그 후, 스스로 목숨을 끊는 길을 선택했던 것입니다만.

　패티 씨는 지하실에서 발견한 내용을 들고 돌아가 공표하겠다고 이야기했습니다.

　"이런 내용, 나만 몰래 감춰두고 있을 수는 없어요!"

　정의감에 불타오르는 것처럼도, 의무감에 사로잡힌 것처럼도 보였습니다. 아니, 분명 양쪽 모두일 테지요.

　지하실에서 발견한 분실물을 착용한 그녀는 이전보다도 아주 조금 믿음직스러운 얼굴을 하고 있었습니다.

　전보다도 눈이 확실히 보이기 때문일까요?

　"……? 뭔가요? 일레이나 씨."

　제 시선을 눈치채고, 그녀는 고개를 갸우뚱했습니다.

그 손가락에는 친구에게 선물 받았다고 하는 반지가 끼워져 있었습니다.

그 머리카락에는, 누군가의 머리핀이 꽂혀 있었습니다.

금색 눈동자가 저를 바라봅니다.

"……아뇨."

저는 고개를 저으면서 답했습니다.

"주변 사람들이 공표한 내용을 잘 믿어주면 좋겠네요."

"일레이나 씨, 무슨 말씀이세요! 이건 아주 큰일이에요! 믿어주는 게 당연하죠!"

"하지만 오늘 아침의 패티 씨처럼, 『최신 발표는 이전까지의 정설을 완전히 부정하는 게 아닙니다』라며 심술궂은 말을 하는 사람도 나올지 모르잖아요."

"우으웃……."

그녀는 괴로운 표정으로 답했습니다.

"그런 이상한 애는 나 말고는 없다고 믿고 싶네요……."

"그렇다면 좋겠네요."

가벼운 수다를 떨며 저희는 왔던 길을 돌아갔습니다. 패티 씨가 말하길, 오늘은 일단 자료를 정리하기 위해 시간을 쓰고 싶다고 합니다.

아무래도 지금까지의 정설을 뒤집으려면 체스터성에서 발견한 것을 적당히 신문사에 넘기고 끝, 이라고 할 수는 없을 테지요.

상응하는 준비가 필요할 터입니다.

"저도 도울까요?"

"괜찮습니다."

천천히 고개를 저으면서 딱 잘라 단호하게 거절했습니다.

그녀의 표정에는 처음 봤을 때 같은 어두운 감정은 전혀 없었습니다. 불행 따위 흔적도 없었습니다. 제가 도울 일은 아무것도 없나 봅니다.

자신이 옳다는 것이 증명되어서, 그리고 무엇보다 그녀를 지켜봐 준 사람이 있었다는 사실이 그녀는 기뻤을 테지요.

그렇게 저희는 길을 걸었습니다.

"저기……!"

그리고 마침 패티 씨가 팻말을 안고 서 있던 주변을 지나가던 때, 한 소년이 저희를 향해서 달려왔습니다.

소년은 얼굴을 새빨갛게 물들이며 패티 씨를 바라보고 있었습니다.

그 손 뒤에는 꽃다발이 들려 있었습니다.

등 뒤로 감추었어도 아무 소용 없을 만큼 커다란 꽃다발이, 있었습니다.

"…………."

분명 지금까지 제대로 소년의 얼굴을 보지 않았던 그녀는 처음으로 그 꽃다발의 존재를 깨달았을 테지요.

키득키득, 웃음을 짓고 있었습니다.

"응? 저기? 어라……? 아! 꽃다발을 들켰어……!"

소녀는 그제야 겨우 자신의 옆구리가 허술했다는 사실을 깨닫고 얼굴을 새빨갛게 물들였습니다.

그러나 이 정도의 수치심으로 포기할 만한 소년이 아닙니다. 그는 등 너머에서 넘쳐 나온 꽃다발을, 패티 씨에게 내밀면서 말했습니다.

"치, 치치치치치친구가 되어주세요!"

겨우 짜낸 말과 함께, 꽃다발이 그녀의 손 위에 놓였습니다.

그것은 소년의 용기 있는, 단순명쾌하고 단순한 고백이었습니다.

분명 앞머리로 시야를 가린 채였다면 그 소년의 얼굴이 얼마나 붉은지도, 건네진 꽃다발이 얼마나 아름다운지도 몰랐을 테지요.

고개를 숙이고 우울해하며 불행하다 불행하다 한탄하고 있을 뿐인 동안엔 분명 언제까지고 깨닫지 못했을 소소한 행복을, 그녀는 끌어안으며 웃었습니다.

"네!"

해맑은 미소와 함께.

© Azure

제2장

분한 이야기지만 그 가게는 실로 멋졌다.

여기는 고급 식당과 그리고 미술관이라는 얼굴을 겸비한 전혀 새로운 음식점이다.

조용한 가게 안에 울려 퍼지는 것은 눈이 보이지 않으면서 멋진 선율을 연주하는 일류 피아니스트의 연주.

가게 안의 한쪽 벽면에 늘어선 저명한 일류 예술가들이 그린 여러 그림. 가게 가장 안쪽에는 이 가게의 오너인 클로드 씨의 초상화가 당당하게 놓여 있다. 상당한 나르시시스트이다. 부끄럽지는 않은 것일까. 만면에 미소다.

당연한 이야기지만 고급 식당인 이 가게의 테이블 하나하나의 사이를 걷는 것은 일류 종업원들. 얼굴도 행동거지도 완벽한 그녀들은 보고 있는 것만으로도 실로 그럴듯했다.

"저기 좀…… 저쪽 자리 사람, 아까부터 쭉 이쪽을 보고 있는데……." "기분 나빠."

…………

마음을 다잡자.

일류가 모인 가게라는 것은 이 시점에서 충분하고도 남을 만큼 알았으리라.

그리고 이 일류 가게는 당연하게도 일류 손님만 온다.

가게 안을 둘러보자.

넓은 가게 안에 놓인 몇 개 안 되는 테이블에 앉은 일류 손님은, 척 보기에도 고급인 슈트로 몸을 감싼 장년 남성. 그리고 결혼이 임박한 듯 보이는 커플. 그리고 우리나라의 일류 학교 교복으로 몸을 감싼 소녀와 아버지로 보이는 남자.

당연하게도 아침부터 쭉 머물고 있는 나도 역시 일류다.

"저기…… 저쪽 자리 사람, 아침부터 쭉 앉아 있는데……." "기분 나빠."

…………이 가게에는 외면, 내면, 혹은 양쪽 다──어딘가 일류인 사람이 다닌다. 그녀들은 아마도 전자이리라.

"실례합니다! 점원님, 빵 추가 부탁드립니다."

당연하게도 외면도 내면도 평범한 인간이 올 만한 가게가 아니다.

내 근처 자리에 앉은 한 여자는 아침부터 끊임없이 무료 빵만 먹고 있다. 주변에 민폐인 여자다. 실로 저속하다.

"이렇게나 맛있는 빵이 무제한이라니……. 이 가게는 대체 어디서 수익을 내고 있는 건가요?"

너 이외의 손님에게서겠지.

그렇게 무심코 옆에서 끼어들고 싶어지고 말았다.

그 평범한 손님의 용모를 한번 보자. 머리카락은 잿빛, 눈동자는 유리색. 입고 있는 옷은 어디서나 팔 법한 심플한 것. 실로 저속하다. 분명 벌이도 적을 것이 틀림없다.

저런 손님이 오면 점원도 필시 민폐라 여기리라.

나는 점원들의 대화에 귀를 기울였다.

"후후후…… 저렇게 잔뜩 먹다니." "어쩐지 작은 동물 같아. 귀엽다."

이 녀석들은 뭐지?

"……정말이지, 무엄한 가게로군."

나는 누구에게도 들리지 않을 정도의 성량으로 중얼거렸다. 이 가게는 실로 훌륭하다. 그러나 무엄한 가게다.

솔직한 마음을 말하자면, 나에게 있어 이 가게는 방해물일 뿐이다.

사실 나는 이 가게의 라이벌 가게 주인이다.

오늘은 변장을 하고서 아침부터 이 가게에서 대기하고 있다.

지식인 제군은 라이벌 가게의 주인인 내가 자리에 앉아서 가게 안을 둘러보고 있다고 하는 사실을 바탕으로 오늘은 정찰하러 왔으리라고 짐작할 테지만, 딱 잘라 말해서 그 예측은 완전히 틀렸다.

단도직입적으로 말하겠다.

사실 나는 이 가게에 독을 가져왔다.

독.

비유가 아니다. 진짜 틀림없는, 인간의 몸에 해를 끼치는 독을, 나는 이 가게에 가져왔다.

실로 간단한 일이었다.

이 가게는 아침 일찍 가게 주인이 시장에서 직접 식자재를 구입해 와, 그대로 조리에 쓴다. 일류의 고집이다. 오늘 아침도 마찬가지였다.

평소와 다른 점이 있다고 한다면, 오늘 대화한 상인 사이에 변장한 내가 섞여 있었다는 것이었고, 그리고 내가 독을 넣은 토마토를 가게 주인에게 팔았다는 것이다.

아무리 일류라고 해도 독을 간파할 심미안까지는 일류가 아니었나 보다.

"실로 빛깔 좋은 토마토야."

그리 말하며 만족스럽게 가게 주인은 돌아갔다. 겉모양만 신경 쓰니 토마토의 독도 종업원의 나쁜 성격도 알아차리지 못하는 것이다. 멍청한 놈.

그리고 다시 변장을 하고, 가게에 와보니 메뉴판에,

『오늘은 좋은 토마토가 들어와서 미네스트로네를 추천합니다.』

라는 글자가 있었다. 나는 웃었다.

설마 자랑하는 미네스트로네에 독이 섞여 있을 거라고는 꿈에도 생각하지 못하리라.

"후후…… 미안하군. 라이벌은 철저하게 뭉개버리는 주의라."

나는 누구에게도 들리지 않을 정도의 성량으로 중얼거렸다.

"당신 가게는 실로 멋져. 그러나 멋진 만큼 눈에 거슬리거든."

진정한 일류라 불리는 인간은 나 하나면 충분해.

가짜는 퇴장해주실까.

그럼, 언제 누가 미네스트로네의 희생양이 될까? 나는 가게 안을 둘러보았다.

"여기, 실례합니다."

바로 그때, 조용한 가게 분위기와는 어울리지 않는 느긋한 목소리와 함께 손이 올라왔다.

그것은 예의 빵 여자였다.

"아무래도 제대로 된 요리 하나도 주문하지 않고 오래 앉아 있는 건 면목이 없으니, 뭔가 음식을 주문하려고 합니다만. 가장 싼 건 뭔가요?"

하고 물었다.

종업원이 "미네스트로네입니다" 하고 대답하자, 그녀는 "그럼 그거 하나" 하고 답하는 것이었다.

나는 경악했다. 이 얼마나 운이 좋은가! 이 고귀한 가게에 어울리지 않는 자를 누구 한 사람 제외해야 한다면 예의 빵 여자를 쫓아내야 한다는 것은 너무나도 당연하리라.

일류에 전혀 어울리지 않는 대식가 여자는 이 가게를 죽음으로 이끄는 미네스트로네에 희생되어 숨이 끊어지는 것이다.

그리고서 곧이어 한 종업원이 참으로 나는 지금 일을 하고 있습니다라는 느낌으로 새침한 얼굴을 하고서 예의 빵 여자 자리로 음식을 가져왔다.

물론, 그것은 미네스트로네가 틀림없었다.

잿빛 머리카락의 빵 여자는 "와아, 맛있겠다" 하고 수준 낮은 감상을 늘어놓고서, 스푼을 손에 들고, 그리고.

"그럼, 잘 먹겠습니다."

하고 음식을 입에 넣었다.

"잠깐만 저쪽 자리 아저씨 계속 저 애를 보고 있는 것 같지 않아……?" "진짜 기분 나빠."

종업원들은 이제부터 무슨 일이 일어날지도 모르고 느긋하게 말을 나누었다.

나는 웃음을 참느라 필사적이었다.

아무튼 지금부터 이 가게는 종언을 향해 가는 것이다.

나는 귀를 기울였다.

직후에 가게 안에 울려 퍼진 것은 어리석은 손님의 단말마.

"크허어어어어어어어어어어어어어어어어어억!"

가게의 분위기는 그 순간 완전히 바뀌었다. 종업원이 들고 있던 쟁반이 댕그랑하고 바닥에 떨어지고, 비명이 메아리쳤다. 피아노 선율은 멈추고, 손님의, 점원의, 그리고 주방에서 요리하던 셰프들의 시선이 한 점에 모였다.

그 중심에는 쓰러진 한 어리석은 손님.

분명 좋지 않은 거라도 먹은 것이리라. 육지로 끌려 올라온 물고기처럼 버둥대며 괴로워한다.

그것은 잿빛 머리카락, 유리색 눈동자를 가진 어린 여자———.

"…………."

의 옆자리에서 평범하게 식사를 하고 있었을 터인 장년 남성이었다.

"와아, 뭔가 큰일이 일어났네요."

예의 여자는 옆자리에서 참극이 벌어졌건만 이제 막 앞에 놓인 음식을 태연하게 입에 넣었다. 너한테는 양심이라는 게 없는 것이냐?

○

식사 중에 옆자리에서 이름도 모르는 아저씨가 쓰러졌습니다.

그런 광경에 "어머나 큰일이야"라고 중얼거리며 식사하는 손을 멈추지 않는, 눈곱만큼도 양심이 없는 여성이 한 명 있었습니다.

그건 대체 누구일까?

그렇습니다. 저입니다.

참고로 사실 저는 이러한 현장을 목격하는 것이 처음은 아니었지만, 그것은 일단 제쳐두고, 아무래도 큰일이 벌어지고 말았습니다. 저 깜짝 놀랐습니다.

가능하다면 음식을 다 먹었을 때쯤 사건이 일어났으면 좋았을 텐데 말이지요.

이래서는 식사를 중단하지 않을 수 없겠네요.

가게 안은 소란스러워졌습니다. 종업원은 비명을 지르고, 가게 안에서 계속해 사람이 모여들었습니다. 결혼이 임박한 듯 보이는 커플, 귀여운 여자아이와 그 아버지로 보이는 남성. 셰프 몇 명.

그들은 제각기 바닥에 쓰러진 남성의 모습을 확인하고는 "괜찮으세요?" "정신 차리세요!" 하고 술렁이기 시작했습니다.

그런 중에 한 사람.

"마, 말도 안 돼……! 대체 어찌 된 거야……!" 하고 당황스러워하는 남성이 한 사람. 이런 이런 약간 반응이 다른 분과 어긋나 있군요. 어긋나 있다고 하니 머리카락도 조금 어긋나 있는 것 같습니다만, 가발입니까?

"손님 중에 의사분 계신가요?"

종업원은 소리쳤습니다.

그러나 그녀가 소리를 지른 순간, 주변에서 술렁이던 사람들은 모두 일제히 입을 다물어버렸습니다. 누구 한 사람 직접 나서서 구할 힘은 갖고 있지 않은 겁니다.

이런 이런 어쩔 수 없군요.

"이건 제게 맡겨주세요."

시원스럽게 자리에서 일어나는 저.

"정말이지, 여러분 한심하군요……."

이런 이런 하고 어깨를 으쓱여두었습니다.

그런 저의 자신감 넘치는 표정에 종업원은 바로 눈을 반짝였습니다.

"아! 혹시 의사 선생님이신가요……?"

"아뇨, 의료에 종사한 경험은 없습니다."

"……아? 그럼 뭔가 다른 특기가……?"

"사실 저는 유령과 대화할 수 있답니다."

"아니 그 사람 아직 안 죽었는데요……."

"네에?"

저는 종종걸음쳐 장년 남성 곁으로 다가가 상태를 살폈습니다.

"아…… 아아……" 하고 남성은 허공을 바라보며 목소리를 흘리고 있었습니다. 와아, 살아 있어.

"갑자기 쓰러져서 저희도 난처하답니다……."

그리 말하는 종업원.

그녀의 가슴께에는 '신입'이라고 쓰인 배지가 달려 있었습니다. 손님 중에 의사분이 안 계신지 묻던 것도 그녀였습니다.

장년 남성의 몸에 무슨 일이 일어났는지를 아는 사람은 없었습니다. 신입 종업원인 신입 씨가 말하길, 일단 방해가 되니 구석쪽으로 치우고 싶다고 합니다. 저는 이 사람 피도 눈물도 없구나 생각했습니다.

"하지만 무턱대고 움직이는 건 안 좋다고 봅니다."

외람되지만 제 생각을 전달했습니다.

"이 남성이 쓰러진 이유를 모르는 이상, 일반인밖에 없는 이곳에서 뭔가 행동하는 건 위험합니다."

"그, 그럼 어떡하라는 건데!"

히스테릭하게 소리치는 건 명문 학교의 여학생. 아버지로 보이는 남성이 "자, 자" 하고 달래는 옆에서 그녀는 "모처럼의 식사가 엉망이 됐잖아! 그 아저씨 치워버려!" 하고 버럭버럭 화냈습니다. 정숙한 겉모습과 달리 본성이 매우 썩었나 봅니다.

"확실히 그것도 그러네요……."

여학생에게 찬동한 것은 결혼이 임박한 듯한 분위기를 풍기는 커플의 여성. 아름다운 드레스를 입은 그녀는 "모처럼 분위기 좋았는데!" 하고 남자 친구로 보이는 남성에게 "자, 자" 하고 달램을 받으면서 화내고 있었습니다. 여기엔 달래는 남성밖에 안 계신 겁니까?

자기중심적인 두 여성을 보며 난처해하던 신입 씨는 "우으…… 손님 중에 실은 탐정 일을 하고 있는 분이라든가 안 계신가요……?" 하고 주변을 살폈습니다. 당연히 아무도 반응하지 않았습니다.

저 이외엔.

"어쩔 수 없군요——."

한숨을 내쉬는 저.

"제가 이 남성이 쓰러진 원인을 규명해드리죠."

"조금 전부터 당신은 대체 뭔가요?"라는 신입 씨.

"제 이름은 일레이나라고 합니다."

"아니 이름은 묻지 않았습니다만."

냉정한 신입 씨.

"탐정이신가요?"

"아니 탐정은 아닙니다만, 하지만 이런 상황을 자주 목격하곤 합니다."

뭐, 일단 이건 제게 맡겨주세요—— 하고 장년 남성에게 더욱 다가가는 저.

이럴 때는 본인에게 직접 이야기를 듣는 게 제일 빠른 법입니다.

"아저씨, 아저씨. 왜 그러시나요? 말씀해보세요."

저는 똑바로 쓰러져 있는 장년 남성에게 말을 걸었습니다. 그 것은 마치 밤새 술을 마시고 길바닥에 쓰러져 있는 글러 먹은 어른에게 상냥하지만 동시에 부스럼이라도 건드리는 양 말을 거는 상식인.

"아아…… 으으……."

말을 흘리는 장년 남성.

"흐음흐음, 과연."

빈틈없이 알아듣고 고개를 끄덕이는 저.

"……저기, 뭐라고 하나요?"

고개를 갸웃거리는 신입 씨에게 저는 답했습니다.

"아무래도 미네스트로네를 먹은 게 원인인가 봅니다."

시선을 옮기자 분명 그가 앉아 있던 자리에는 먹다 만 미네스트로네가 있었습니다. 원인은 이것이라 봐도 틀림없을 테죠.

"뭐?! 미네스트로네, 라고……? 대체 어째서 여기에……?"

중년 남성은 잘 알 수 없는 점을 걸려 했습니다. 어긋나 있습니다. 머리카락만이 아니라 감성까지 어긋나 있습니다.

뭐, 그건 제쳐두고.

"조금 먹은 것만으로 이런 상태가 되어버렸다는 건, 이분의 미네스트로네에 독이 들었을 가능성이 있겠군요."

저는 있는 그대로 사실을 말했습니다.

"도, 독이라고요? 그게 정말인가요?!"

가게 안이 순식간에 술렁이기 시작했습니다. 모두가 당황해 통솔이 안 되기 전에 "조용히!" 하고 조금 목소리를 높였습니다.

"알겠습니까? 우선 어째서 이 남성이 노려졌는지를 생각해보죠. 그에 관해 잘 아는 인물에게 이야기를 들을 필요가 있겠군요. 이 중에 사실 나는 이 남성과 아는 사이다, 하는 분은 안 계신가요?"

저는 가게 안의 사람들에게 물었습니다. 그러나 그들은 역시 누군가가 손을 들기를 기다리듯이 술렁일 뿐. 뭐, 확실히 면식이 있다고 해도 갑작스러운 상황에 기억이 나지 않을 수도 있습니다.

저는 장년 남성의 곁으로 다가가 "실례지만, 모두 당신에 관해 모르는 모양입니다. 당신에 관해 자세히 가르쳐주시겠습니까?" 하고 물었습니다.

그가 평소 어떤 일을 하고 있고, 취미는 무엇이고, 어디에 살며, 가족 구성은 어떻게 되는지. 대략 이 정도의 정보만 갖춰지면, 어쩌면 누군가와 면식이 있다는 게 판명될지도 모릅니다.

"아아…… 으으……."

장년 남성은 제게 답했습니다.

"흐음흐음, 과연."

그리고 고개를 끄덕이는 저.

"그는 독신의 자산가로 엄청난 액수의 저축이 있나 봅니다."

"사실 나는 그의 친구입니다."

척하고 누구보다도 빠르게 손을 든 것은 조금 전 화를 냈던 여학생. 실로 성실한 얼굴로 "친구"라고 말씀하셨습니다.

"상당히 나이 차이가 나는 친구로군요……?"

"뭐? 당신, 무슨 말을 하는 거야? 친구 사이에 나이는 관계없거든."

"때와 장소만 다르면 좋은 대사겠네요."

그러나 그런 그녀에게 잠깐 하고 제지의 말을 건 사람이 있었습니다.

결혼이 임박한 커플의 여성입니다.

"사실 나는 그 사람 약혼자야."

당신 무슨 말을 하는 겁니까?

"약혼자라면 당신 옆에 계신 분은?"

"아니 이거 약혼자가 아니거든."

너무나도 간단히 고개를 젓는 여자 친구분.

"그럼 대체 뭡니까?"

"지갑."

"이 사람 최악이야……."

한편 남자 친구분은 "뭐? 진짜?" 하고 살짝 놀랐습니다. 반응이 가벼워.

"잠깐 기다려!"

아무래도 친구라는 설정으로는 약혼자라는 설정을 이기지 못하리라고 판단한 것일까요? 기다려를 외친 여학생은 각오를 다진 표정을 짓고 있었습니다.

"사실 나는 그 사람 딸이야!"

아니 아니 아니 아니.

"아버지라면 당신 옆에 계시지 않습니까?"

"아니 이거 아버지 아니거든."

너무나도 간단히 고개를 젓는 여학생.

"그럼 대체 뭡니까?"

"나한테 반한 독신 남성."

믿기 어렵지만 이건 틀림없는 사실이었나 봅니다. 제가 아버지라고 생각했던 남성은 "그렇다네" 하고 평범하게 고개를 끄덕였습니다. 우와아 최악.

그나저나.

"이 쓰러진 장년 남성이 아버지라고 증명할 수 있는 게 뭔가 있습니까? 가족 구성임을 보여주는 서류라든가."

"없어."

"그럼 부녀라고 할 수 없는 건."

"무슨 말을 하는 거야! 부녀 사이엔 혈연도 서류도 관계없어!"

"때와 장소만 다르면 좋은 대사겠네요."

○

일단 왠지 모르게 제가 탐정역을 맡게 되어버린지라, 쓰러진 장년 남성의 사정을 듣는 일은 제가 하게 되었습니다.

도중에 성가셔져서 "애초에 경찰이나 보안관이나, 그런 종류의 조직을 부르면 되는 것이 아닌지?" 하고 오늘 가장 정상적인 발언을 했습니다만, 저의 이 제안은 그곳에 있던 대부분의 사람에게 맹렬한 반발을 받았습니다.

그럼 여기서 버라이어티 넘치는 반대 이유를 보도록 하지요.

"사실 나는, 여러 아저씨한테 금품을 받고 있거든" 하고 말하는 여학생. 한 사람이 아닌 겁니까.

"사, 사실 나는 회삿돈을 그녀에게 바치고 있거든" 하고 말하는 아버지 같은 사람. 불쌍하게도. 회사가.

"사실 나는 결혼 사기꾼이야"라고 이야기하는 여자 친구분. 아까 들었습니다.

"사실 나도 결혼 사기꾼이야"라고 이야기하는 남자 친구분. 당신들 의외로 어울리는 게 아닌지.

"사실 나는 여성용 속옷을 사용하는 취미가 있어"라고 말하는 셰프. 오늘 첫 대사가 그거여도 괜찮은 겁니까?

"사실 나는 가끔 폐기 음식을 먹고 있어요……"라고 심각하게 이야기하는 보조 셰프. 아니, 아마도 현재까지 가장 가벼운 죄일 겁니다 그거.

"사실 저는 리필 자유인 찻집에서 몇 시간이고 버티고 있는 일이 자주 있습니다……"라고 이야기하는 신입이 아닌 쪽의 종업원 씨. 무죄.

"사실 저는 눈이 보입니다"라고 이야기하는 피아니스트 씨. 혼란한 틈을 타서 관계없는 고백을 하지 말아주세요.

아무튼 이 가게에 머물던 이들은 각기 켕기는 사정이 있어서 사람을 부르는 데 저항을 느꼈나 봅니다.

그것은 즉 사건의 진상 해명은 이 자리에서 해야만 한다는 뜻이며, 그리고 그 역할은 제가 맡지 않으면 안 된다고 하는 사실을 가리켰습니다.

그것참 곤란하군요.

전혀 모르겠습니다.

장년 남성에게 몇 번인가 이야기도 물어보았습니다만, 아무튼 장년 남성이 부자라는 것과 그 사실을 증명하듯 입은 옷과 장식품이 전부 훌륭한 고급품이라는 것 이외엔 아무런 특징도 없었습니다. 어떤 의미에서 이 가게 안에서 가장 존재감이 옅다고 해도 과언이 아닐 테지요.

그렇게 제가 바로 손쓸 방법이 없다는 인상을 받았을 무렵이었습니다.

"어라라? 이건 대체 무슨 일이려나?"

아무도 승부 같은 건 하지 않고 있건만, 갑자기 다 이긴 양 우쭐대는 목소리가 가게 안에 울려 퍼졌습니다. 모두가 뒤를 돌아 그 목소리의 주인을 보았습니다.

거기에 있던 것은 어떤 의미에서 이 가게에서 가장 존재감이 짙은, 중년 남성이었습니다.

모두가 장년 남성 곁에 모여 있는 중에 단 한 사람, 그만이 제가 있던 자리를 내려다보고 있었습니다. 변함없이 어긋나 있습니다.

"이 자리에 앉아 있던 건, 분명 잿빛 머리카락의 당신이지? 자네가 먹고 있던 건, 이 요리인가?"

어째서 갑자기 제 이야기가 되는 것인지 이해가 되지 않습니다만, 분명 거긴 제가 앉아 있던 자리였고, 그리고 제가 먹고 있던 음식이었습니다.

"그렇습니다."

수긍했습니다.

그러자 중년 남성은 전표를 꺼내더니 "어라라? 역시 묘하군" 하고 묘하게 끈적한 말투로 이야기하는 것입니다.

"자네가 주문한 건, 이 가게에서 가장 싼 미네스트로네! 하지만 자네 테이블 위에는 비프스튜가 있군! 이건 대체 어떻게 된 일일까?"

——라고.

"……!"

모두의 시선이 제 자리로 모였습니다.

분명 거기에는 먹다 만 비프스튜가 놓여 있었고, 그리고 전표에는 미네스트로네라는 글자. 명확한 모순이 있었습니다.

대체 어디에서 비프스튜가 왔을까요?

"그리고 이건, 저기 쓰러져 있는 장년 남성의 자리 전표인데——더욱 묘한 일이, 여기서 일어나고 있군! 봐랏!"

그렇게 내밀어진 하나의 전표.

거기에는 이렇게 쓰여 있었던 것입니다.

——비프스튜, 라고.

"즉, 거기 잿빛 머리카락의 그녀와 장년 남성이 본래 먹었어야 할 음식은 반대라는 말이닷!"

뭐, 그건 그렇습니다만.

정말이지 그 말대로이기는 합니다만, 그러나 동시에 그래서 뭐 어쨌다는 것이냐 하는 이야기이기도 했습니다. 반대였다면 제가 쓰러져 있을 뿐인 게 아닌지?

그러나 중년 남성은 여기서 조금 비약한 이야기를 꺼냈습니다.

"이건 즉, 거기 있는 잿빛 머리카락의 여자가 장년 남성에게 독을 탔다고 하는 확실한 증거닷!"

어째서?

"아마도 한 번, 서로의 자리에 음식이 나온 후에 비프스튜와 미네스트로네를 바꿔치기하고 거기에 더해 독을 탄 거겠지! 즉, 장년 남성을 저런 상태로 만든 건 이 여자애다!"

어느샌가 제가 범인이 틀림없다는 듯한 말투가 되어 있었습니다. 아니 아니, 애초에 독을 탈 셈이었다면 일부러 음식을 바꿔치기할 필요가 있을까요? 바보인가?

대체 어디부터 지적하면 좋을지 제가 탄식하고 있으려니, 중년 남성의 기세에 눌린 사람들은 차례차례 "그, 그랬던 건가……" "확실히 양심이 눈곱만큼도 없을 것 같은 얼굴을 하고 있어……" "그럴 수도 있겠네……" 등등 차례차례 중년 남성에게 냉큼 속아 넘어가는 지경.

그러나 의도치 않게 궁지에 몰리고 만 저를 구한 사람이 한 명 있었습니다.

신입 종업원이었습니다.

"저기……" 그녀는 머뭇머뭇 손을 들면서, 말했습니다.

"사실 제가 비프스튜와 미네스트로네를 잘못 나버려서……."

네.

저와 장년 남성의 음식이 뒤바뀐 원인은 요컨대 그런 것이었습니다.

애초에 상식적으로 생각해주었으면 싶습니다만, 손님이 음식을 나르고 있었다면 상당히 눈에 띄었을 테지요. 제가 바꿔치기를 했다고 한다면, 누군가에게 목격되지 않으면 이상할 터입니다.

"마, 말도 안 돼……! 하지만, 그렇다면 어째서 잿빛 머리카락의 자네는 종업원의 실수를 눈치채지 못했나? 맛도 겉모양도 전혀 다르잖아!"

"사실 저는 음식이 잘못 나온 걸 눈치챘습니다만 비싼 요리라서 잠자코 있었습니다."

"자네는 비열하군."

"에헤헤."

"칭찬이 아니네만."

결국, 자신이 당당하게 내건 지론이 저와 종업원에 의해 간단히 뒤집히고 만 중년 남성은 "으으음" 하고 신음하더니.

"그럼 미네스트로네를 만든 사람이 범인인 게 아닌가?"

그렇게 이번엔 셰프에게 화살을 돌렸습니다.

"……그렇지! 애초에 미네스트로네에 독이 들어갔다는 건, 요리한 본인이 독을 넣었을 게 틀림없닷! 범인은 너닷!"

중년 남성은 이미 단언까지 했습니다. 그 모습은 어딘가 필사적으로도 보였습니다.

그러나 셰프는 그런 그에게 조소로 답했습니다.

"내가 어디에 독을 갖고 있다는 거지? 말해봐."

셰프는 상의를 벗었습니다.

"어째서 벗은 겁니까?"

벗는 의미가 있습니까?

"자신의 결백을 증명하기 위해서다."

"무슨 말을 하는 건지 이해가 좀 안 됩니다만."

"나는 이 속옷에 맹세코 하지 않았다."

"귀여운 속옷이네요."

"고맙다."

"혹시 속옷을 보여주고 싶었을 뿐인 거 아닙니까?"

"그것도 있다."

"기분 나쁘네요."

"고맙다."

"칭찬이 아닙니다."

이 사람은 글렀다고 저는 생각했습니다.

"으우웃······! 그럼 대체 누가 범인이라는 건가······!"

중년 남성은 분한 듯 얼굴을 일그러뜨렸습니다. 뭐 애초에 피부를 노출했다고 해서 독을 타지 않았다고 하는 증명은 되지 않습니다만, 그러나 옷을 벗고 드러난 아름다운 육체 때문만이 아니라, 중년 남성은 침묵하지 않을 수 없었습니다. 그것은 어째서 인가.

"흐읍."

셰프가 이때라는 듯이 사과를 꺼내 그 자리에서 쥐어 뭉개버렸기 때문입니다. 이런 사람에게 거슬렀다간 무슨 짓을 당할지 알수 없는 일입니다. 무엇보다 중년 남성을 직시하면서 뭉갠 사과를 먹는 모습은 이제 공포일 뿐이었습니다. 저는 이 사람과는 더는 얽히고 싶지 않다고 진심으로 생각했습니다.

그건 제쳐두고.

"그나저나 묘하네요."

아주 조금씩 제 안에서 커져가던 위화감을, 저는 소리 내어 말했습니다.

"당신, 대체 어째서 아까부터 그렇게 필사적인 겁니까? 마치 범인을 어떻게든 찾아내고 싶은 것 같은 분위기가 느껴집니다만."

제가 말하자 중년 남성은 그 순간 얼굴을 굳혔습니다.

"무, 무슨 말을! 남을 상처 입히는 그런 인간이 이 중에 있을지도 모르는데. 범인 같은 건 당장 찾아내고 싶은 게 당연하지 않나! 다음은 우리 중 누가 노려질지 모를 일이잖은가?"

"그건 뭐, 확실히."

그 말씀대로입니다만. 그러나 그렇기에 이상합니다.

"그렇게 필사적이 돼서 찾을 만큼 정의감이 강하다면, 제가 경찰이나 보안관을 불러오자고 제안했을 때 어째서 찬동해주지 않았던 겁니까?"

"! 그, 그건……."

제 제안은 켕기는 사정을 가진 사람들에 의해 어이없이 거부당하고 말았습니다만.

"혹시, 당신도 뒤가 켕기는 사정이 있는 겁니까?"

"케, 켕기는 일 따위 있을 리가 없닷! 결단코!"

"정말입니까?"

그 필사적인 태도가 오히려 수상합니다만? 하고 저는 눈을 가늘게 떴습니다.

돌이켜 생각해보면, 이분은 처음부터 어딘가 다른 사람과 어긋난 언동을 반복하고 있었습니다. 게다가.

"보면 볼수록 가짜 같은 분위기가 나는군요……."

빤히, 저는 중년 남성의 머리 부분으로 시선을 보냈습니다. 그건 마치 꿰뚫어 보는 듯한 시선. 중년 남성은 몹시 당황하며 "보,

보지 마! 아냐! 내가 아냐!" 하고 한층 더 필사적이 되어 부정했습니다.

그리고 궁지에 몰린 그는.

"아, 아냐……! 내가 아냐!"

목소리를 높여 말했습니다.

"토마토에 독 같은 거 나는 넣지 않았어!"

라고.

…………

"토마토?"

어째서 갑자기 토마토? 그 자리에 있던 모두가 고개를 갸웃거렸고, 말의 의미를 이해하는 데 조금 시간이 걸렸습니다.

"독이 들어 있던 건 미네스트로네인 게……? 아아, 미네스트로네에 쓰인 토마토에 독이 들어 있었다는 의미인가요? 과연. 이해했습니다."

과연, 식재료 그 자체가 독이었던 겁니까. 이건 맹점.

"어째서 토마토에 독이 들어 있다는 걸 아는 겁니까?"

묘하군요. 애초에, 미네스트로네 같은 요리에 독을 섞을 거라면 수프에 독을 섞는 게 가장 손쉬울 테지요. 완전히 녹아 섞이니까요.

모르면 토마토에 독이 들었다고 단언할 수 있을 리도 없습니다.

"아, 아니……! 지금 건 아냐! 말이 헛나왔을 뿐이고——."

토마토 발언은 결정타가 되었습니다.

그가 용의자 후보에 오른 순간 지금까지의 수상한 언동들이 하나하나 드러났습니다.

"그러고 보니 저 아저씨, 아침부터 줄곧 이 가게에 있었어⋯⋯." "기분 나빠." "음식도 별로 먹지 않고 주변 자리만 보고 있어서 기분 나빴어."

중년 남성의 수상한 행동들이 손님의 증언으로 명백해졌습니다.

이제 중년 남성이 범인이라는 것은 저희의 공통 인식이 되어가고 있었습니다. 그러나 그래도 포기가 안 되는지 그는 고집스럽게 인정하려고 하지 않았습니다.

"아냐! 나는 절대 하지 않았어! 내가 아냐! 애초에 이런 남자 몰──."

"이제 그만하지."

툭 하고 어깨에 놓인 손이 중년 남성을 제지했습니다.

그것은 아주 관록 있는 목소리였습니다.

"정말이지, 잠자코 듣고 있자니, 다 큰 어른이 한심하군. 자신의 잘못 정도는 솔직하게 인정하지 못하겠나."

이런 이런 하고 관록 있는 목소리의 주인은 고개를 저었습니다.

"뭐⋯⋯ 뭐라고⋯⋯?"

중년 남성은 놀라 눈을 크게 부릅떴습니다.

아니, 아마도 중년 남성만이 아니라, 이 자리에 있던 모두가 그 인물을 앞에 두고 놀라움을 감추지 못했을 테지요.

"당신이 독을 탄 건 내가 잘 알고 있다네. 유감이지만, 도망칠 수 없을 걸세."

거기에 서 있던 것은 장년 남성.

독이 든 미네스트로네를 먹고 쓰러졌을 터인 그가 태연하게 서 있었던 것입니다.

"변장을 했지만, 당신은 우리 가게의 라이벌 가게 주인이지? 오늘, 당신이 우리 가게를 엉망으로 만들러 온다는 건 알고 있었거든."

말하면서 장년 남성은 자신의 목덜미를 잡더니, 자신의 얼굴을 문자 그대로 벗겨냈습니다.

"사실 나는 이 가게의 주인이거든. 오늘은 온종일 당신을 감시하고 있었지."

하하하! 하고 다 이긴 양 웃는 장년 남성──이었던 인물. 벗어던진 피부 아래에서 나타난 것은, 대략 30대 중반 정도의 남성이었습니다.

그는 의기양양하게 웃었습니다.

그것은 가게 뒤쪽에 당당하게 장식되어 있는 그림과 아주 똑같았습니다.

○

장년 남성 안에서 나온 가게 주인분은 그 후, 사정을 전부 이야기해주었습니다.

말하길, 이번 범행에 나선 라이벌 가게의 주인은 이전부터 여러 가게를 계속 괴롭혔다고 합니다. 특히 새로운 재능이라는 것에 강한 질투심을 가졌고, 젊은 주인이 가게를 열면 점찍어 뒀다가 이런저런 트집을 잡아서는 악평을 퍼뜨린다고 하는 민폐 활동을 이전부터 해왔다고 합니다.

그리고 미술관으로서의 얼굴과 고급 식당으로서의 얼굴을 겸비한 이 가게가 노려지는 것은 지극히 당연한 흐름이라고도 할 수 있었습니다.

"이전부터 저 남자는 내 가게의 악평을 도시 곳곳에 퍼뜨리고 있었어. 『음식이 맛없다』『가격이 너무 비싸다』『가게 주인의 얼굴이 기분 나쁘다』라고. 처음에는 그다지 신경 쓰지 않았는데, 악평이라는 건 그야말로 독처럼 조금씩 우리를 파먹는 거였어. 매상은 조용히 줄었고, 찾아오는 손님도 조금씩 줄어갔지. 정말이지 성가신 일이야……."

그리고 가게를 끌어안고 있는 그는 입장상, 무책임한 개인과 같은 곳까지 내려와 싸울 수 없었고, 긴 시간 견뎌왔다고 합니다.

이윽고 가게 평판이 어느 정도 내려갔을 때, 중년 남성은 마무리를 짓기 위해 독이 든 토마토를 팔았습니다. 이전부터 중년 남성의 동향을 감시하고 있던 가게 주인은 바로 그의 꿍꿍이를 눈치챘고, 일부러 그의 책략에 속은 척을 했던 거라고 합니다.

"뭐, 저 남자는 이전부터 변장을 하고서 내 가게에 먹으러 왔으니까. 오늘도 당연히 올 거라고 생각하고 있었지."

그리고 오늘, 일부러 눈앞에서 쓰러져 소동을 일으킨 데다, 그가 실수하기를 기다렸다는 것일 테지요.

실제로 궁지에 몰린 중년 남성은 그 후 단념하고서 자신이 지금까지 한 짓을 전부 자백했습니다.

가게 주인은 그의 처우에 관해서 아주아주 고민했습니다.

"저 남자를 보안국에 넘기면 내 마음은 풀릴 테지만, 그러나 문제가 있던 음식점으로 주목을 받게 되겠지. 그렇다고 해서 온정을 베풀어버리면 분명 저 남자는 다시 같은 잘못을 반복할 거야."

대체 어떻게 하는 게 정답인 걸까요?

머리를 끌어안는 가게 주인분.

저는 "그러네요" 하고 잠시 생각한 후에, 그러고 보니 이 가게의 비프스튜가 꽤 맛있었다는 걸 떠올렸습니다.

이대로 망해버리는 건 아깝습니다.

"하나 좋은 방법이 있습니다."

그리고 저는 말했습니다.

독은 쓰기 나름입니다——하고.

○

그날 저녁, 고급 식당과 그리고 미술관으로서의 얼굴을 겸비한 아주 새로운 음식점엔 평소보다 조금이지만 활기가 돌고 있었습니다.

가게 안에서는 눈이 보이지 않는 천재 피아니스트라는 설정의 평범한 피아니스트가 의기양양한 얼굴로 연주를 하고, 그리고 얼굴만 괜찮은 종업원은 적당히 일을 해내고, 가게 안쪽에서는 쓸데없이 근육을 단련한 셰프가 쓸데없이 사과를 손으로 으깼습니다.

그리고 가게 안에는 가게 주인이 만면에 미소를 짓고 있는 초상화가 당당히 놓여 있었습니다. 통일감이 전혀 없는 콘셉트의 그 가게는 매우 혼란스러웠습니다.

"뭐, 저는 가게 안이 있던 그들의 특징이 독이라고는 생각하지 않지만, 모두 제각기 필사적으로 감추고 싶어 하던 점에서 그들이 자신의 특징을 어찌 생각하는지 미루어 알 수 있겠죠."

그나저나 어딘가 딱 하나 이상한 것이 있으면 눈에 띄지만, 눈에 들어오는 모든 게 온통 이상한 것으로 둘러싸여 있으면 사람은 이제 평범하다는 게 무엇인지, 이상하다는 건 무엇인지 알 수 없게 됩니다.

『나는 젊은 재능에 질투해서 이 가게에 독을 들여와 폐를 끼쳤습니다.』

가게를 나가면 그런 글이 쓰인 간판을 목에 건 중년 남성이, 척 보기에도 나는 반성 중입니다 하는 느낌으로 축 처져 있었습니다.

폐를 끼친 만큼, 그에겐 한동안 간판으로서의 역할을 맡게 하도록 하죠.

간판부터가 지나치게 기발한 그 가게 앞을 지나가던 사람들이 잇따라 걸음을 멈추었습니다. 그리고 그들은 특이한 간판에 흥미를 느끼고 문에 손을 올렸습니다.

그곳은 분명 이 나라에서 가장 기묘하고, 그러나 가장 자유로운 가게.

사실 나는 이런 사람입네 하고 으스댈 필요가 없는 공간이, 거기에는 있었습니다.

바.

그것은 조금 어른스러운 분위기이면서 세련되고 조용한 공간. 저는 전부터 이러한 멋진 공간에서 "마스터, 늘 마시던 거" 하고 서늘한 얼굴로 주문하는 것이 꿈이었습니다.

그렇다고는 해도 여행자 신분인 제게 그것은 이룰 수 없는 꿈이었습니다. 늘 마시던 것을 주문할 만큼 자주 다니는 일 없이, 저는 나라에서 나라를 오가니까요.

게다가 바라는 곳에 그다지 다녀본 적 없는 탓에 무얼 주문하면 좋을지 같은 걸 저는 전혀 몰랐습니다.

"오래 기다리셨습니다. 오렌지 주스입니다."

달각하고 제 앞에 오렌지 주스가 하나. 분위기 있는 얼굴의 마스터가 내려놓았습니다.

무얼 주문하면 좋을지 망설인 결과, 바에서 주문하는 의미가 없는 것을 주문한 저.

그러나 조용한 가게 안에 녹아들 듯 새침한 얼굴로 "고맙습니다" 하고 받아 들어 입을 댔습니다.

한 모금을 진심으로 소중히 여겼습니다. 오렌지를 재배하는 데까지 가서 가져왔나 싶을 만큼 시간이 걸린 것치고는 양이 적었던지라.

아무튼, 그런 식으로 카운터석에서 술 같은 건 마시지도 않는

제3장

어느 날 밤의 이야기

주제에 분위기에 취하는 여행자가 한 명 있었습니다. 머리카락은 잿빛, 눈동자는 유리색. 그것은 검은 로브를 걸치고 검은 삼각 모자를 쓴 마녀이기도 한, 그렇습니다. 저입니다.

"어른스러운 분위기의 가게네요. 마스터."

"아르바이트입니다."

카운터 너머의 분위기 있는 마스터가 즉답했습니다. 아르바이트라는 이름인 건가요. 특이한 이름이로군요.

밤이라고는 해도 아직 해가 막 진 참입니다. 거리는 아직 축제 분위기로 떠들썩했습니다. 조용함을 찾아서 바 안으로 도망쳐 들어온 손님은 저 외엔 아주 소수. 남성 2인조와 저처럼 혼자서 마시고 있는 남성 손님뿐이었습니다.

그들도 저와 마찬가지로 조용한 이 공간에 젖어 있었습니다.

"헤헤헤…… 형님, 설마 이렇게 잘 풀릴 줄 몰랐습니다."

"으하하하하. 뭐 이 몸 손에 걸리면 도둑질 따윈 식은 죽 먹기나 다름없다고."

……조용한 공간에, 젖어 들어 있는 건 아니었나 봅니다.

못 들은 셈 치고 싶어지는 대화가, 제 기준으로 보아 좌측 자리에 앉은 남성 2인조 쪽에서 들려왔습니다.

대체 무슨 생각을 하고 있는 것일까요. 남의 시선이 있는 이런 곳에서 도둑질한 이야기를 하다니 생각할 수도 없는 일입니다. 혹시 뭔가 연기 연습이라도 하고 있는 걸까요? 지금 이 나라는 서커스단 등의 연기자가 많이 와 있는 모양이니까요.

"헤헤헤…… 형님, 이것 좀 보십쇼. 지갑 속, 돈이 두둑하게 들어 있습니다."

"으하하하하하. 당연하지. 일부러 돈이 있어 보이는 행인 여자의 가방을 빼앗아 왔으니까."

남자들은 한눈에 봐도 명품이면서 명백하게 여성 것인 가방의 내용물을 테이블 위에 쏟아놓고 뒤지고 있었습니다. 과연, 연기가 아니로군요. 진짜로군요. 진짜 도둑이고 진짜 바보로군요.

이렇게 사람들이 있는 앞에서 대체 무슨 생각인 걸까요.

"……하지만 형님, 축제가 한창인 중에 도둑질 같은 걸 해도 괜찮은 걸까요……. 이 지갑 주인, 보안국 본부로 신고하러 갔는데요."

갑자기 소심해지는 부하로 보이는 남성. 정서 불안입니까?

"으하하하. 뭐야? 불안하냐? 괜찮아! 오가는 사람이 많은 탓에 도둑맞고 소리쳐도 아무도 눈치채지 못했어! 그야말로 완전 범죄야!"

그런 이야기를 어떤 이유로 다른 손님도 있는 바에서 하는지 전혀 이해되지 않습니다만.

외지인인 저뿐 아니라, 여기에는 마스터, 그리고 제 우측에도 남성 손님이 있는데.

"……신고, 안 하는 겁니까? 마스터."

저는 몰래 마스터에게 물었습니다.

마스터는 고개를 저으면서 답했습니다.

"……아르바이트입니다."

그거 제 질문을 무시하면서까지 정정해야 하는 겁니까?

그렇게 되물을까 생각했습니다만, 문득 거기서 저는 마스터(아르바이트 점원)의 시선이 제 우측── 혼자 마시는 남성을 향하고 있다는 것을 눈치챘습니다.

그것은 마치 저를 재촉하는 듯한 눈의 움직임. 저는 깨닫고 보니 이끌리듯이 우측으로 시선을 보내고 있었습니다.

"……훗."

거기에는 저를 바라보는 한 남성의 모습이 있었습니다. 자신이 가장 멋지게 보이는 각도를 숙지하고 있는지, 그는 이쪽으로 얼굴을 비스듬하게 돌리면서 멋진 척하는 표정을 짓고 있었습니다.

뭡니까? 이런 상황에서 작업을 거는 겁니까? 하고 제가 가만히 눈을 가늘게 뜬 것은 말할 필요도 없는 일입니다만, 그러나 자세히 보니 그의 손 근처에는 신분증이 놓여 있었습니다.

거기에는 큼직하게 '보안국'이라는 글자가 적혀 있었습니다.

"…………."

과연.

저는 그 순간 모든 것을 깨달았습니다.

아마도 우측 자리에 앉은 2인조의 악행은 전부 이 나라를 지키는 보안국에 감시당하고 있던 것일 테지요. 그리고 바에 들어온 2인조를 쫓아서, 제 우측에 앉은 수사관이 감시를 위해 들어온 것일 테지요.

그리고 지금 체포할 타이밍을 계산하고 있다── 그런 것일 테지요.

즉, 저를 향해 보이고 있는 그의 얼굴은 멋진 척하는 표정 같은 게 아니라는 겁니다. 우연하게도 수사관과 도둑 사이에 끼어버린 운 나쁜 여성 손님을 안심시키기 위한 웃음인 겁니다. 이 무슨 신념인가요. 저는 무척 감동했습니다.

"저쪽 손님이 보내신 겁니다."

그리고 감동에 찬물을 뿌리듯 마스터는 제 눈앞에 오렌지 주스를 내려놓았습니다.

저쪽 손님?

"…………"

제 우측에 앉은 남성은 멋진 척하는 표정을 지으며 저를 바라보고 있었습니다.

그리고 신분증 아래에 숨겨두고 있던 종이를 제게 스윽 내밀었습니다.

『오늘 밤을 그대와 함께하고 싶어.』

…………

그건 온몸에 소름이 돋는 문장이었습니다. 아마 위협을 받았을 때도 이렇게까지 공포를 느끼지는 않았을 겁니다. 대체 어떤 얼굴을 하고 있으면 이런 문장을 쓸 수 있는 것일까요.

"……홋."

멋진 척하는 얼굴이로군요. 멋진 척하는 얼굴을 하고 있으면 쓸 수 있는 거군요. 그보다 아까부터 뭡니까? 그 얼굴. 화가 나기 시작했습니다.

저는 이 나라 보안국의 실태에 기막혀하면서 한숨을 내쉬었습니다.

한편 좌측 자리에 앉은 남자들의 대화도 흥이 올랐습니다.

"형님, 이 돈으로 뭘 할까요?"

"그렇군……. 이 몸은 일단 이 돈과 물건으로 고운 여자아이를 꼬이고 싶은데."

"오! 훔친 명품 가방을 그대로 선물로 쓴다는 겁니까? 형님…… 역시 천재!"

"으하하하하하! 그렇지. 그렇지."

"그런데 고운 게 뭡니까?"

너무나도 수준 낮은 대화가 제 좌측에서 펼쳐졌습니다.

저는 "저 두 사람, 체포하는 편이 좋지 않습니까?" 하는 의도를 담아서 우측 남성에게 눈짓을 보냈습니다.

"……훗."

윙크가 돌아왔습니다. 이 남자는 글렀다고 저는 확신했습니다.

모처럼 거리의 소란스러움에서 벗어나 조용한 가게 안을 만끽하고 싶건만, 입이 시끄러운 2인조와 시선이 시끄러운 남성 손님 사이에 끼어 제 스트레스는 늘어날 뿐이었습니다.

이래서는 이제 평온을 바랄 수 없겠군요.

제 손으로 해결할 수밖에 없나 봅니다.

"……어쩔 수 없네요."

그리고서 저는 한숨을 내쉬면서 종이와 펜을 손에 들고 사각사각 글자를 적은 다음, 마스터에게 말했습니다.

"마스터. 이거, 저쪽 손님께."

이거, 한번 말해보고 싶었습니다.

©Azure

○

그리고 얼마 후 가게는 조용해졌습니다.

무슨 일이 일어난 것인지 설명하죠.

『안녕하세요♡ 저, 여행자 일레이나라고 합니다. 실은 지금 이 나라를 안내해줄 멋진 분을 찾고 있습니다만, 괜찮다면 좀, 안내해주시겠어요? 앗, 갑자기 죄송합니다! 제가 무슨 말을 하고 있는 걸까요……. 저 같은 수수한 여자가 갑자기 이런 말을 하면 민폐……겠지요? 이, 잊어주세요! 하지만…… 혹시, 조금이라도 이야기 나눌 마음이 든다면…… 괜찮다면, 보안국 본부 앞까지, 와준다면 기쁠 거예요…….』

네.

이러한 구역질을 부르는 문장이 제 양쪽의 남성에게 각각 시간차를 두고서 건네졌습니다.

우선은 우측. 멋있는 척하는 표정의 보안국 직원분.

"……훗. 그럼, 기다리고 있을게. 일레이나."

그런 말과 함께 한쪽 눈을 깜빡깜빡하며 그는 가게를 나갔습니다. 눈에 큰 먼지라도 들어간 것일 테지요.

그리고 뒤따라 2인조 앞으로 마스터를 통해 종이가 건네졌습니다. 남성 2인조는 우선 종이가 전해진 것에 놀라더니, 이쪽으로 고개를 돌리고 더욱 놀랐습니다.

"고, 고와!"

"고와가 뭡니까?"

조금 전의 멋진 척하는 표정의 남성을 흉내 내 요염하게 눈짓하면서 한쪽 눈을 깜빡이고 있었더니 남자들은 멋대로 나가주었습니다.

다음은 보안국 직원과 강도 두 사람이 보안국 본부 바로 앞에서 만나 셋이 사이좋게 오늘 밤을 함께 보낼 테지요.

그야말로 무혈입성. 제게서 감도는 알 수 없는 요염함이 죄인 두 사람을 확보로 이끈 것입니다. 정말이지 곤란하군요.

저는 한숨을 내쉬면서 말했습니다.

"겉모습에 속는 어리석은 사람뿐이었군요. 마스터."

"아르바이트입니다."

제 4 장

열린 채인 창으로 불어 드는 부드러운 바람과 함께 마을 아이들의 시끌벅적한 소리가 들려왔습니다.

번쩍 눈을 뜬 저는 하품을 하면서 가볍게 기지개를 켜고, 세수를 하고, 옷을 갈아입고서 엔트런스로 내려갔습니다.

아무래도 제가 이 나라에 온 날부터 줄곧 축제가 이어지고 있는지, 숙소에 딸린 레스토랑으로 걸음을 옮기면 많은 사람과 얼굴을 마주할 수 있습니다.

이 나라에 온 후 대략 나흘이 지났습니다.

매일 같은 시간에 일어나 아침 식사를 하러 와서인지, 이제 눈에 들어오는 건 똑같은 얼굴들뿐.

저는 평소와 같은 창가 자리에 앉아서 모닝 세트를 주문했습니다.

평소와 같은 점원분이 요리를 가져다줄 때까지, 가까운 자리에 앉은 서커스단의 단원으로 보이는 여성들의 대화에 귀를 기울였습니다.

대체로 언제나 비슷한 내용이었습니다.

역시 이 나라는 손님 반응이 좋아. 오늘도 다 함께 힘내자. 손님에게 미소를 전하자.

그런 긍정적이고 눈부신 말들이, 이제 막 잠에서 깬 제게 쏟아졌습니다. 저는 대략 이쯤에서 완전히 잠이 깼습니다. 아마도 그녀들 탓이라고 생각합니다.

그리고 얼마 후 평소와 같은 점원분이 평소와 같은 세트를 가져다주었고, 저는 창밖에서 악기를 연주하며 행진하는 퍼레이드 무리를 바라보며 아침 식사를 합니다.

이 나라에 온 후로 매일 아침이 이 반복이었습니다.

여행자인 제게 있어 매일 같은 날들의 반복이란 좀처럼 경험할 수 없는 일입니다. 익숙하고 친숙한 곳이라는 것이 없고, 생활 사이클 같은 건 안 맞는지라.

그래서 이 나라에 온 후의 날들은 제법 신선하기도 했습니다.

아침 식사를 한 다음은 외출을 하기 위해 접수처를 지나갑니다.

"으음…… 이상하네……. 계산이 안 맞아."

숙소의 주인이 접수대 너머에서 종이를 노려보면서 한숨을 내쉬었습니다.

그건 이 숙소에 머문 이후, 매일같이 보고 있는 광경이었습니다.

"…………."

역시 매일같이 그런 광경을 보다 보면 다소 호기심이 생기는 법입니다.

"무슨 일인가요?"

저는 물었습니다.

숙소 주인이 괴로운 표정을 하고 고개를 들었습니다.

"아니 그게, 요금 계산이 좀 안 맞아서……. 열쇠를 많이 빌려 준 것 같은데."

말하길, 숙박 중인 고객 수와 어제의 수입이 맞지 않는다고 합니다. 즉, 어디선가 적게 받았을 가능성이 있는 것 같다나요? 하지만 지금은 한창 축제가 진행되는 중. 서커스단, 외지에서 온 관광객, 그리고 상인과 여행자 등등 다양한 손님이 방문하고 있어서 누구한테 돈을 안 받은 건지 전혀 모르겠다고 합니다.

"그런 일이 매일같이 일어나고 있는 겁니까⋯⋯? 큰일이로군요."

"뭐, 우리나라에서는 이런 일이 자주 생겨서 익숙하긴 하지만 말이야⋯⋯."

그래도 계산이 맞지 않는 건 싫단 말이지, 하고 가게 주인은 지친 미소를 지으며 대꾸했습니다.

"이 시기는 상당히 바쁜가 보네요⋯⋯."

뭐, 보다 보면 왠지 모르게 알 수 있습니다만⋯⋯.

"곤란하네. 또 몽롱의 마녀한테 당하고 말았어."

하하하 하고 가게 주인은 웃고 있었습니다.

"몽롱의 마녀."

라는 건 누구신지? 하고 저는 고개를 갸웃거렸습니다.

가게 주인은 "이런, 모르는 건가?" 하고 의외라는 듯이 눈을 크게 뜨더니 가르쳐주었습니다.

"몽롱의 마녀는 사람이 아냐. 우리나라의 전설이지."

예를 들면 요금 계산이 맞지 않을 때. 예를 들면 판 기억은 없는데 상품이 줄었을 때──그런 식으로, 숫자가 맞지 않을 때.

예를 들면 즐거운 시간이 순식간에 지나가 버렸을 때. 예를 들면 친구와의 약속을 잊어버렸을 때. 어째서 집을 나섰는지 잊어버렸을 때——그런 식으로, 돌발적으로 기억이 사라지고 말았을 때.

이 나라에서는 그런 때, 이 말을 쓴다고 합니다.

"그것참, 오늘도 몽롱의 마녀가 숙소 열쇠를 훔쳐 갔나 보네."

이런 식으로.

어쩔 수 없지, 하고 가게 주인은 머리를 긁적이면서 말했습니다.

"몽롱의 마녀란 건 눈으로 볼 수 없는 유령 같은 존재니까, 피해를 봐도 우리로서는 어쩔 도리가 없어."

가게 주인은 항복이라는 듯이 펜을 테이블에 휙 내려놨습니다.

같은 마녀명을 가진 몸으로서 다소 복잡한 기분이기는 했습니다만, 마법사가 없다고 하는 이 나라 특유의 표현인지도 모릅니다.

"참고로 몽롱의 마녀란 실재하나요?"

"하하하, 할 리가 없지."

가볍게 웃으며 손을 흔드는 가게 주인.

요컨대 몽롱의 마녀라는 건 마녀명 같은 게 아니라 사소한 일을 신경 쓰는 게 싫어졌을 때 쓰는 말, 이라는 것이로군요.

기억의 차이나 숫자에 차이가 생겨도 몽롱의 마녀 탓이라고 하면 적당히 포기할 수 있게 되는 겁니다.

이 얼마나 편리한지.

"당신, 잠깐! 또 요금 계산이 안 맞는다고? 이게 대체 몇 번째야! 언제쯤에나 제대로 계산을 할 건데?"

언제부터 이야기를 듣고 있었는지, 가게 안쪽에서 가게 주인의 아내가 나와서 그의 귀를 잡아당겼습니다.

"아, 아파 아파! 어쩔 수 없잖아. 몽롱의 마녀가 한 짓이니까!"

"변명하지 마! 계산이 안 맞는데 무사태평하게 있지 말라고! 열 쇠를 도둑맞은 거면 어쩌려고? 다시 한번 계산해!"

아내분은 흠잡을 데 없는 정론으로 남편을 혼내고, 그리고서 다시 펜을 들게 했습니다. 히이익 하고 가게 주인은 제가 이곳을 지나가려던 순간보다 훨씬 심각한 얼굴로 "아, 안 맞아…… 계산 이 안 맞아……" 하고 중얼거렸습니다.

…………

뭐, 사소한 걸 신경 쓰기 싫어졌을 때 쓸 수 있는 편리한 말이 있다고 해도.

그걸 써서 용서받을 수 있을지 어떨지는 또 다른 문제지만 말 이죠…….

○

돌고 도는 꿈의 도시 캐러셀.

입국하고 나흘이 지난 지금도 변함없이 거리는 축제로 한창 시 끌벅적했습니다. 여기저기에 사람이 넘쳐났고, 어디나 소란스럽 기만 했습니다.

날마다 저는 장소를 바꾸어 탐색을 반복하고 있습니다만, 지금 은 마을 어디를 가도 활기로 넘쳐났습니다.

오늘은 마을 북쪽까지 걸음을 옮겨보았는데, 역시 변함없이 길 거리에는 다양한 노점이 늘어서 있고, 그리고 길거리 예술가들이 연기를 피로하고, 사람들이 그사이를 걷고 있었습니다.

오히려 마을 북쪽은 가장 활기 넘치는 것이 아닐까 싶을 만큼 성황을 이루고 있었습니다.

사람들의 발걸음은 곧장 길 끝에 있는 건물로 향하는 중이었습니다.

그건 벽도 없고 지붕도 없는 기묘한 건물이었습니다.

바람을 받은 배의 돛처럼 흰 무언가가, 몇 겹이나 겹치고 얽힌 것처럼 하늘을 향해 뻗어 있었습니다.

이 나라에 체재하기 시작한 첫날부터 줄곧 신경 쓰였던 건물입니다.

거대한 존재감으로 가득한 기묘한 건물. 그것은 마치 피려 하는 꽃처럼 보였습니다.

"저건 개화의 회당이라고 해."

사람들의 흐름을 따라 걷던 도중에 깨닫고 보니 빵 가게 안에 들어와 있던 저는 이렇게 바로 몽롱의 마녀에게 피해를 입고 만 것에 이런 하고 깜짝 놀라면서, 마침 잘된 일이라는 양 빵을 산 다음에 주인에게 "북쪽의 이상한 건물은 뭔가요?" 하고 물었습니다. 그러자 가게 주인은 "아아, 저거 말이지?" 하고 고개를 끄덕이면서 가르쳐주었습니다.

개화의 회당.

"이 나라의 유명한 콘서트홀이야. 가극이나 연극, 그리고 서커스 같은, 이 나라에서 사람을 모으는 행사는 대체로 저기서 열리지. 데이트 장소로도 유명해."

그리고 아무래도 오늘은 이 나라에서 가장 유명한 가수가 처음으로 라이브를 선보이는 모양인지, 많은 사람이 눈사태처럼 밀려들고 있다고 합니다.

사람들로 붐비는 탓에 딱히 시선도 주지 않았습니다만, 자세히 보니 거리의 벽 여기저기에 '가희(歌姬) 사마라 님, 첫 콘서트'라고 쓰인 포스터가 붙어 있었습니다.

거기엔 파란색 드레스를 입은 보라색 머리카락의 여성이 서 있었습니다. 손에는 파란 보석이 달린 가늘고 긴 스틱 같은 것을 들고 있습니다. 특징으로 보건대 아마도 마도 지팡이일 테지요.

이 나라에 마법사가 없다는 것은 입국한 첫날 들어서 알고 있습니다.

"이분은 마법사, 가 아닌 거죠?"

"그렇지. 우리나라에는 아가씨 같은 마법사는 없으니까. 사마라 님이 들고 있는 건 마도 지팡이야. 누구나 마법을 쓸 수 있게 해주는 발명품이지. 나도 갖고 있거든. 여기."

가게 주인은 마찬가지로 보석을 박아 넣은 스틱을 카운터 너머에서 들어 올렸습니다.

역시나.

예상이 훌륭하게 적중하자 저는 어떠냐는 듯이 가슴을 펴면서 가게 주인에게 빵값을 정확하게 지불했습니다.

그리고서 가게 주인은.

"우리나라에 있는 건, 마법사가 아니라 마법 소녀야."

그렇게 다소 신경 쓰이는 단어를 꺼내놓았습니다.

마법 소녀?

"······그게 뭔가요?"

뭔가 조금 귀여운 분위기의 단어로군요, 하고 저는 가게 주인에게 물었습니다. 질문만 해서 죄송합니다만, 그러나 질문에 답을 들을 만큼의 빵은 구입했을 터입니다. 저는 가게 주인에게 빵을 건네받으면서 귀를 기울였습니다.

묵직한 무게가 제 양손에 전해졌습니다. 후후후, 힘 좀 내봤습니다.

"마법 소녀란 건 말이지, 그 뭐냐, 저거야."

그리고 가게 주인은 가게 밖—— 유리 너머를 가리켰습니다.

저는 뒤를 돌아보았습니다.

"············."

놀랐습니다.

거기엔 한 명의 여자아이가 있었습니다. 아마도 한 번 보면 잊을 수 없을 만한 여자아이라고 할 수 있을 테지요.

머리카락은 갈색, 나이는 열여덟 살 정도. 생김새 자체는 단정했고, 귀여운 한창때의 여자아이라는 느낌이었습니다만, 그 차림이 너무나도 기발했습니다.

그것은 쓸데없이 컬러풀하고 쓸데없이 프릴이 달린 교복 같은 이상야릇한 차림이었습니다. 팔랑팔랑 펼쳐진 스커트는 눈이 시릴 정도의 핑크. 교복 같다고는 말했지만 어째선지 어깨에서 아래는 노출되어 있었고, 긴 장갑이 구색을 갖추는 정도로 팔을 보호하고 있었습니다.

척 보기에도 시선을 끄는 차림의 그녀는 마치 흡착된 것처럼 양손을 찰싹 유리에 붙이고, 그리고 부르르 떨며 이쪽으로 노려보았습니다.

"…………."

저는 묵직한 종이봉투를 안아 들고서 그녀와 잠시 눈싸움을 했습니다.

그리고 뭔가 안 좋은 예감을 여기서 느꼈습니다.

그녀의 허리에는 가희 사마라 님과 같은 마도 지팡이가 있었고, 그리고 그녀의 손이 천천히 그 마도 지팡이로 뻗어가고 있었으니까요.

"찾았다! 당신, 몽롱의 마녀지?!"

보세요. 역시나.

그녀는 소리치더니, 가게 안으로 뛰어 들어와 마도 지팡이를 갑자기 휘둘렀습니다.

○

너무나도 갑작스러운 상황에 당황하면서도 저는 일단 빗자루를 꺼냈습니다. 생각보다도 몸이 먼저 움직였다고도 말할 수 있었습니다.

갑작스럽게 나타난 그녀는.

"으라차아아아아아아아아아아아아아!"

그렇게 소리치면서 가게로 뛰어들고, 마도 지팡이를 휘둘렀습니다.

대체 그녀가 누구이고 어째서 저를 몽롱의 마녀라고 부르는지는 확실치 않지만, 말이 통할 것 같지 않다는 것만큼은 명백했습니다.

그런고로 서둘러 도망치기로 했습니다. 그녀 바로 옆을 휙 지나쳐 빠져나가면서 저는 봉투에서 빵을 하나 꺼냈습니다. 아침식사는 이미 했지만 빵 배는 따로 있습니다.

"놓칠까 보냐아아앗!"

반드시 저를 잡고야 말겠다고 하는 신념이 있나 봅니다.

빙글 돌아서는 그녀. 직후에 하나의 선이 제 빗자루에 휘감겼습니다.

저는 가게를 나선 순간 그대로 빗자루를 부상시키고, 도시 상공으로 도망치려 했습니다. 그러나, 여기서 제 빗자루는 둔중하게 급격히 무거워졌습니다.

어라라? 빵을 너무 많이 산 탓일까요? 그런 생각을 하면서 빗자루의 고도를 올렸습니다만.

"무르네! 이 정도로 나한테서 도망칠 수 있을 줄 알았어?"

돌아보니 제 빗자루에 대롱 매달려 우쭐대는 미소를 짓는 마법소녀 씨. 아무래도 마도 지팡이에서 나온 선이 제 빗자루와 그녀를 연결하고 있나 봅니다.

"잠깐요. 빗자루에 달라붙지 말아주시겠어요?"

상처라도 나면 어쩔 겁니까——하고, 저는 곧바로 빗자루를 넣고, 민가 지붕 위에 착지했습니다.

건물 하나하나가 컬러풀한 마을의 지붕은, 덮어 감추려는 것처럼 온통 까매서 마치 거대한 그림자 위에 서 있는 것만 같았습니다.

"흐흥. 빗자루를 넣으면 도망칠 수 있을 줄 알았어? 무르네! 나는 당신을 죽을 때까지 계속 쫓아다닐 거야."

"뭐가 당신을 그렇게까지 몰아붙였는지는 전혀 모르겠지만."

빵을 하나 입에 던져 넣고서 저는 지팡이를 손에 들었습니다. 저를 다른 누구와 착각하고 있는 것 같으니 일찌감치 오해를 풀어두고 싶습니다만.

"으라차아!"

그러나 제가 입을 열기도 전에 그녀는 마도 지팡이를 휘둘렀습니다.

직후에 다시 그녀의 마도 지팡이 끝에서 푸른 선이 뻗어 나와 제 팔에 휘감겼습니다. 그런가 싶더니 그녀는 마도 지팡이 끝을 빙글 본인 팔에 감아서 선을 팔로 옮겼습니다.

저희 두 사람을 푸른 선이 잇고 있었습니다.

"후후, 이걸로 평생 함께야."

이름도 모르는 그녀는 의기양양한 미소를 제게 지어 보였습니다.

푸른 선은 쭉 당겨도 끊어질 기미가 없었습니다. 이 강도가 어느 정도인지는 지붕에 올라온 단계에서 이해하고 있었습니다.

하지만.

"상당히 정열적이군요."

"뭐야? 쑥스러워?"

"처음 보는 사람이 이렇게까지 쭉쭉 다가오는 건 처음일지도 모르겠네요."

"하하하핫!"

속마음을 터놓은 친구와 수다를 떨듯 쾌활하게 웃은 다음.

그녀의 안광은 날카롭게 빛나며 저를 포착했습니다.

"잘도 말하네. 나한테는 분명 처음 보는 거지만──."

그리고 그녀는 마도 지팡이를 휘두르고.

말했습니다.

"당신한테는 처음 보는 게 아니잖아!"

아, 진짜, 정말이지 무슨 말을 하는 건지 전혀 모르겠습니다.

하고 포기하는 저.

그러나 직후에 제 곁으로 몇 개나 되는 푸른 덩어리가 닥쳐왔습니다. 도망치면서 오른쪽으로 피하고 돌아보니 덩어리는 민가의 지붕을 우두둑 도려낸 다음 사라졌습니다. 살상력이 높군요.

그리고 다시 그녀 쪽으로 방향을 돌려보니, 도망치는 저와 일정 거리를 유지하면서도 제2, 제3진의 마력 덩어리를 준비하고 있었습니다.

주변 일대의 민가 지붕을 전부 날려버릴 셈입니까?

"곤란하군요……."

정말로 그녀와 만난 기억은 없습니다만, 언젠가 어디선가 그녀에게 원한을 사고 만 것일까요?

이 나라에 온 후로는 그다지 눈에 띄는 짓은 하지 않았다고 생각합니다만. 수상한 장사 같은 건 아직 전혀 하지 않았으니까요.

우으음…….

"다시 한번 말하겠습니다만, 사람을 잘못 본 거 아닙니까?"

저는 거리가 줄어들지 않도록 바람 마법으로 견제했습니다. 민가의 지붕이 망가지지 않도록 각도를 조정하는 것도 잊지 않았습니다. 배려 덩어리. 그렇습니다. 저입니다.

"쳇……!"

눈에 보이지 않는 공격을 몇 번이고 피하면서도, 스치고, 눈을 가늘게 뜬 마법 소녀 씨는 초조한 듯 혀를 차면서 "이런 잔재주를 부린들, 나는 평생 당신한테서 눈을 떼지 않을 거거든!" 하고 다시 뜨거운 고백을 되풀이했습니다.

당신은 저의 무엇입니까……?

"어디 있든, 무얼 하든, 당신은 앞으로 평생 나와 함께야!"

아니 정말로 당신은 제 무엇입니까……?

"실례지만저는속박당하는걸좀싫어하는타입인지라. 죄송합니다."

여행자로서 자유를 제한받는 것은 제일 큰 스트레스입니다. 언제까지고 오해가 계속되는 것도 성가시니, 여기서는 저도 한 가지 다소 강제적인 방법을 써서라도 그녀에게서 도망치도록 하죠.

문제는 저희를 연결한 하나의 선입니다. 이것만 사라져버리면 다음은 어떻게든 될 테지요.

"보아하니 마력으로 만든 선인 것 같으니——."

그리고 이 나라 특유의 발명품인 마도 지팡이라는 것은, 제 기억이 확실하다면 지팡이 그 자체에 마력이 담겨 있는 편리한 물건. 즉, 그녀 자신은 마법을 쓰지 못한다는 뜻이며.

그리고 마도 지팡이만 망가뜨려 버리면, 선도 사라지리라는 것은 명백하다고 할 수 있었습니다.

"——영차."

그런고로 방어 일변도에서 벗어나 저는 단숨에 거리를 좁혔습니다.

우선은 서로 이야기를 나눌 수 있는 상황을 만들도록 하죠. 그러기 위해서는 마도 지팡이의 존재가 방해가 됐습니다. 저는 지근거리까지 닥쳐들어 마도 지팡이로 손을 뻗었습니다.

"……흐응! 소용없어, 소용없어. 마도 지팡이에는 손가락 하나 못 대게 하겠어!"

의기양양한 얼굴의 그녀가 뒤로 뛰어 피한 다음 마력 덩어리를 난사했기 때문에, 순간적으로 지팡이로 튕겨냈습니다. 직후에 "으라차아!" 하고 이번에는 마도 지팡이 끝에 한 자루의 푸른 창을 만들어내더니, 저를 향해 찔러 들었습니다. 저는 피했고, 저 대신에 민가의 지붕이 꿰뚫렸습니다.

아주 짧은 순간, 움직임이 멈춘 것을 가늠해 저는 그녀의 손에서 마도 지팡이를 빼앗았습니다.

그 순간에 저희를 잇고 있던 선이 사라졌습니다.

이걸로 일단 안심. 하고 제가 안도한 순간이었습니다.

"——윽, 그런 짓을 해도 절대로 놓치지 않을 거야!"

소리치고, 그녀가 꺼낸 것은 잿빛 보석을 박아 넣은 마도 지팡이. 두 개 가지고 있었던 겁니까……? 하고 제가 눈을 부릅뜬 순간,

그녀는 마도 지팡이를 높이 치켜들었습니다. 직후에 천천히 쏟아진 것은 무수한 암석들.

"아니, 막 나가는 겁니까⋯⋯?"

저는 하늘을 향해 마법을 날렸고, 하나하나 부수었습니다. 처리하지 않으면 제가 도망칠 자리가 사라지는 것은 물론이고, 이런 게 마을에 계속 쏟아지면 축제를 열고 있을 상황이 아니게 되고 맙니다.

그렇게까지 해야 할 만큼 위험한 상대라고 저는 오해를 받고 있는 것일까요?

몽롱의 마녀라는 존재하는지 어떤지도 확실치 않은 인물은, 그 정도의 상대라는 것일까요——.

그렇게, 제가 생각에 잠긴 직후.

"⋯⋯⋯⋯."

깜빡.

하고 제가 눈을 깜빡인 순간.

믿을 수 없게도 제가 지붕 위에서 길 위로 내려와 있었습니다. 아니, 자신의 의지로 이동한 것이 아니라, 그야말로 눈 깜짝할 사이에 다른 장소로 이동해 있었다고 할까.

이동하는 동안의 기억을 누군가가 훔쳐 간 듯한, 기묘한 감각이 있었습니다.

'개화의 회당'

제 눈앞에는 그런 글자가 적힌 커다란 간판이 있었습니다. 올려다보니 이제 막 피려 하는 꽃 같은 기묘한 형태의 건물이 자리하고 있었습니다.

그리고 조금 전의 마법 소녀 씨도, 제 눈앞에 있었습니다.

"……으응? 읍! ……응! 으! 으읍!"

밧줄로 입이 막히고 양손 양다리가 묶인 그녀는 땅바닥에서 저를 올려다보며 신음하고 있었습니다. 무슨 말을 하고 있는지는 당연하게도 전혀 모르겠습니다만, 그 시선에서 조금 전까지의 적의는 느껴지지 않았습니다.

갑작스러운 상황에 당황하며 주변을 둘러보던 도중. 저는 문득 손에 들고 있던 봉투 무게가 상당히 가벼워졌다는 사실을 깨달았습니다.

시선을 내리자 조금 전에 산 빵 봉투가 입을 벌리고 있었습니다.

"……?"

잔뜩 샀을 터인 그 내용물은, 딱 하나밖에 먹지 않았을 터인 그 내용물은, 어찌 된 연유인지 이미 거의 남아 있지 않았습니다.

○

갑작스러운 상황에 당황하면서도, 눈앞의 마법 소녀 씨를 묶은 밧줄을 일단 풀어드리는 저. 아무리 그래도 갑자기 기억이 날아가는 그런 이상 사태 직후에 아까처럼 싸움을 걸어오려 하지는 않을 테지요.

"……푸하앗!"

밧줄에서 풀려난 그녀는 숨을 들이쉬고, 곧장 두 개의 마도 지팡이에서 보석을 떼어내 버렸습니다.

구조는 잘 모르겠습니다만, 그녀의 마도 지팡이는 입고 있는 지나치게 기묘한 옷과 어떤 관계가 있을지도 모르겠습니다. 보석이 빠진 직후에 그녀가 입고 있던 옷은 눈부시게 빛나더니, 평범한 교복이 되었습니다.

"…………."

보니, 그것은 패티 씨가 입고 있던 교복과 매우 비슷했습니다. 소매 길이 이외엔 똑같다고 해도 좋을 정도입니다.

패티 씨와 같은 학교에 다니는 학생인가 봅니다.

"전투 중에 기억이 날아갔다……라는 건, 몽롱의 마녀가 조금 전에 나타나서, 여기서 사라졌다는 건가…….."

중얼중얼 혼잣말을 한 다음 힐끗 저를 보는 그녀.

"……당신, 몽롱의 마녀가 아니었구나."

조금 전까지 저를 귀찮게 쫓아다닌 데다 심하게 비난한 다음이라서일까요? 그녀는 조금 겸연쩍은 듯 시선을 돌리고, 머리카락을 손가락으로 만지작거리며.

"그…… 미안해. 오해해서."

그렇게 중얼거렸습니다.

아뇨 아뇨, 상관없습니다만? 딱히 신경 쓰지 않고말고요. 네.

"그나저나 당신이 쫓고 있는 그 몽롱의 마녀란 뭔가요? 저와 비슷하게 생겼나요? 잿빛 머리카락에 마녀의 로브를 입고 있는 사람, 인 겁니까?"

또 오해를 받으면 성가시니, 적어도 앞으로는 차림새 정도는 바꿀까 생각했을 따름입니다. 하지만 그녀는 제 물음에 거북한 듯 더욱 고개를 돌렸습니다.

"아니, 그러니까…… 그게, 몽롱의 마녀가 어떻게 생겼는지는 나도 잘 모르는데……."

으응?

잘 안 들리는데요?

저는 스으윽 그녀의 시야 안으로 들어가서 빤히 바라보았습니다.

"그건 즉, 제가 몽롱의 마녀인지 아닌지도 모르면서 멋대로 단정 짓고 습격해 왔다는 겁니까?"

"아니, 일단 몽롱의 마녀가 마법사라는 건 이미 조사로 알고 있으니까, 그래서……."

"그럼, 마법사라면 누구한테나 똑같은 짓을 하는 겁니까?"

"아니, 그런 건…… 아닌데……."

"저는 몽롱의 마녀가 아니라고 계속 말했을 텐데요?"

"……미, 미안해."

아주 몹시 거북해하며 그녀는 사과했습니다. 저로서는 여기서 더욱 "어이 어이 미안하다면 다야? 으엉?" 하고 몰아붙여도 괜찮았을 테지만, 학생을 상대로 그렇게까지 하는 건 내키지 않았습니다.

그보다 지금은 더 신경 쓰이는 일이 산더미였습니다.

대체 무엇부터 물으면 좋을까요.

"……저기, 당신──."

하고 그녀가 입을 열려던 때, 저는.

"일레이나입니다."

우선은 두 번 다시 몽롱의 마녀라는 이로 오해받지 않도록 자기소개를 해두었습니다.

"여행하는 마녀, 일레이나입니다. 마녀명은 재의 마녀. 이 나라에는 관광을 위해 왔습니다."

말하면서 저는 인사를 한 번.

그녀는 "그런가, 그러고 보니 자기소개가 아직이었네——" 하고 새삼 제 쪽을 바라보았습니다.

"내 이름은 밀리나리나. 돌고 도는 꿈의 도시 캐러셀을 지키는 마법 소녀야."

"마법 소녀……."

아까도 빵 가게에서 들었습니다만.

저로서는 이 마법 소녀라는 개념이 잘 이해되지 않았습니다. 이 나라에는 분명 보안국이 있을 터입니다. 그것과는 다른 조직이라는 것일까요?

제가 미묘한 표정을 짓고 있어서인지, 그녀는 바로 설명을 덧붙여 주었습니다.

"마법 소녀란 건, 이 나라의 독자적인 존재로—— 뭐, 타국에서 말하는 나라 전속 마법사 같은 거라고 생각하면 돼."

요컨대.

"……특별한 허가를 받아서 나라를 지키는 활동을 하는 사람, 이라는 겁니까?"

"뭐, 그런 느낌이지."

그리고 마법 소녀, 그러니까 밀리나리나 씨는 그녀의 등 뒤에 우뚝 서 있는 개화의 회당을 가리키면서 제게 말했습니다.

"그래서, 일레이나. 당신 지금부터 시간 있어? 같이 좀 가줬으면 하는 곳이 있는데."

목적지가 어디인지는 물을 것까지도 없을 테지요. 개화의 회당 안이로군요. 애초에 여기를 향해서 걷고 있었던지라 딱히 상관없습니다만. 무슨 용건이 있어서 들어가려는 걸까요?

"뭡니까? 데이트 신청인가요?"

"뭐? 그, 그럴 리 없잖아!"

바보 아냐?! 하고 목소리를 높이는 밀리나리나 씨. 그리 말씀하신들 개화의 회당은 데이트 장소로 유명하다고 하고, 게다가 조금 전까지 몹시도 뜨거운 대사로 구애를 받았으니 완전히 그럴 셈인가 생각했습니다만.

"당신이랑 좀 만나게 하고 싶은 사람이 있다고."

"——역시 데이트."

"아니라고!"

정말이지! 하고 화내는 밀리나리나 씨.

"몽롱의 마녀와 만나면 상사에게 보고해야만 해. 그래서, 함께 있었던 당신도 참고인으로 따라와 줬으면 하는 거야."

그런 사정이었나요.

그렇다면 그렇다고 빨리 말해주면 좋으련만.

"그나저나 상사님이 상당히 묘한 곳에 있네요."

분명 여기는 오늘 콘서트장으로 쓰일 예정이 아니었던가요?

제가 고개를 갸웃거리자, 밀리나리나 씨는 고개를 끄덕이면서도 "맞아── 콘서트를 앞둔 소중한 시간이니까, 가능한 한 간단하게 끝내고 싶어"라고 조금 묘한 말을 했습니다.

마치 상사분이 콘서트에서 직접 노래를 선보이는 것 같은 말투. 저는 물었습니다. 상사분의 이름이 뭔가요? 하고.

그러자 그녀는 회장 한쪽을 가리키며 답했습니다.

"사마라 님."

그녀가 가리킨 곳에는.

예의 그 포스터가 있었습니다.

○

개화의 회당.

그 안쪽, 경비원이 지키고 있는, 관계자 외 출입 금지 구역에 익숙한 태도로 발을 들인 밀리나리나 씨. 저도 그녀를 따라 익숙한 느낌을 자아내며 걸었습니다.

그리고 얼마 후 도착한 곳은, 대기실.

예에 따라 문에는 사마라 님의 이름이 적혀 있었고, 그리고 밀리나리나 씨가 문을 열자 포스터에서 본 보라색 머리카락의 여성이 앉아 있었습니다.

아직 준비 중인지 마도 지팡이는 그녀의 옆에 놓여 있었고, 그리고 푸른 드레스 위에는 카디건을 걸치고 있었습니다.

대기실에서 기다리는 동안 심심했는지 한 손에 들어갈 만큼 작은 인형을 손으로 만지작거리던 그녀는 밀리나리나 씨의 얼굴을 보자마자.

"대기실에 들어올 때는 노크를 하도록 해. 밀리나리나."

그렇게 훈계를 하며 인형을 내려놓으면서도 부드러운 표정을 짓고 있었습니다.

그리고 제 존재를 알아챈 사마라 씨는 검은 눈동자를 이쪽으로 돌렸습니다.

"······그쪽 분은?"

"이쪽은 마녀 일레이나. 오늘, 나랑 같이 몽롱의 마녀와 대치한 사람이야."

밀리나리나 씨의 소개에 맞춰 저는 "안녕하세요" 하고 가볍게 인사를 했습니다.

"몽롱의 마녀에 관한 정보는 좀 찾았어?"

사마라 씨는 밀리나리나 씨에게 물었습니다.

"어때? 일레이나."

밀리나리나 씨는 제게 물었습니다.

······어째서 저한테? 그보다 새삼스럽지만 어째서 편하게 이름을 막 부르는지?

"저기, 죄송합니다. 애초에 저는 그 몽롱의 마녀가 실재하는 인물인지 아닌지도 전혀 모르겠습니다만."

그보다, 심지어 밀리나리나 씨와 만난 순간부터 지금에 이르기까지 전부 전혀 모르겠습니다만.

©Azure

하고 저는 볼을 살짝 부풀리며 항의했습니다. 딱히 화가 나거나 하지는 않았지만 아무리 그래도 한마디 정도는 설명을 듣고 싶은 바입니다.

사마라 씨는 어리둥절해했습니다.

"밀리나리나……? 아무런 사정도 알려주지 않고 여기까지 데려온 거야?"

"맞아."

저, 너무 곤란하거든요? 하고 사마라 님인가 하는 사람에게 눈으로 호소했습니다. 어떻게 좀 해주세요.

"나는 설명을 잘 못 하니까, 사마라 님한테 설명해달라고 하는 편이 이야기가 빠를 거라고 생각해서."

"나, 이제부터 콘서트를 해야 하는데……."

그러나 한숨을 내쉬며 어이없어하면서도 부드럽게 웃고 있는 모습을 보건대 이 사마라 님이라는 분은 좋은 분인 것일 테지요.

"……어쩔 수 없네."

가볍게 한숨을 내쉬면서, 입을 열었습니다.

"우선, 일레이나 씨가 어디까지 아는지 모르겠지만, 몽롱의 마녀라는 건 이 나라 특유의 건망증을 변명하기 위한 말이야."

저는 빵 가게 주인과 나눈 대화를 떠올리면서 답했습니다.

"약속을 바람맞히거나, 돈 계산이 맞지 않을 때 쓰는 말이고, 실제로는 존재하지 않는 마녀, 죠?"

"맞아. 표면적으로는."

그녀는 고개를 끄덕이고, 그리고 태연하게 말했습니다.

"하지만 실제로 몽롱의 마녀는 이 나라에 실재하고 있어"라고.

건망증이 생기는 원인이 이 나라에 실재하고 있다는 건가요? 무슨 말씀인지 의미를 알 수 없어 미간을 좁히며 고개를 살짝 갸웃거리자, 사마라 씨는 "갑작스러워서 이해가 안 되겠지" 하고 웃더니, 가르쳐주었습니다.

"일레이나 씨는 이 나라에 들어온 후에 기억이 날아간 적 없어?"

"……횟수는 모르지만, 적어도 밀리나리나 씨와 함께 있을 때 한 번 경험한 건 틀림없습니다."

"과연."

부드러운 표정으로 그녀는 고개를 끄덕였습니다.

"그런데, 일레이나 씨. 당신, 밀리나리나와 만날 때까지 어디서 무얼 했어?"

"분명 빵 가게에서 빵을 샀을 겁니다만……."

"어느 빵 가게? 가게 주인은 어떤 사람이었어? 남성? 여성?"

어쩐지 심문 같아졌군요…….

"큰길에 있는 빵 가게, 주인은 남성. 분명 나이는 서른 정도, 였던 것 같습니다."

"아, 혹시 베일리 씨 가게인가? 생긴 지 얼마 안 된 가게인데. 가게 안은 깨끗했지?"

"……그러네요. 그랬던 것 같습니다."

"그리고, 가게 주인은 분명 수염이 난 체격 좋은 남성 아니었어?"

"……그랬는지도 모르겠네요. 아시나요?"

"아니, 전혀."

"네?"

어떻게 된 건지? 하고 제가 고개를 갸웃거리고 있으려니 사마라 씨는 키득키득 웃음을 지으며.

"미안해. 나, 그 가게는 전혀 몰라. 애초에 나는 빵 가게에 잘 안 가거든."

그렇게 이야기했습니다.

그녀의 의도가 전혀 짐작되지 않은 저는 당황할 뿐이었습니다.

그러나 저의 그 당황한 모습이야말로 그녀가 바랐던 것일 테지요.

"일레이나 씨. 사람은 하루 중 몇 퍼센트나 되는 시간을 무의식적으로 보내는 줄 알아? 뭔가를 생각하지 않고, 그저 흘러가는 대로 보내는 시간은 어느 정도일 것 같아?"

그녀는 제 대답을 기다리지도 않고 말을 이었습니다.

"그건 문헌에 따라 다른데, 대략 70퍼센트에서 80퍼센트는 무의식적으로 보낸다고 해. 특히 비슷한 하루하루가 습관이 되어 있는 사람일수록 이 비율은 높다나 봐. 어른이 될수록 하루가 빠르게 느껴지는 요인은 여러 가지 설이 있지만, 그중 하나는 하루하루가 신선하지 않아졌기 때문—— 즉, 경험이 늘면서 머리를 그다지 쓰지 않아도 해낼 수 있는 게 많아졌기 때문이라고 해."

어렸을 때는 어른이 되는 게 기대돼서, 새 책을 읽을 때마다 새 세계의 문이 열린 것만 같은 기분이 들었습니다. 외출할 때마다 모험이었습니다. 매일 밤, 배가 고파졌을 때마다, 저녁밥 냄새가 풍길 때마다, 고양감을 억누를 수 없게 되었습니다. 매일 밤 침대에 누울 때마다 행복한 꿈이 저를 기다리고 있었습니다.

어른이 될수록 감정 기복은 억제되고 차분해져 갔습니다.

모르는 것으로 가득하던 날들에 아는 것이 퍼져갔기 때문입니다.

그것이 좋은 일인지 나쁜 일인지 저로서는 알 수 없습니다. 하지만, 이 나라── 몽롱의 마녀와 대치하는 그녀들에게는 다소 형편이 안 좋은 일인 듯했습니다.

"무의식적으로 보내는 시간은 애매하게 지나가지. 그리고 돌이켜 볼 때는 거기에 무엇이 있었는지 흐릿하게밖에 기억하지 못해."

예를 들면 제가 밀리나리나 씨와 만나기 직전에 이야기를 나누었던 빵 가게의 모습이나 주인의 얼굴을 확실하게 기억하고 있지 못한 것처럼.

인간의 기억은 놀랄 만큼 애매하게 구성되어 있습니다.

그리고 타인에 관한 기억의 애매한 부분은 놀랄 만큼 간단히 메워져버립니다.

"내가 아까 빵 가게가 깔끔했냐고 물었을 때, 일레이나 씨는 『그랬을지도 몰라』 하고 생각했지? 가게 주인의 특징을 내가 늘어놓았을 때, 당신 머릿속에는 수염을 기른 남성의 얼굴이 떠올랐을 거야."

"…………."

그녀는 말했습니다.

"몽롱의 마녀라는 존재에 관해 이야기할게. 몽롱의 마녀는 실제로 이 나라에 사는 인간이야. 다만, 아주 조금 특수한 힘을 갖고 있거든. 이 여자는, 인간의 기억에 절대로 남지 않아."

"인간의 기억에 남지 않아?"

존재감이 옅다는 뜻인가요? 하고 저는 문득 생각했습니다만, 물론 아닙니다.

"그녀를 본 사람은 하나같이 그녀를 시야에 담고 있던 동안의 기억을 전부 빼앗기는 거야. 시야 구석에 비치기만 해도, 온종일 함께 있었을 경우에도 마찬가지. 무슨 일이 있어도 절대 그녀의 존재는 기억에 남지 않아. 그게 어떠한 상태인지는 일레이나 씨도 직접 경험해봐서 알고 있지?"

저와 밀리나리나 씨가 깨닫고 보니 개화의 회당에 있었다는 것은 즉, 저희 기억에 남아 있지 않은 부분에서 몽롱의 마녀와 해후했다는 사실을 나타낸다는 것일까요?

하지만 여기서 한 가지 의문이 떠오릅니다.

"그건 그러니까, 몽롱의 마녀가 지금 축제로 시끌벅적한 거리로 나가면, 일시적으로 집단 기억 상실이 일어난다는 거잖아요? 도시가 혼란에 빠져도 이상하지 않을 것 같습니다만."

그러나 도시 사람들의 관심은 지금 눈앞에 있는 사마라 씨의 노랫소리에만 집중되어 있습니다. 몽롱의 마녀라는 존재를 신경 쓰고 있는 건 기껏해야 숙소 주인 정도일 테지요.

"그러네. 우리도 몽롱의 마녀가 실재한다는 걸 알았을 땐 똑같은 생각을 했어. 집단적인 기억 상실이 일어난 경우를 찾으면, 몽롱의 마녀의 거점을 찾아낼 수 있을 거라고."

하지만 예상과 달리 기억 상실이 일어났다고 하는 정보는 놀랄 만큼 들어오지 않았습니다.

그것은 사마라 씨의 말을 빌리자면, 사람은 하루 중 70퍼센트에서 80퍼센트는 무의식적으로 행동하고 있고, 무의식 속에서 일어난 일을 인간은 거의 기억하지 못하기 때문입니다.

"기억 상실이라고 해도 몽롱의 마녀와 직접 이야기라도 하지 않는 한, 몽롱의 마녀를 눈으로 보는 시간은 몇 초 정도. 그 사이의 기억이 갑자기 사라졌다고 한들 아무도 신경 쓰지 않아."

그리고 예를 들면 물건을 잃어버리거나, 예를 들면 돈이 없어지거나―― 그러한 현실과 기억의 오차가 생겼을 때 비로소 몽롱의 마녀와 마주쳤다는 사실을 알게 되는 겁니다.

깨달았을 때는 이미 몽롱의 마녀는 자취를 감춘 다음입니다.

그리고 문제는 또 하나 있습니다.

"몽롱의 마녀가 실재하는 건 확실하지만, 몽롱의 마녀에 관한 정보는 거의 모이질 않아."

몽롱의 마녀의 외모는 기억에 남지 않습니다. 즉, 그것은 누가 몽롱의 마녀인지 전혀 모른다는 뜻이기도 합니다. 쫓는 것도 찾아 싸우는 것도 불가능합니다. 몽롱의 마녀는 언제나 깨달았을 무렵엔 떠나고 없으니까요.

간신히 손에 넣은 유일한 정보는 마녀의 로브를 입고 있다는 것뿐. 작은 여자아이가 마을 사람들을 그린 스케치에 우연히 그려져 있었던 그 모습만이 실마리였습니다.

과연.

"그래서 저를 몽롱의 마녀라고 착각해서 공격해 왔던 겁니까."

이런 이런 하며 제가 어깨를 으쓱이자, 밀리나리나 씨는 "우으, 그건 미안하다니까⋯⋯" 하고 거북한 듯 고개를 돌렸습니다.

사마라 씨는 눈을 가늘게 뜨고 밀리나리나 씨를 응시했습니다.

"밀리나리나⋯⋯? 그랬어?"

아주 조금 불온한 분위기를 풍기는 사마라 씨.

"⋯⋯언제나 몽롱의 마녀와 대치할 때는 부디 진중하게 움직이라고 말했을 텐데⋯⋯?"

"어쩔 수 없잖아. 몽롱의 마녀에 관한 유일한 단서가 로브니까. 마녀 차림을 한 여자가 있으면 몽롱의 마녀라고 생각하는 게 당연하잖아?"

전혀 미안해하는 기색도 없다니.

이 아이, 반성 제로로군요.

"괜찮았어? 일레이나 씨. 미안해. 이 애는 좀 억지스러운 면이 있어서⋯⋯."

아뇨 아뇨, 무슨 말씀을.

"걱정하실 것 없습니다. 괜찮아요. 뭐, 갑자기 구애를 해서 조금 놀랐지만."

"응? 구애?"

"파란 선으로 손과 손을 묶곤 평생 함께라는 말을 했습니다."

"어머."

"그리고 저는 그만둬 달라고 부탁했습니다만, 죽을 때까지 쫓아다닐 거라며 반쯤 프러포즈 같은 말도 받았습니다."

"어머나."

눈이 동그래진 사마라 씨.

"의외로 적극적이었구나. 밀리나리나······."

"아니 적극적이니 하는 그런 이야기가 아니야!"

하고 목소리를 높이는 밀리나리나 씨의 얼굴은 새빨갰습니다. 부끄러워하고 있군요. 다 압니다.

"자, 자."

저는 그녀의 어깨에 툭 손을 올려두고 "저는 거절했지만, 당신을 사랑해줄 사람은 분명 어딘가에 있을 겁니다" 하고 위로해주었습니다.

"어째서 내가 위로받고 있는 건데?"

납득이 안 되거든! 하고 뺨을 부풀리는 밀리나리나 씨.

사마라 씨는 그런 그녀에게 미소를 지어 보이며 자리에서 일어나더니, 몸단장을 하기 시작했습니다.

"미안해. 이제 시간이 된 것 같아."

시계를 가리키는 사마라 씨.

몽롱의 마녀에 관한 긴 이야기 탓에 잊고 있었습니다만, 그녀는 가희였고 지금은 콘서트 직전이었지요.

거울 앞에 선 그녀는 카디건을 벗더니 흐르는 듯한 머리카락과 의상을 정리하고, 그리고 보석이 끼워진 마도 지팡이를 손에 들고, 그리고서 한 손에 들어갈 정도로 작은 인형을 소중하게 파우치에 넣었습니다. 우리가 들어왔을 때도 만지고 있었는데—— 부적 같은 걸까요?

그리고서 거울 앞에서 빙글 돌며 자신의 차림새를 확인.

순식간에 포스터에서 본 모습과 아주 똑같은 모습이 된 그녀는 저희에게 정중하게 인사를 하면서 말했습니다.

　"이제부터 태어나서 처음인 콘서트를 할 거야. 괜찮다면 보고 가줘."

　반드시 기억에 남을 만한 노래를 할 테니까, 라고.

○

　들어보니 밀리나리나 씨는 사마라 씨의 제자라고 합니다.

　말하길, 전에는 사마라 씨가 돌고 도는 꿈의 도시 캐러셀을 지키며 빈집털이, 절도범, 폭력범 같은 나쁜 사람을 잡는 일을 했다고 합니다.

　도시를 지키는 상징적인 존재가 오래전부터 군림하고 있던 돌고 도는 꿈의 도시 캐러셀은 이전부터 치안이 좋았고, 그리고 동시에 사마라 씨를 모르는 사람이 없을 정도였습니다.

　그리고 지금으로부터 반년 전.

　사마라 씨는 도시를 지키는 자로서의 사명을 자신의 제자인 밀리나리나 씨에게 넘기고, 가수로 데뷔했다고 합니다.

　그리고 오늘은 그녀의 첫 콘서트 무대.

　오래전부터 나라를 지켰던 그녀의 무대를 보기 위해 많은 사람이 개화의 회당에 모였습니다. 그 제자인 밀리나리나 씨의 특권으로 저희는 특별석에서 그녀의 화려한 무대를 보았습니다.

　조용하게 피아노 선율이 흐르는 중에, 스테이지에 홀로 선 사마라 씨가 투명하고 아름다운 노랫소리를 피로하고 있었습니다.

"요즘 공연히 초조해져."

제 옆에 앉은 밀리나리나 씨는 눈부신 듯 스테이지를 바라보면서도 토해내듯 말했습니다.

"사마라 님이 은퇴한 건 반년 전. 몽롱의 마녀가 실재한다는 게 판명된 건—— 몽롱의 마녀에 의해 명확한 피해가 나오게 된 건, 그로부터 3개월 정도가 지났을 때부터였어."

사마라 씨가 도시를 지켰을 때는 실수 없이 처리하고 있는 것처럼 보였습니다.

그러나 밀리나리나 씨가 도시를 지키게 되고부터, 몽롱의 마녀의 피해가 확대되었습니다. 도시 사람들에게는 밀리나리나 씨의 존재가 어찌 비쳤을까요.

미덥지 못하다.

실패만 해댄다.

사마라 씨는 이런 실수를 하지 않았다.

위대한 인물의 뒤를 잇는다는 건 명예이기도 하며, 그리고 고난의 길이기도 합니다.

"혹시 나로 대가 바뀌어서 얕보고 있는 건지도 몰라. 최근엔 특히 몽롱의 마녀가 활발하게 활동하고 있거든."

노점에서 멋대로 물건이 사라지는 건 물론이고, 돈과 보석도 태연하게 훔치고, 장난으로 물건을 망가뜨리는 일도 여러 번.

마치 밀리나리나 씨를 도발하는 것처럼 도시 여기저기에서 활동하고 있다고 합니다.

"그래서, 몽롱의 마녀를 잡으려고 그렇게 기를 쓰고 있는 겁니까?"

성과를 올리지 않으면 언제까지고 마을 사람들은 계속 실망할 뿐. 밀리나리나 씨도 초조할 테지요.

"응…… 미안."

여전히 이쪽을 보며 사과하려고는 하지 않았지만, 아까보다는 냉정해졌는지 그녀의 말은 아주 조금 둥글둥글해진 느낌이었습니다.

"저기, 당신. 시간 있어?"

어라 어라?

"데이트 신청입니까?"

"그런 거 아니라고."

바보같이, 하고 그녀는 입을 삐죽이고서 한숨을 한 번 내쉬고 말했습니다.

"시간 있으면, 지혜를 빌려주지 않을래? 몽롱의 마녀를 잡기 위해선 나와 사마라 님 이외에도 힘 있는 인간의 도움이 필요해."

그리고 타국의 마녀라는 건 그 도움을 주기에 최적이라는 것일 테지요. 유감스럽게도 이 나라에는 마법사가 훨씬 전부터 부재인 모양이니까요.

저는 고개를 끄덕였습니다.

"좋습니다."

몽롱의 마녀라는 존재에도 흥미는 있으니까요.

그리고.

"또 몽롱의 마녀로 오해받는 건 성가시니까요."

○

"이게 여자아이가 그렸던 스케치를 옮긴 거야. 몽롱의 마녀에
관한 유일한 단서."

마을의 큰길. 인파에 섞여서 검은 로브를 입고 삼각 모자를 쓴
인물의 뒷모습이 거기에 그려져 있었습니다.

그것참 이건 정말이지.

"저 같네요."

"그렇지?"

그래서 내가 착각한 거라고, 라며 밀리나리나 씨는 어깨를 으
쓱이고 깊은 숨을 토했습니다.

큰길을 걸으면서 저는 밀리나리나 씨의 이야기를 들었습니다.
말하길, 그녀는 지금까지 몇 번이고 꾀를 짜내고, 그리고 실패해
왔다고 합니다.

"몽롱의 마녀는 그런 차림을 하고 있는 만큼, 진짜 마녀인 것
같아. 기억에는 남아 있지 않지만, 내가 그 녀석과 지금까지 싸워
온 횟수는 지난 3개월 동안 약 2백 번 정도야."

"지금까지의 승패 결과는 어땠나요?"

"그거 말할 필요가 있을까?"

"죄송합니다."

전패인 게 명백하니 제게 협력을 구한 거겠지요.

조금 거친 말투인 것치고는 꼼꼼한 성격인지, 그녀는 수첩을 휙휙 넘기기 시작했습니다. 아무래도 지금까지 싸운 내용이 극명하게 기록되어 있나 봅니다. 자잘한 글자가 가득 새겨져 있었습니다.

　"참고로 제일 힘들었던 패배 방식은, 깨닫고 보니 개집에 던져져 있던 거야. 최대급의 굴욕을 맛봤어."

　"그거 말할 필요가 있을까요?"

　"몽롱의 마녀와 대치한다는 게 어떤 건지를 알았으면 해서."

　"급격하게 의욕이 사라졌습니다만."

　"말해두겠는데 포기하거나 도망치거나 하면 지옥 끝까지 쫓아갈 테니까 각오해둬."

　"또 구혼하고 있어……."

　그보다 저를 쫓아다닐 틈이 있으면 몽롱의 마녀를 잡아줬으면 싶은 마음입니다만.

　아무튼 저희는 일단 닥치는 대로 찾아보기 시작했습니다.

　"뭐, 큰길을 걷다 보면 언젠가 그럴듯한 인물과 만나게 될지도 모르니까요――."

　그렇게 현재로서는 노 플랜으로 적당히 걸음을 옮기던 저는 멍하니 말을 늘어놓으며 문득 옆으로 시선을 보냈습니다.

　"…………."

　아주 짧은 한순간, 저희 사이에는 위화감이 생겼습니다.

　우선 인파가 많은 큰길에 있을 터인데, 마치 파문처럼 사람들이 저희를 중심으로 물러나 있었습니다.

옆에 있던 밀리나리나 씨는 어느샌가 마법 소녀 차림으로 모습을 바꾸고 있었습니다.

이런 데서 빠르게 옷 갈아입기인가요? 아뇨 아뇨. 그렇다기보다는 시간이 쏙 빠져 사라진 것만 같았습니다.

"……몽롱의 마녀!"

밀리나리나 씨는 주변을 둘러보았습니다. 빠진 기억을 채우는 것은 불가능하지만, 추측하는 것은 가능합니다.

아마도 적당히 걸어 다니던 저희와 몽롱의 마녀가 우연히 마주쳤나 봅니다.

밀리나리나 씨는 곧바로 마법 소녀 차림으로 변신해 임전 태세. 그러나 몽롱의 마녀는 저희를 눈치채고 곧바로 도망쳐버린 것일 테지요.

지금이라면 아직 근처에 있을지도 모릅니다.

"일레이나, 어서 찾자!"

밀리나리나 씨는 달려나갔습니다.

저는 놀랐습니다. 그녀의 발걸음에는 망설임이 전혀 없었고, 몽롱의 마녀가 어디로 향했는지를 이해하고 있는 것만 같았습니다. 3개월 동안 반복하며 축적된 경험은 겉멋이 아니었던 것일까요?

"아마 이쪽으로 도망쳤을 거야!"

그리고 밀리나리나 씨는 빨려 들어가듯 뒷골목으로 돌격했습니다. 아앗! 기다려주세요, 하고 종종걸음으로 뒤쫓는 저를 무시하고, 그리고 그녀는 몽롱의 마녀와 대치한 모양이었습니다.

"하하하! 여전히 감이 좋네!"

즐거운 듯한 누군가의 웃음소리가 울렸습니다. 그런가 싶던 직후에.

"아! 찾았다. 몽롱의 마녀! 각오해—— 꺄아아악!"

그렇게 뒷골목에서 고함치는 소리가 들렸습니다.

지팡이를 준비한 제가 뒷골목으로 들어섰을 때는 이미 몽롱의 마녀의 모습은 없었고, 대신 무참하게 패배한 밀리나리나 씨만이 그 자리에 남겨져 있었습니다.

"……괜찮은가요?"

입을 벌린 쓰레기통에 처박혀 있던 그녀는 그 안에서 반짝 눈을 뜨더니, "아파…… 나, 어째서 이런 데……?" 하고 당황하며 주변을 둘러보았습니다.

"이번에도 실패였나 보네요."

저는 지극히 간결하게 그녀가 처한 상태를 설명해드렸습니다. 3개월이나 쫓아다닌 그녀에게는 그 한마디로 충분할 테지요.

"……그런가 보네."

한숨을 내쉬면서 그녀는 쓰레기통 안에서 어깨를 움츠리며 메모장을 꺼내고 펜을 움직였습니다.

"개집에 처박힌 이후 처음이야. 이런 굴욕을 맛보다니."

"그거 쓸 필요가 있을까요?"

○

3개월 동안 2백 번이나 마주쳤다고 하는 사실에서도 알 수 있듯, 그녀는 하루에도 몇 번이나 몽롱의 마녀와 대치하고 있는 모양이었습니다.

오늘도 그 후 몇 번이나 밀리나리나 씨와 저는 몽롱의 마녀와 대치하게 되었습니다.

뭐 예에 따라 기억에 남아 있지 않은 상대인지라, 싸운 것 같다고 하는 결과만 남아 있을 뿐이었습니다만.

우선 처음은 밀리나리나 씨를 쓰레기통에서 구출한 다음에 마법 소녀 변장을 푼 그녀와 둘이서 길을 걸을 때의 일입니다.

"잠깐!"

갑자기 멈춰선 밀리나리나 씨. 그녀의 시선 끝에는 민가의 벽. 자세히 보니 그곳에는 붉은 풍선으로 손을 뻗는 여자아이의 그림이 그려져 있었습니다. 저기에 무슨 문제라도? 하고 제가 그녀에게 시선을 보내자.

"어제까지는 저런 거 없었어……! 이 주변에 그 여자가 있을 게 틀림없어!"

그렇게 확신 넘치는 말투로 말했습니다. 그리고 실제로 있었나 봅니다.

정신을 차리고 보니 저희는 '바보입니다'라고 쓰인 팻말을 목에 건 채, 밧줄에 묶여 방치되어 있었습니다.

"굴욕적이야."

뺨을 부풀린 밀리나리나 씨.

"어째서 저까지."

옆에 있다 휘말리고 말았습니다.

그리고 다음에 마주친 것은 다시 거리의 큰길을 걷던 때의 일. 노상에서 마술사가 마술을 선보이고 있던 도중에 마주친 모양이었습니다.

"보십시오! 이건 지극히 평범한 상자! 지금부터 순간 이동으로 이 상자에서 조수를 불러내겠습니다!"

그렇게 마술사가 상자를 열어 보이자, 그곳에는 조수가 아니라 밀리나리나 씨가 있었습니다.

"진짜 굴욕적이야."

세 번에 걸쳐 참패한 결과만이 남겨졌습니다.

그러나 저희는 저희 나름대로 결코 아무런 대책 없이 몽롱의 마녀와 싸우려 하는 것은 아닙니다. 다음에 마주쳤을 때를 대비해 저희는 미리 의논을 했습니다.

그리고 여기서 활약하는 것이 외지에서 온 마녀인 저라는 존재입니다.

"이번엔 과감하게 발밑을 끈적끈적하게 만들어버리면 어떤가요?"

저는 제안했습니다.

"몽롱의 마녀가 움직이지 못하게 끈적거리는 액체를 발밑에 뿌려두면 간단히 잡을 수 있지 않을까요?"

"당신 천재라는 말 자주 듣지 않아?"

"후후후, 사실 천재의 어원은 저였답니다. 아셨나요?"

그리하여 몽롱의 마녀와 저희는 다시 마주쳤나 봅니다.

"도와줘."

정신을 차리고 보니 지면에 찰싹 달라붙어 드러누운 밀리나리나 씨가 있었으니, 아마도 작전은 실패였던 거라고 생각합니다.

"밀리나리나 씨, 이 상자가 뭔지 알겠나요?"

저는 즉석에서 만든 손바닥만 한 작은 상자를 밀리나리나 씨에게 보여주었습니다.

"나 지금 좀 상자에 대한 공포증이 생겼으니까 접근하지 말아줘."

스스슥 하고 제게서 거리를 두는 밀리나리나 씨. 마술사의 상자 속에 들어갔던 것이 트라우마가 됐나 봅니다.

개의치 않고 저는 설명을 계속했습니다.

"소리 마법이라는 게 있는데, 조금 전 이 상자 안에 불쾌할 정도로 엉망진창인 바이올린 음색을 소리 마법으로 담아뒀습니다. 몽롱의 마녀와 대치했을 때는 이걸 써보죠."

참고로 상자에 소리를 담기 위해서는 실제로 똑같은 소리를 가까이에서 울리게 할 필요가 있습니다. 가까운 곳에 있던 길거리 연주자에게 협력을 받아 일부러 엉망진창으로 연주한 소리를 상자 안에 담았습니다.

"호오…… 대단한걸. 마법사는 그런 것까지 할 수 있구나."

"아뇨 마법사라서가 아니라 천재라서입니다."

"천재라면 다음에야말로 성공해줬으면 좋겠네."

그리고 몇 분 후에 또다시 저희는 몽롱의 마녀와 마주쳤나 봅니다.

"저기, 그리고 보니 기분 나쁜 소리는 우리한테도 대미지를 주는 거 아냐?"

뒷골목에서 공중에 매달린 밀리나리나 씨가 뒤늦게 지극히 당연한 지적을 했습니다.

기분 나쁜 소리를 들려줘도 소용이 없었나요.

어쩔 수 없군요. 그럼 비장의 수입니다.

"빵을 쓰죠."

"뭐어? 빵? 당신 무슨 말을 하는 거야?"

"밀리나리나 씨, 혹시 빵의 훌륭함을 모르시는 겁니까? 빵이라고 하면 식빵부터 단빵 등의 종류가 있다는 점에서 알 수 있듯이 주식부터 간식에 이르기까지 온갖 상황에서 도움이 되는 만능 식재. 빵 소믈리에를 자칭하는 저의 스승님에 이르러서는 빵 들이쉬기 같은 취미까지 개발해 종일 빵 냄새를 맡으며 지내는 것이 휴일의 즐거움 중 하나일 정도입니다만 혹시 이 나라에서는 그런 빵 애호가로서의 문화가 자리 잡지 못한 것일까요? 참으로 아깝게도……."

"아니 대사량에 비해 내용이 아무것도 없어서 무슨 말을 하는 건지 잘 모르겠거든."

"요컨대 빵을 쓰면 몽롱의 마녀를 방심하게 할 수 있을지도 모른다는 말입니다. 아마도 이렇게 하면 몽롱의 마녀 같은 건 간단히 낚일 겁니다."

그리고 몇 분 후.

정신을 차리고 보니 저는 준비한 함정 위에서 빵을 먹고 있었습니다.

저는 말했습니다.

"우물우물우물."

"무슨 말을 하는 건지 진짜 모르겠거든."

이런, 실례.

빵을 삼키며 답했습니다.

"제가 지금 먹은 것은 함정으로서 준비한 빵과는 다른 거랍니다. 아마도 몽롱의 마녀가 가지고 있던 것일 테죠. 그녀도 둘도 없는 빵순이였나요."

"정말이지 어찌 되든 상관없는 얘기야……. 일단 메모해두겠지만……."

어이없어하면서도 펜을 놀리는 밀리나리나 씨.

그 후로도 저희는 이것도 아냐, 저것도 아냐 하고 온갖 전략을 세우고는 몽롱의 마녀를 찾아다녔습니다.

결과가 어떠했는지는 아마도 말할 필요도 없을 테지요.

깨닫고 보니 저희는 광장 벤치에서 둘이 나란히 빵을 먹으며 지는 해를 바라보고 있었습니다. 빙글빙글 도는 회전목마에서 신난 아이들의 웃음소리가 저희의 귀를 통과해 갔습니다.

아이들에게는 몹시도 즐거웠을 오늘 하루는 분명 순식간에 지나갔을 테지요.

"아, 정말……. 다 소용없잖아……."

고개를 숙인 밀리나리나 씨.

"벌써 시간이 이렇게……. 결국 이번에도 실패였어……."

그 표정은 거의 포기한 것처럼 보였습니다.

그녀의 하루도 분명 아이들과 마찬가지로 순식간에 지나간 느낌일 테지요. 매일같이 몇 번이고 몽롱의 마녀와 대치하다 보면 필연적으로 하루의 체감 시간은 짧아집니다.

매일같이 그녀는 순식간에 찾아오는 황혼을 바라보면서 또 하루가 의미 없이 끝나고 만 것에 낙담하며 집으로 돌아가고 있는지도 모릅니다.

슬픈 일입니다.

"다음을 마지막으로 할까요?"

저는 일어서면서 그렇게 말했습니다. 그러나 완전히 기운이 빠지고 만 그녀는 저를 올려다보며 가볍게 웃었습니다.

"오늘은 이제 그만하지 않을래? 나 이제 지쳤어."

어차피 내일도 시간은 잔뜩 있으니까──라며.

저는 그런 식으로 거의 포기한 밀리나리나 씨에게 고개를 저어 보였습니다.

"안 돼요. 오늘 할 겁니다."

저는 그녀의 손을 잡아당겨 억지로 일으켜 세우면서 말했습니다.

아무래도 제 말을 오해한 모양입니다만.

"다음이 마지막이라는 건, 다음에 반드시 잡는다고 하는 의미의 마지막입니다."

○

이제 곧 해가 지는 만큼 시간적으로도 여유가 별로 없었기 때문에, 저희는 그 자리에서 작전 회의에 들어갔습니다.

어리둥절해하는 밀리나리나 씨에게 제가 생각한 작전 개요를 전하자 "호오" 하고 여전히 기운이 빠진 얼굴로 대꾸하면서.

"놀랐어…… 의외로 생각하고 있었구나. 일레이나."

그렇게 지극히 자연스럽게 상당히 실례인 말을 뱉은 것이었습니다. 어라라, 무슨 뜻입니까?

"제가 아무런 생각도 없이 몽롱의 마녀와 대치하고 있다고 생각했던 겁니까?"

"응."

아니, 응이 아닙니다.

뭐, 반쯤 장난 같은 형태가 되기는 했습니다만, 저는 저 나름대로 제대로 생각을 하고는 있었다는 겁니다.

"몽롱의 마녀와의 대치는 다음이 마지막입니다. 마음을 단단히 먹고 가죠."

저는 그녀에게 작전을 대략 설명한 다음에 말했습니다. 제가 설명한 내용은 놀랄 만큼 간단했습니다. 저도 그녀도 그다지 특별한 일은 하지 않습니다. 아주 조금, 몽롱의 마녀와 대치하는 방법을 궁리할 뿐입니다.

제가 젠체하며 설명한 탓인지, 밀리나리나 씨는 반신반의하는 표정을 짓고 있었습니다.

입 밖으로 내지는 않았지만, 정말 그런 걸로 잡을 수 있는 거야? 같은 말을 하고 싶은 듯한 얼굴을 하고 있었습니다. 그리고 오늘은 이미 지쳤는지.

"애초에, 그렇게 형편 좋게 몽롱의 마녀가 우리 눈앞에 나타나 줄 거라고는 생각할 수 없는데⋯⋯."

그렇게 말했습니다.

완전히 의기소침해지고 말았네요.

저는 이런 이런 하고 고개를 저으면서, 주머니에서 작은 상자를 꺼냈습니다.

"밀리나리나 씨. 이게 뭔지 아나요?"

몽롱의 마녀를 쫓을 때 썼었잖아요, 하고 저는 밀리나리나 씨에게 그 상자를 떠넘겼습니다.

그녀는 받아서 손가락으로 집어 들더니.

"⋯⋯소리 마법을 울리게 하는 상자잖아. 이상한 바이올린 소리가 담겨 있는 거였던가."

그게 뭐? 라는 그녀.

기억하는 것 같아 다행입니다. 저는 그렇다며 고개를 끄덕였습니다.

"맞아요. 이건 담은 소리를 그대로 흘려보낼 수 있는 상자입니다."

유감스럽게도 기억에는 남아 있지 않지만, 오늘 몇 번인가 몽롱의 마녀와 대치했을 때도 이 상자를 이용해서 불쾌한 소리로 공격을 꾀하려고도 했었지요. 뭐, 실패했습니다만.

저는 이어서 그녀의 손안에 있는 상자와 완전히 똑같은 것을 주머니 안에서 몇 개 꺼냈습니다.

"소리를 발생시키기 위해서는 그 소리를 한 번 들려줘야만 한다는 건 설명했었죠?"

불쾌한 바이올린 소리를 울리게 하기 위해서는 한 번, 이 상자에 소리를 담을 필요가 있다는 이야기는 이미 했을 터입니다만.

"이건 즉, 바꿔 말하자면 소리를 들려줄 목적으로 쓸 수도 있고, 그리고 소리를 담는 용도로도 쓸 수 있다는 겁니다."

저는 손에 든 상자 하나하나에 차례대로 마력을 담아 소리 마법을 발생시켰습니다. 작은 상자 하나하나가 부들부들 떨며 소리를 내보냈습니다.

그건 제 목소리였습니다.

『당신이 몽롱의 마녀로군요! 검은 로브에 검은 삼각 모자에 담청색 머리카락을 가진, 나이는 대략 20대 중반 정도로 보이는 당신이! 몽롱의 마녀로군요! 참고로 마녀명은 뭡니까? 물어봐도 됩니까? 그보다 당신 마법사인가요? 이 나라에는 마법사가 거의 없다고 들었습니다만.』

마치 나중에 누군가에게 들려주는 것을 전제로 한 듯한 구체적인 말을 차례차례 늘어놓는 저.

『물론이야.』

대꾸하는 낯선 목소리는 몽롱의 마녀의 것일 테지요.

『이 나라에서 마법사는 확실히 드물어. 아니, 거의 제로라고 해도 되려나. 하지만 제로가 아냐. 내가 있으니까. 참고로 내 이름은 안네롯테. 창천의 마녀라는 게 본래의 마녀명이야.』

하긴 뭐, 이런 이야기를 해도 너희는 어차피 잊어버릴 테지만.

몽롱의 마녀, 아니, 창천의 마녀 안네롯테 씨는 장난을 좋아하는 어린아이처럼 즐거워하며 키득키득 웃었습니다.

그녀의 언동에서는, 어차피 아무리 말해본들 기억에 남는 일 같은 건 없으리라는 확신이 엿보였습니다.

그리고 자만이라고도 말할 수 있는 그 방심을 이용해서, 저는 차례차례 질문을 던졌습니다.

『당신은 평소엔 어떻게 거리를 탐색하나요? 찾는 게 몹시 귀찮았습니다만.』

『기본적으로 탐색 루트는 언제나 하루에 걸쳐 도시를 빙글 일주하고 있어. 북쪽에서 시작해서 서, 남, 동 순서로.』

오호라.

『어째서 나쁜 짓을 하는 겁니까?』

『한가해서.』

과연.

『참고로 당신은 지금 어디 사나요?』

『개화의 회당이라고 있잖아? 그 근처야. 구체적인 주소는──.』

그리고서 그녀는 술술 자신의 비밀을 간단히 말해주었습니다.

익숙하다는 건 무시무시하네요.

원래 못된 짓을 하는 사람이 이렇게나 간단히 자신의 비밀을 밝히거나 할 리 없습니다만. 그러나 절대로 들키지 않는다고 하는 안심이── 저희가 분명 잊을 거라고 하는 여유가, 원래라면 말할 리 없는 쓸데없는 것까지 이야기하게 하고 만 것입니다.

『오늘은 저녁이 되면 돌아갈 셈이야. 집 문은 열어둘 테니까,

괜찮다면 놀러 와.』

뭐, 어차피 너희는 여길 벗어나면 나에 관한 건 잊겠지만——
하고, 상자에 담긴 목소리는 그렇게 말하면서 도발적으로 웃고
있었습니다.

과연 집 문을 열어놨는지까지는 잘 모르겠습니다만, 그러나 적
어도 저녁인 지금, 집에 돌아와 있는 것만큼은 틀림이 없나 봅니다.

이 도시 특유의 컬러풀한 외관의 집합 주택 중 하나. 노란색 건
물의 최상층 한쪽에 그녀가 사는 집이 있는 모양입니다만.

"불이 켜져 있네요."

멀리서 관찰해보니 창문에서 불빛이 새어 나오고 있었고, 그리
고 집 문을 열어두는 것은 물론이고 창문까지 전부 활짝 열어두
고 있었습니다.

마치 들어올 수 있다면 어서 들어와 주세요 하고 말하고 있는
것만 같습니다.

"다른 사람의 기억에 남지 않는다고 상당히 자유를 만끽하고
있나 보네."

하아, 열받아. 라는 밀리나리나 씨.

그러나 저쪽이 완전히 방심하고 있는 건 저희에게 있어선 절호
의 기회입니다.

"밀리나리나 씨는 조금 전 말한 대로 준비해주세요. 곧 밤이 될
테니, 얼른 끝내버리죠."

저는 교복 차림의 그녀에게 마법 소녀다운 차림으로 변신하라

고 재촉했습니다.

"그래. 잠깐만 기다려."

끄덕이는 그녀를 보면서 저는 그러고 보니 그녀가 마법 소녀에서 교복 차림으로 돌아오는 모습은 본 적 있지만, 마법 소녀 차림으로 변신하는 순간은 아직 본 적이 없다는 것을 떠올렸습니다.

그녀가 마법 소녀가 될 때는 언제나 몽롱의 마녀와 마주하고 있을 때였으니까요.

아마도 지금까지 몇 번이고 보았을 터입니다만, 기억에는 전혀 남아 있지 않습니다. 뭐, 마법 소녀 차림으로 변신한다고 해도 어차피 순식간에 변할 뿐일 테지만——.

"마법 소녀 밀리나리나 미라클 체인지♡"

"뭐???????"

너무나도 갑작스러운 상황이었습니다.

품에서 손바닥만 한 크기의 막대기를 여러 개 꺼내서 빙글빙글 돌리며 잔뜩 아양을 부리는 목소리로 이쪽을 향해 윙크하는 여성이 한 명. 어째선지 잘 모르겠습니다만 그녀 주변에 분홍색의 눈부신 공간이 보이는 것만 같았습니다.

뭘 하는 겁니까? 하고 제지하려 한 순간, 그녀는 저를 향해서 손 키스를 던지며 막대기를 솜씨 좋게 맞춰나갔습니다.

아무래도 마도 지팡이를 조립하는 중인가 본데, 신기하게도 마도 지팡이 부품 하나하나를 연결할 때마다 그녀의 차림이 마법 소녀로 바뀌는 것이었습니다. 아마도 마도 지팡이와 마법 소녀의 차림이 연동되어 있는 것일 테지요.

……평범하게 조립하면 되는 게 아닌지? 라는 저의 당연한 의문 따위는 전혀 받아들이는 일 없이 그녀는 반짝반짝한 분위기 속에서 마법 소녀로 변신했습니다.

"자, 준비 다 됐어."

그리고 아무 일도 없었던 것처럼 마법 소녀 차림으로 제 앞에 선 밀리나리나 씨.

"…………."

그때 저는 감정을 잃은 얼굴을 하고 있었을 겁니다.

저의 반응에 밀리나리나 씨는 눈을 가늘게 떴습니다.

"뭐야?"

"그거 늘 하는 겁니까……?"

"당연하잖아. 마법 소녀인걸."

마법 소녀는 그런 변신을 해야만 한다고 정해져 있기라도 한 겁니까……? 예상하지 못한 곳에서 충격을 받은 저는.

"가능하면 몽롱의 마녀와 대치하고 나서 변신했다면 좋았을 걸 그랬네요……."

라고만 말해두었습니다.

이제부터 싸워야만 하는 순간에, 그녀의 아양 떠는 목소리와 얼굴은 한동안 뇌리에 새겨져 사라질 것 같지 않았습니다.

빛이 밝혀진 한 방.

담청색 머리카락의 여성이 책상 앞에 앉아 있었습니다. 조용히, 진지한 눈빛으로, 무언가를 쓰고 있었습니다. 일기라도 쓰고 계신 걸까요?

"내일은 어떤 나쁜 짓을 해볼까……."

아니, 아니었습니다.

나쁜 짓을 꾸미고 있군요. 마치 저녁 식사 메뉴라도 생각하는 것처럼 가볍게 "음, 어떻게 할까" 하고 손가락을 입에 대며 생각하는 그녀.

"상점가의 상품을 몰래 훔친다……는 건 이미 했고, 서점에 진열된 책을 바꿔 넣는 것도 이미 했고, 다음은……."

밀리나리나 씨가 관측하지 못한 부분에서도 그녀는 수많은 악행을 저지르고 있었나 봅니다.

예를 들면 숙소의 열쇠를 훔쳐 방을 어지르거나, 예를 들면 빵집에서 상품을 점원분의 눈앞에서 먹어보거나—— 그러한 작은 죄를 몇 개나 몇 개나 거듭하며 마을 사람들을 곤란하게 하고 있는 모양입니다. 이 얼마나 나쁜 사람인지.

확실히 그녀의 방을 살펴보니 어디서 훔쳐 왔는지도 모를 법한 그림과 가구와 소품 등등 온갖 물건이 구석에 대충 쌓여 있었습니다.

훔친 물건에는 흥미가 없는 걸까요?

세상에는 물욕보다 나쁜 짓을 하는 것 자체에 쾌락을 느끼며 도둑질을 반복하는 사람도 있다고 합니다. 그녀도 그런 부류의 분인 걸까요.

"……뭐, 내일 정하기로 할까."

어차피 내일도 같은 일을 반복할 테니——하고 거기까지 중얼거린 다음 그녀는 하품을 하면서 기지개를 켰습니다.

창밖은 완전히 밤의 어둠 속에 있었습니다.

부드럽게 불어 들어온 차가운 바람이 검은 로브 사이로 엿보이는 그녀의 하얀 피부를 오싹하게 쓰다듬었습니다.

한기를 느낀 것일까요? 그녀는 의자에서 일어나더니 창가를 향해서 천천히 걸었습니다.

바로 그때였습니다.

한층 강한 바람이 불었고, 커튼이 펄럭여 밤의 어둠이 드러났습니다.

"…………."

그 순간 그녀의 다리는 멈추었습니다.

밤의 어둠에 섞여 한 마녀가 창틀에 손을 대고 있었던 것입니다.

"안녕하세요."

검은 로브, 검은 삼각 모자를 몸에 걸친 잿빛 머리카락의 마녀는 생긋 웃으면서 인사.

그것은 대체 누구일까요?

그렇습니다. 저입니다.

○

"어라?"

몽롱의 마녀──가 아닌 창천의 마녀 안네롯테 씨는 창을 통해 침입한 저를 놀란 표정으로 맞아주었습니다.

"죄송해요. 일부러 문을 잠그지 않고 열어놔 주셨는데."

결국 이쪽으로 들어왔네요, 하고 저는 창틀에서 훌쩍 뛰어내려 방 안으로 들어갔습니다.

저는 시선을 돌리지 않도록 하며 그녀를 빤히 바라보았습니다.

소리 마법으로 들었던 특징 그대로의 여성이었습니다. 겉모습은 20대 중반이고, 머리카락은 긴 담청색, 붉은 머리핀으로 앞머리를 고정했습니다. 검은 로브를 입고 있었고, 저와 마주 보면서 그녀는 검은 삼각 모자와 지팡이를 손에 들었습니다.

보면 볼수록 그녀와 저는 초면이었습니다.

"처음 뵙겠습니다……는 아니죠?"

제 기억 속에 그녀의 모습은 없습니다. 그러나 틀림없이 만난 적이 있다는 것은 뭔가 기묘한 감각이었습니다.

암네시아 씨도 매일 이러한 감각을 느끼며 깨어났었을까요?

"처음 뵙겠습니다는 아니지만…… 일레이나 씨, 어떻게 여길 알아냈어?"

"어라? 제 이름을 아시는 겁니까?"

"당연하지. 몇 번 만났다고 생각하는 거야?"

"아니, 모릅니다만……."

유감스럽지만 저는 만난 기억을 하나도 갖고 있지 않으니까요. 그런 친구 같은 거리감으로 스스럼없이 대해도 저는 곤란할 뿐입니다.

"당신 능력에는 매우 흥미가 있는지라, 꼭 좀 자세하게 이야기를 들려주셨으면 싶습니다——."

©Azure

유감스럽지만 밀리나리나 씨와 둘이서 잡아야만 합니다.

"가능하면 얌전히 잡혀주시면 감사하겠습니다만."

저는 말하면서 창틀을 툭툭 지팡이로 쳤습니다. 그러자 마법이 창을 닫고, 거기에 더해 얼음이 일면을 덮었습니다.

이 정도로 하면 창문으로 도망치는 건 불가능할 테지요.

"멋대로 들어와서 창을 얼리다니 너무하네."

키득키득, 그녀는 여유롭게 웃어 보였습니다.

"당신을 한순간이라도 시야에서 놓치면 단숨에 불리해지니까, 다소는 신경질적이 될 만하죠."

"흐으응?"

그녀는 즐겁게 웃었습니다. 마치 옛 친구와의 재회를 기뻐하듯, 제 말 한마디 한마디에 확실하게 귀를 기울이며 웃었습니다.

그리고 직후에 지팡이를 흔들어 제게 마법을 날리는 것이었습니다.

"──이런."

기습적으로 공격을 해 왔습니다.

고개를 돌려 피하면서 저는 반격에 나섰습니다. 지팡이를 흔들어 만들어낸 것은 끈적한 액체.

꼼짝도 못 하게 해버리면 됩니다. 무리하게 싸울 필요 따위 없습니다. 그렇다면 끈적한 액체로 그녀의 신발째 끈적끈적하게 만들어서 움직이지 못하게 하면 됩니다.

제가 날린 끈적한 액체. 위력은 밀리나리나 씨가 찰싹 달라붙어 있던 것으로 증명을 마쳤습니다.

"와아, 더러워."

휘익 하고 지팡이를 휘둘러 아주 짧은 순간만 불꽃 마법을 만들어내서 끈적한 액체를 태워버린 안네롯테 씨. 사실 이 끈적한 액체는 불길을 받으면 무효화된다고 하는 약점을 갖고 있는데, 그녀는 그것을 알고 있었나 봅니다. 곧바로 대응하는 점이 베테랑 마녀님이로군요.

불길이 사라지기도 전에 그녀는 다음 공격을 날렸습니다.

조금 전까지 앉아 있던 의자를 마법으로 잘게 분해하더니 하나하나를 무기로 삼아 저를 노리고서 던졌던 것입니다.

그녀의 등 뒤에는 훔친 물건이 대량으로 놓여 있었는데, 전리품에는 손을 대고 싶지 않은 것일까요? 저는 의자 부품이 몸에 맞기 전에 마법으로 평범하게 쳐 떨어뜨렸습니다.

근거리에서의 마법 응수였습니다.

안네롯테 씨가 공격하고, 제가 막고, 제가 공격하고, 그녀가 막는다. 몇 번이고 그 반복. 실력은 엇비슷하다고 느꼈습니다.

적어도 저에게는 살의와 적의가 없었고, 그녀의 포박을 최우선으로 여기며 어느 정도 여력을 남기면서 너무 심하게 날뛰지 않도록 세심한 주의를 기울여 마법을 날리고 있었는데, 그녀도 역시 같은 생각을 하는 듯 느껴졌습니다.

"역시 강하네. 일레이나 씨."

후후후 하고 그녀는 웃으면서 지팡이를 들었습니다.

"……싸우는 걸 좋아합니까?"

저는 그녀가 날린 마력 덩어리를 피하면서 거리를 좁혔습니다.

슬슬 막을 내리기로 하죠.

"수다를 좋아해."

제가 다가가자 동시에 그녀는 뒤로 물러났습니다.

"하지만 슬슬 헤어지는 편이 좋겠네——."

말하면서 그녀는 지팡이를 제게 겨누었습니다.

다음은 무얼 날릴까요? 저는 자세를 잡고 반격에 대비했습니다.

그러나 그녀는 더는 싸울 마음이 없었나 봅니다.

안네롯테 씨는 진지하게 맞서 싸우거나 하지 않았습니다. 애초에 시야에서 사라지면 그것만으로 충분하니까요.

하얀 안개가 방을 감쌌습니다.

그녀의 지팡이에서 만들어진 하얀 안개가 시야 전체를 뿌옇게 뒤덮었습니다.

"이런——."

도망치지 않아도, 제 시야를 막아버리기만 하면 그녀에게 있어선 승리입니다.

"일레이나 씨, 미안해. 가능하면 조금 더 이야기하고 싶지만, 이 이상 싸우면 방이 엉망이 될 거야."

내 방, 좀 낡아서 말이야. 그렇게 말하면서.

매우 여유작작하게, 그녀는 거의 농담 같은 이유로 제 눈앞에서 자취를 감추었던 것입니다.

그리고, 제 기억에서도, 자취를 감추었습니다.

——깨닫고 보니 저는 짙은 안개 속에 있었습니다.

지팡이를 들고 주변을 주의 깊게 관찰했습니다. 지금은 대체 무슨 상황인 것일까요? 여기는 대체 어디인 것일까요?

직전에 제가 무얼 하고 있었는지를 생각했습니다.

밀리나리나 씨가 아양 떠는 목소리로 "마법 소녀 밀리나리나 미라클 체인지♡" 하고 변신했던 것이 판명돼서 제가 질겁했던 부분부터 다음 기억이 없군요.

이건 결코 한창때인 여자아이의 묘한 취미 취향을 마주해버린 충격 탓에 기억이 날아갔다고 하는 이유 같은 게 아니라, 오늘 몇 번이고 맛본 기묘한 감각입니다.

또 놓치고 만 것일까요?

서서히 안개가 개어갔습니다. 발밑은 밟으면 삐걱거리는 낡은 마루, 손을 옆으로 뻗으면 벽에 닿았습니다. 아마도 안네롯테 씨의 방 안일 테지요.

직전은 성공했을까요? 실패했을까요?

방의 중앙.

사람 그림자가 있었습니다.

"——당신 정말로 문을 열어뒀네."

수상한 사람이 들어오면 어쩌려고——하고, 어이없다는 듯이 밀리나리나 씨는 안네롯테 씨를 내려다보았습니다.

밀리나리나 씨가 든 푸른 줄로 양팔과 양다리를 구속당한 것은 담청색 머리카락의 여성.

나이는 대략 20대 중반 정도일까요?

"어라?"

이건 예상 밖이려나? 하고 그녀는 얼빠진 소리를 내면서 웃고 있었습니다.

그 목소리는 분명 소리 마법을 통해서 들은 몽롱의 마녀의 목소리였습니다.

○

어찌해도 기억에 남지 않는 안네롯테 씨와 대치할 때 가장 걱정했던 것은 저희 두 사람의 눈앞에서 그녀가 한순간이라도 자취를 감추는 것입니다. 만약 그렇게 되어버리면 저희는 둘 모두 단기적인 기억 상실에 빠지고, 그 결과 당황하는 사이에 몽롱의 마녀님을 놓치고 마는 것입니다.

지금까지의 싸움에서 매번 도망칠 수 있었던 것은 이게 원인일 테지요. 이른 단계에서 저는 둘이 동시에 나서서 싸우는 것은 무의미하다는 사실을 눈치챘습니다. 그러나 모처럼이니 몽롱의 마녀, 아니, 창천의 마녀님을 완전히 방심하게 만들자고 생각했고, 저는 허술한 작전을 짜서 몇 번이고 넘어갔던 것입니다.

그녀의 집 위치가 판명된 시점에서 작전은 정해졌습니다.

제가 창으로 들어가 창문을 막아버리는 것으로 도망칠 곳을 차단, 문으로 유도. 다음은 문 앞에서 대기하고 있던 밀리나리나 씨가 잡는다.

단순한 작전이었습니다만, 저희를 그저 멍청한 2인조라고 믿으며 방심하고 있는 그녀의 허를 찌르는 건 매우 간단했습니다.

잡힌 몽롱의 마녀는 돌고 도는 꿈의 도시 캐러셀의 감옥으로 연행되었습니다.

덜컹하고 안네롯테 씨를 넣은 감옥 문이 간수에 의해 단단히 잠겼습니다.

"설마 잡힐 줄이야."

하하하 하고 안네롯테 씨는 감옥 안에서 웃었습니다.

지팡이를 쥐지 못하도록 양손에는 손가락까지 구속할 수 있는 수갑이 채워졌습니다.

이제 도망갈 곳은 없습니다. 그러나 그녀는 여유 넘치는 표정으로 "뭐, 됐어"라며 작은 침대에 뒹굴 하고 누웠습니다.

어디까지고 여유작작합니다.

혹시 원래 이런 성격인 걸까요?

"고생했어. 잘 잡았네."

말하면서 감옥 안의 안네롯테 씨를 내려다보는 것은 사마라 씨.

첫 콘서트를 성공시킨 그녀는 밀리나리나 씨의 전임자로서, 잡힌 몽롱의 마녀를 보러 왔나 봅니다.

아직 개화의 회당에서 해야 할 일이 있었던 모양입니다만, 그것을 내던지면서까지 감옥으로 왔습니다.

애제자의 비원 달성의 순간에 함께하고 싶었던 것일 테지요.

"뭐, 내가 진심이 되면 이 정도지."

캐러셀을 지키는 사람으로서의 역할을 다한 밀리나리나 씨는 자랑스레 가슴을 폈습니다.

"후후후, 이걸로 어엿한 한 사람 몫을 하게 됐네."

사마라 씨는 부드러운 미소로 밀리나리나 씨를 바라보았습니다. 다정함이 넘치는 미소였습니다. 오늘 아침에 만났을 때와 전혀 다르지 않은, 사전에 준비된 미소로도 보였습니다.

"잠깐! 당신, 이 감옥에 들어가 있는 여자한테는 아무쪼록 조심하라고! 절대로 놓쳐선 안 돼."

간수에게 단단히 주의를 주며 밀리나리나 씨는 걷기 시작했습니다.

사마라 씨는 생글생글 웃으면서 그런 그녀의 뒷모습을 바라보다가 힐끗 안네롯테 씨를 돌아보고, 그리고 밀리나리나 씨의 뒤를 쫓았습니다.

말하길, 몽롱의 마녀가 어떠한 힘을 가진 인물인지 간수에게 가르쳐주었으니, 넣은 기억이 없는 인물이 감옥에 들어가 있다고 해도 여는 일은 절대로 없을 거다……라고 합니다.

즉, 멋대로 감옥 문이 열리는 일이 생기지 않는 한은 안전하다는 것이로군요.

단단히 잠긴 감옥 너머에서 안네롯테 씨는 살랑살랑 이쪽으로 손을 흔들었습니다.

"…………."

그것은 신기한 분위기의 여성이었습니다.

나라에서 악행을 저지른 것치고는 밝고, 물건을 훔친 것치고는 욕심이 없고, 그리고 잡힌 지금도 마치 그곳이 제집인 것처럼 편하게 있었습니다.

그나저나 그녀는 대체 어떻게 사람들의 기억에 남지 않는 걸까요? 그 힘은 대체 어디에서 나온 것일까요? 마법으로 기억을 지우고 있는 것은 아닌 듯합니다만.

그녀에 관해서는 알고 싶은 게 아직 잔뜩 있습니다.

내일 이곳을 찾아와 이야기를 들어보는 것도 좋을지 모르겠습니다.

애초에, 잡은 장본인인 제게 솔직하게 사정을 이야기해줄지 어떨지는 알 수 없지만 말이죠.

저는 그녀에게 인사를 한번 하고서, 밀리나리나 씨 일행 쪽으로 방향을 바꾸었습니다.

그리고 다시, 제 기억 속에서 창천의 마녀라는 존재가 사라졌습니다.

"어차피 내일이면 모두 잊을 거야."

제 등 너머에서 귀에 익은 목소리가 울렸습니다.

하지만 저는 돌아보는 일 없이, 밀리나리나 씨 일행의 뒤를 쫓아갔습니다.

○

"아니, 이렇게 잘 풀릴 줄은 몰랐어."

감옥에서 돌아가는 길.

아직 일이 남아 있어서 다시 개화의 회당으로 돌아가는 사마라 씨에게 손을 흔들면서, 저희는 거리를 걸었습니다.

밀리나리나 씨의 표정은 밝았고, 성취감으로 가득했습니다.

저도 밀리나리나 씨도 몽롱의 마녀의 모습은 기억하지 못했지만, 분명 감옥에 가두었다고 하는 사실은 틀림없을 테지요.

기억이 남아 있지 않아도 기록에는 남아 있습니다.

무엇보다 저희 가슴 속에는 확실하게 몽롱의 마녀를 잡았다고 하는 성과가 남겨져 있습니다.

"결국 나 혼자서는 못 했지만—— 그래도, 어쩐지 이번 일로 나 아주 속이 시원해졌어."

3개월이나 되는 시간 동안 몇 번이고 몇 번이고 밀리나리나 씨는 몽롱의 마녀를 쫓으며 아무런 성과도 얻지 못했습니다. 몇 번이고 스승님인 사마라 씨에게 도움을 청했습니다.

그러나 사마라 씨는 "이건 시련이니까, 스승인 내가 해도 의미가 없어"라며 완고하게 도우려 하지 않았다고 합니다.

온화해 보이는 겉모습과 달리 사마라 씨는 상당히 엄격한 교육 방침을 가졌나 봅니다.

그리고 밀리나리나 씨도 기가 세 보이는 겉모습과 달리 의외로 꺾이기 쉬운 성격이었던 것입니다.

정말이지 사람은 겉모습과는 다르구나 싶습니다.

"아까는 어엿한 한 사람 몫을 하게 됐다는 말을 들었지만, 뭐 결국 당신 도움이 없었다면 어찌하지 못했을 테니까, 아직 멀었어."

그리고 힐끗 저를 보는 밀리나리나 씨.

"앞으로도 무슨 일이 생기면 도와줘도 되거든."

"아, 저는 여행자라 그건 좀."

무리입니다 하고 저는 단호하게 거절했습니다.

"쳇."

뺨을 부풀리는 밀리나리나 씨. 약삭빨라.

"저기, 그러고 보니 이 나라에는 언제까지 있을 예정이야?"

언제까지, 일까요?

딱히 기일은 정하지 않았습니다만.

"뭐…… 앞으로 이틀, 사흘은 있을까 합니다."

이미 이 도시는 빠짐없이 둘러본 듯한 느낌입니다만, 오늘은 종일 걸어 다녀서 지치기도 했고, 애초에 다음으로 갈 나라도 정해두지 않았으니까요.

며칠 더 느긋하게 보내고서 이 나라를 떠나는 편이 좋을 테지요. 어차피 급한 용건도 없으니까요.

"흐음, 그렇구나."

어찌 되든 상관없다는 듯이 맞장구를 쳤지만, 그녀의 표정은 매우 기뻐 보였습니다.

그리고 그녀는 제게 미소를 지어 보이며 말했습니다.

"그럼, 괜찮으면 있지, 내일 어디 식사라도 하러 가지 않을래?"

오늘 답례로 한 턱 내겠다는 밀리나리나 씨.

네? 공짜 밥인가요?

"빵이 맛있는 가게로 부탁드립니다."

저는 즉답했습니다. 거절할 이유가 없습니다.

"당신 정말로 빵을 좋아하는구나…… 오늘 아침에도 샀잖아."

"빵은 좋습니다. 괜찮다면 여기서 매력을 말씀드릴까요?"

"집에 못 가게 될 것 같으니까 하지 마."

"잘 아시는군요."

"······하지만 마침 잘됐어. 빵이 맛있는 가게라면, 아주 괜찮은 가게가 있거든."

"오호라, 어떤 가게인가요?"

"그게 말이지──."

그리고서 그녀가 나열한 특징은 매우 흥미 깊은 것이었습니다. 말하길 신진 기예 아티스트가 만든 가게로 미술관 같은 아름다운 장식이 되어 있으면서 음식도 일품이라고 합니다.

특히 빵은 맛있는 데다가 아무리 먹어도 무료! 라고 합니다. 세상에, 어떻게 된 걸까요. 어디선가 들어본 적 있는 특징만이 훌륭하게 나열되어 있군요.

구체적으로 말하자면 그제 갔던 기억이 있습니다.

"──그래서, 어때? 내일은 그 가게에서 점심 먹지 않을래?"

그녀는 물었습니다.

한 번 갔던 가게이니 다른 가게로 해도 괜찮았을 터입니다만.

"좋습니다."

저는 고개를 끄덕이고, 그저께 방문했던 가게라고 하는 사실을 제 안에서 지워버리기로 했습니다.

어쩐지 그렇게 하지 않으면 안 될 것만 같은 기분이 들었던 것입니다.

"잘됐다. 그럼 내일 봐!"

내일 예정을 이야기하는 그녀의 얼굴이 너무나도 즐거워 보였으니까요.

○

열린 채인 창으로 불어 드는 부드러운 바람과 함께 마을 아이들의 시끌벅적한 소리가 들려왔습니다.

번쩍 눈을 뜬 저는 하품을 하면서 가볍게 기지개를 켜고, 세수를 하고, 옷을 갈아입고서 엔트런스로 내려갔습니다.

다시 새로운 하루가 시작되었습니다.

평소처럼 숙소에 딸린 레스토랑에서 서커스단으로 보이는 한 무리의 대화에 귀를 기울이며 아침 식사를 했습니다.

배를 채운 다음엔 외출을 하기 위해 접수대를 지나갔습니다.

"으음…… 이상하네……. 계산이 안 맞아."

숙소의 주인이 접수대 너머에서 종이를 노려보면서 한숨을 내쉬었습니다. 어제와 완전히 똑같은 광경이었습니다.

역시 매일 계산이 맞지 않는 건 문제라고 생각합니다만…….

아마도 오늘도 아내분께 혼날 미래를 예견하면서 저는 숙소 문을 열었습니다.

아직 밀리나리나 씨와의 약속까지는 시간이 있습니다.

오늘은 어디로 갈까요?

어슬렁어슬렁 저는 길을 걸었습니다.

이 나라는 매일같이 축제로 시끌벅적했습니다.

부모의 손을 끌며 웃음꽃을 피우는 아이의 모습이 보였습니다.

그 너머에는 피에로 차림을 하고서 저글링을 선보이는 사람이 있었습니다.

거기서 조금 더 걸어가자 "보십시오! 이건 지극히 평범한 상자! 지금부터 순간 이동으로 이 상자에서 조수를 불러내겠습니다!" 하고 마술을 선보이는 분이 보였습니다.

더 걸으니 개, 원숭이, 꿩 같은 동물들에게 연기를 선보이게 하는 분의 모습.

바이올린, 트럼펫, 아코디언 같은 다양한 악기를 길에서 연주하는 사람들.

용케도 이렇게 매일같이 축제의 시끌벅적함 속으로 몸을 던지는군요.

입국 첫날은 너무나도 즐거웠던 관광이었지만, 아무리 그래도 며칠이나 반복되는 비슷한 소동은 질리지 않은 것일까요?

저로 말씀드리자면 완전히 익숙해지고 말았습니다.

아마도 입국 첫날에 비해 거리를 바라보는 저의 얼굴은 매우 침착해졌을 터입니다. 아니, 침착하다기보다는 다소 질렸는지도 모릅니다.

저와 마찬가지로 거리의 시끌벅적함에 다소 질린 사람은 안 계신 걸까요?

"⋯⋯어라?"

멍하니 걷고 있으려니, 문득 한 여성의 모습이 눈에 들어왔습니다. 거기에는 저와 마찬가지로 거리의 정경에 질린 사람──인 것은 아니지만, 축제의 시끌벅적함을 그리 좋아하지 않는 듯한 분위기가 느껴졌습니다.

그것은 머리카락이 길고 소매도 쓸데없이 긴 열다섯 살 정도의 여자아이였습니다. 소녀는 소매 안에 감춰진 양손으로 '매우 불행합니다. 도와주세요'라고 쓰인 팻말을 들고 있었습니다.

"…………."

누군가 했더니 패티 씨가 아닙니까.

오랜만──인 건 아니었지만, 며칠 만에 우연히 만난 것에 멋대로 일방적으로 인연을 느낀 저는 팔랑팔랑 손을 흔들면서 그녀에게 말을 걸기에 이르렀습니다.

"안녕하세요. 패티 씨."

또 보네요 하고 제가 인사하자 그녀는 이쪽으로 고개를 돌리면서 "히익" 하고 작은 비명을 질렀습니다.

작은 동물 같은 반응이었습니다.

"어? 저, 뭐, 뭔가요……? 어떻게, 제 이름을, 아는 건가요……?"

그리고 매우 실례인 반응이기도 했습니다.

어떻게라고 말씀하신들.

"저기…… 며칠 전에 함께 당신이 매우 좋아하는 체스터성에 갔었잖아요?"

잊어버린 건가요? 기억력까지 작은 동물 수준인 건가요── 같은 말을 소리 내 하지는 않았습니다만, 그녀의 반응에 저는 떨칠 길 없는 위화감을 느꼈습니다.

"체스터성……? 어째서 제가 체스터성을 좋아한다는 걸 아는 건가요……?"

고개를 갸웃거리는 패티 씨.

직후에 퍼뜩 놀랐습니다.

"서, 설마 스토커……!"

"아닙니다만."

정말 무슨 말을 하는 겁니까.

그렇게 기막혀하며 한숨을 내쉬던 저는 문득 한 가지 깨달은 것이 있었습니다.

패티 씨는 분명, 체스터성에 간 후에 머리핀을 하게 되었을 터입니다. 그러나 눈앞에 있는 그녀의 머리카락은 처음 만났을 때처럼 금색의 눈동자를 덮어 가릴 만큼 드리워져 있었습니다.

당연하게도 저는 그 의문을 입에 올렸습니다.

"……왠지 분위기가 전이랑 비슷한 느낌으로 돌아갔네요."

그녀의 얼굴을 들여다보듯 저는 한 걸음 다가가면서.

무슨 일이 있었습니까? 하고 저는 물었습니다.

"히익."

그녀는 다시 짧은 비명을 지르며 뒷걸음질 치고, 그리고 '매우 불행합니다. 도와주세요'라고 쓰인 팻말로 얼굴을 가리고 말았습니다.

"저기, 패티 씨——."

뭔가요? 왜 그러나요?

하고 저는 물으려 했습니다. 손을 뻗으려 했습니다.

그러나.

"자, 잘못했어요!"

그녀는 한층 더 커다란 목소리로, 제게 닿기도 전에, 거절했습니다.

그리고 얼굴을 가린 팻말 너머에서 힐끗 이쪽을 들여다보면서. 경계심 가득한 시선을 보내면서. 그렁그렁한 눈동자로 겁을 내면서.

말했습니다.

"당신, 누구인가요?"

제5장

"누구냐니…… 아니, 그…….."

무슨 말을 답해야 할까.

저는 그 순간 머리가 새하애졌습니다. 그게, 며칠 사이에 그녀가 저에 관해 잊은 것인지, 아니면 제 기억 쪽이 이상해진 것인지.

모두의 기억에서 사라져버리는 몽롱의 마녀와 대치한 직후이기도 해서, 어쩌면 저 자신도 마찬가지로 다른 사람의 기억에 남지 않는 인간이 되고 만 것인가 하는 공포를 느꼈을 정도였습니다만.

"우으으으…… 모르는 사람, 무서워…….."

노골적으로 겁먹은 패티 씨는 팻말로 얼굴을 가리며 숨거나, 다시 거기서 힐끔 이쪽을 살펴보거나 하면서 서서히 후퇴하고 있었습니다.

그녀가 물러날 때마다 제 다리가 앞으로 나아갔습니다.

"패티 씨, 상황 확인을 좀 시켜주셨으면 합니다만――."

"히이이익! 가까이 오지 마아!"

그녀는 한층 더 소리를 지르며 도망쳤습니다.

그녀 안에서는 이름도 모르는 초면인 사람이 친한 척 말을 걸어오니, 영문을 알 수 없어 당혹스러워하고 있는 것일 테지요. 그러나 저는 저대로 뭐가 뭔지 전혀 알 수가 없었습니다.

조금이라도 정보를 얻으려 필사적이었습니다.

결과, 싫어하는 그녀를 뒤쫓는 꼴이 되었습니다.

"저기 패티 씨. 저를 모른다는 건 무슨——."

"빠아아아아아아악! 더는 쫓아오지 말아주세요오오오오오!"

체스터성에서 처음 유령과 마주쳤을 때와 완전히 똑같이, 그녀는 울면서 거리 저편으로 도망쳐 갔습니다.

"…………."

어디까지 쫓아가도 상관없었습니다만, 저는 도중에 포기하고 걸음을 멈추고 말았습니다.

체스터성과 달리, 여기에는 사람 눈이 많아 멋대로 날뛸 수는 없으니까요.

게다가 저를 거절한 그녀의 얼굴은 너무나도 필사적이라, 저에 관한 건 정말로 기억하지 못하는 것 같았으니까요.

○

대체 무슨 일이 일어난 것인지 이해하지 못한 채 저는 거리를 헤매듯 걸었습니다.

축제의 시끌벅적함이 이어지는 마을은 변함없는 정경이었습니다.

키가 크거나 작거나, 색은 물색이거나 흰색이거나 혹은 노란색이거나.

높이도 색도 제각각이라 통일감은 전혀 없는 신기한 거리였습니다. 길은 구불구불했고, 돌을 깐 바닥은 뱀의 비늘처럼 늘어서 저 앞까지 이어져 있었습니다.

음악이 울려 퍼지는 길을 잠시 걷다 보니, 한 가게 앞에 다다랐습니다.

그것은 미술관 같은 분위기를 가진 고급 레스토랑.

제가 오늘 낮에 밀리나리나 씨와 함께 식사하기로 약속을 한 가게입니다.

가게 출입구에서는 안의 상황이 조금이지만 보였습니다. 구석쪽에서 종업원들이 이야기꽃을 피우고 있었고, 널따란 가게 안에는 손님이 드문드문.

결코 장사가 잘된다고는 할 수 없었지만, 차분한 분위기로 가득했습니다.

──확실히 제가 이 가게를 방문했을 때는, 최종적으로 젊은 재능을 질투한 라이벌 가게의 주인이 스스로 간판이 되어 선전을 해주는 그런 상황이 되었을 터입니다만.

다소는 성황을 이루고 있었을 터입니다만.

그런 분위기는 일절 보이지 않았습니다.

마치 제가 목격했던 기묘한 일련의 사건이 통째로 없던 일이 되어버린 것처럼.

"저기, 거기 당신."

가게 앞에서 멍하니 서 있으려니, 누군가 말을 걸어왔습니다.

밀리나리나 씨일까요?

약속 시간이 되려면 아직 먼 것 같습니다만── 하고 제가 돌아보자, 그곳에는 남성 일행과 함께인 여성의 모습이 있었습니다.

며칠 전.

독이 든 미네스트로네 사건 당시 저와 함께 현장에 있었던 결혼을 앞둔 여성, 아니, 결혼 사기꾼 여성입니다.

"미안한데, 잠깐 괜찮을까?"

그녀는 제 너머에 있는 문을 발돋움해 들여다보는 듯한 동작을 해 보였습니다.

비켜, 라고 말하고 있는가 봅니다.

"……죄송합니다."

저는 살짝 몸을 틀어, 그녀와 일행인 남성이 가게 안으로 들어갈 수 있게 길을 내주었습니다.

"고마워" 하고 겉치레인 인사만을 늘어놓은 그녀는 이쪽으로는 시선도 주지 않고 그대로 가게 안으로 들어가 버렸습니다.

여기서도 역시, 저에 관한 건 전부 잊어버린 모양입니다.

저는 그녀의 얼굴을 기억하고 있습니다만, 단 한 번의 사건을 함께했을 뿐인데 확실하게 기억하는 제 쪽이 오히려 이상한 것일까요?

아뇨, 그러나 애초에 분명 며칠 전에 만난 2인조라고 한 번 본 순간 확신할 수 있었던 데에는 명확한 이유가 있었습니다.

"…………."

저는 시선을 돌려 가게 안을 바라보았습니다.

본 적 있는 것들만 있었습니다.

방금 가게로 들어간 여성이 입고 있던 드레스도. 남성이 입은 옷도.

그리고, 열린 문 사이로 보인 가게 안에 있는 사람들도.

며칠 전에 본 것과 조금도 다르지 않고 똑같았던 것입니다.

○

아직 확신이 있는 것은 아닙니다.

그러나 저는 안 좋은 예감을 느끼며 마을의 큰길을 나아갔습니다. 마치 몽롱의 마녀와 만나기라도 한 것처럼, 길을 걷는 동안의 기억은 애매했습니다. 깨닫고 보니 도착해 있었습니다.

많은 사람이 피려 하는 꽃과 같은 기묘한 형태의 건물로 빨려 들듯 들어가고 있었습니다.

개화의 회당.

그것은 어제도 방문했던 콘서트홀이었습니다.

"……역시."

예상대로, 제 눈앞에는 묘한 것이 있었습니다. 제 기억과는 다른, 기묘한 광경이 있었습니다.

『가희 사마라 님, 첫 콘서트』

그렇게 쓰인 포스터가 붙어 있었고, 그리고 이 나라에서 가장 유명한 가희의 라이브를 기대하며 모인 사람들로 개화의 회당은 넘쳐나고 있었습니다.

첫 콘서트는, 어제로 끝났을 터인데.

"저기, 실례합니다."

저는 콘서트를 기대하고 있는 사람 중에서, 한 여성의 어깨를 두드렸습니다.

친구와 함께 담소를 나누던 여성은,

"아, 네. 무슨 일이세요?" 하고 웃는 얼굴 그대로 저를 돌아보았습니다.

저는 물었습니다.

"사마라 님의 콘서트는, 오늘 열리는 겁니까?"

그것은 분명 그녀에게 있어서는 너무나도 당연한 질문이었을 테지요.

"음? 네, 맞아요. 그래서 모두 줄을 서 있는 거죠"라며 그녀는 고개를 끄덕였습니다.

"……어제나 내일이 아니라, 오늘인가요?"

"음? 네. 오늘 하루뿐인 특별 공연이에요. 어제도 내일도 아니에요."

제 표정을 보고 여성은 뭔가를 눈치챘는지도 모릅니다. 선량한 그 여성은 기운을 북돋우듯이 제 어깨를 잡더니,

"혹시…… 티켓 사는 걸 깜빡했나요? 하지만 괜찮아요! 좌절하지 말아요! 분명, 밤 공연은 아직 자리가 남아 있다고, 아까 방송이 나왔거든요. 운이 좋으면 지금이라도 살 수 있을지―."

거기까지 들은 저는 "고맙습니다" 인사를 하고, 인파에서 멀어졌습니다.

이 이상의 정보를 얻을 필요를 느끼지 못했던 것입니다.

첫 콘서트가 어제에 이어 오늘도 열린다고 하는 사실만 알면 이제 충분합니다.

"······대체 언제부터."

개화의 회당을 등지고서 저는 깊은 생각에 잠겼습니다.

처음에는 창천의 마녀 안네롯테 씨와 마주친 탓에 제게 무슨 일이 일어나고 만 것인가 생각했습니다. 이번엔 제가 다른 사람의 기억에 남지 않게 되어버렸다고 생각했습니다.

하지만 아무래도 이상한 일이 일어나고 있는 건, 제가 아니라 이 나라 그 자체인가 봅니다.

대체 언제부터일까요?

돌이켜보면, 이 나라에 머문 이틀째부터 위화감을 느낄 만한 부분은 있었습니다.

매일같이 같은 광경의 반복.

제가 아침을 먹는 옆에서 반복되는 서커스 단원들의 의식 높은 대화. 길을 걸으면 매일같이 반복되는 축제의 시끌벅적함. 같은 날들의 반복.

시험 삼아 저는 노점에서 신문을 사 그 내용을 확인했습니다.

1면은 가희 사마라 님이 오늘 여는 콘서트를 축하하는 기사로 장식되어 있었습니다. 제가 이 나라에 온 후로 일어난 일들은 무엇 하나 실려 있지 않았습니다.

예를 들면 마도 지팡이를 만든 인물이 체스터 씨가 아니었다는 충격적인 사실도.

예를 들면 어느 고급 식당에서 독을 몰래 넣어 사건을 일으키려 했던 사람이 있었던 것도.

2인조 강도가 잡혔다고 하는 이야기도.

그리고 몽롱의 마녀가 잡혔다고 하는 정보도.

신문을 아무리 넘겨도, 넘겨도, 어디에도 그러한 기사는 실려 있지 않았습니다.

마치 제가 지난 며칠 동안 환각이라도 보았던 것처럼.

"……설마."

거기서 제가 다다른 결론은, 농담 같은 현실이었습니다.

언제부터인지는 모르지만, 틀림없습니다.

이곳은, 똑같은 하루가 반복되고 있는 것입니다──.

"잠깐, 당신."

그리고 같은 하루를 반복하고 있다는 것은, 제가 지금까지 체험해온 것도 전부 없었던 일이 되었다는 뜻이겠지요.

그래서 패티 씨는 제게 겁을 먹었던 것입니다. 그녀는 낯을 가리는 사람이니까요.

그래서 고급 식당도 찾아오는 손님이 적었던 것입니다. 독이 든 음식 따위는 아직 발견되지 않았으니까요.

"그 차림…… 틀림없어. 당신 몽롱의 마녀지?"

그러니 어제 저와 밀리나리나 씨가 몽롱의 마녀를 잡았다고 하는 사실조차 없었던 일이 되어 있는 것입니다.

"……밀리나리나 씨."

제 눈앞에는 여전히 화려한 옷으로 몸을 감싼 마법 소녀 밀리나리나 씨가 있었습니다.

○

어제 일이 없었던 것이 되었다고 한다면 그것은 당연한 이야기일 테지요.

그녀 안에서 몽롱의 마녀는 아직 잡히지 않았고, 그리고 검은 로브를 입고 삼각 모자를 쓰고 거리를 배회하고 있는 제가 분명 몽롱의 마녀라고 하는 인식.

슬픈 이야기입니다.

모처럼 함께 밥을 먹으러 가기로 약속을 했는데.

"저는 수상한 사람이 아닙니다. 말해두겠습니다만, 당신이 찾고 있는 몽롱의 마녀도 아니랍니다."

공격을 받기 전에 지팡이를 꺼내 견제하며 말했습니다. 그러나 제가 무슨 말을 한들 그녀의 귀에는 닿지 않으리라는 것은 어제 시점에서 알고 있었습니다.

"흥."

코웃음을 치면서 그녀는 이쪽으로 마도 지팡이를 겨누었습니다.

"수상하지 않은 사람은 스스로 '수상하지 않다' 같은 말을 하지 않거든!"

역시 오늘도 마찬가지.

밀리나리나 씨는 문답무용으로 마도 지팡이에서 푸른 선을 만들어내더니 저를 향해 날렸습니다.

"하아……."

저는 크고 크게 한숨을 내쉬면서 지팡이를 움직였고, 그녀가 날린 푸른 선의 끝에 마력 덩어리를 맞부딪혔습니다. 푸른 선은 제 마력과 접촉하자 휘감기기 시작했습니다.

둘이 그렇게 뒤엉켰을 때, 저는 곧장 마력 덩어리를 날려버렸습니다.

"──앗!"

날아가는 제 마력. 그리고 푸른 선으로 묶인 마도 지팡이는, 그런 자유분방한 제 마력에 끌어 당겨져 날아가 버렸습니다.

그녀의 마도 지팡이에서 나오는 푸른 선이 자유자재로 늘어났다 줄어들었다 하지 않는다는 것은 어제 시점에서 알고 있었습니다.

원리만 알고 나면 그녀가 쓰는 마법의 대처 따위는 간단합니다.

"그럼 이만."

그녀가 두 자루째 마도 지팡이를 꺼낼 틈은 주지 않았습니다.

저는 그녀가 빈손이 된 타이밍에 지팡이에서 다시 마력을 내보내 하얀 안개로 주변을 뒤덮었습니다.

진지하게 싸울 마음 따위는 털끝만큼도 없습니다.

"······젠장! 도망치지 마!"

고함 소리가 뿌연 풍경 너머에서 들려왔습니다. 저는 빙글 발길을 돌려 달리기 시작했습니다.

초조함에 자신을 잃은 밀리나리나 씨와의 전투가 길어지면, 또 어제처럼 터무니없는 짓을 도시 한가운데에서 벌이게 될 겁니다. 그렇다면 서둘러 물러나는 것이 가장 손쉬운 대처법이라 할 수 있을 테지요.

안개가 걷혔을 무렵엔 분명 제 모습은 그녀의 시야 밖.

그 무렵이 되면── 도망친 제 얼굴과 옷을 떠올리고, 분명 그녀도 눈치챌 것입니다.

제가 몽롱의 마녀가 아니라는 걸.

그 후로 얼마나 시간이 흘렀을까요.

깨닫고 보니 점심때가 지나 있었고, 꼬르륵하고 밀리나리나 씨와의 점심 식사를 위해 여유를 두었던 제 배가 밥을 재촉하기 시작했습니다.

떼를 쓰는 어린아이를 달래듯이 배를 쓸면서 저는 한숨을 내쉬었습니다.

"……벌써 이런 시간인가요?"

저는 분명 밀리나리나 씨에게서 도망쳤고—— 하고 자신의 기억을 더듬어보다 그 이후의 기억이 어느새 사라졌다는 것을 깨달았습니다.

주변을 둘러보니 눈에 익은 거리의 풍경.

숙소 앞까지 돌아왔습니다.

그러나 여기에 이르기까지의 기억은 제 안에는 없었습니다.

며칠 간의 일이 사라진 정도로 시간의 경과가 머리에서 사라져버릴 만큼 감상적이 되어버린 걸까요?

아뇨, 아뇨.

"……몽롱의 마녀도 마찬가지인가요."

지금까지의 일이 리셋되었으니, 당연히 몽롱의 마녀를 감옥에 가두었다는 사실도 사라져 있었습니다.

아마도 여기에 오는 동안 몽롱의 마녀와 마주쳤을 테지요.

그 사이에 제게 무슨 일이 있었는지는 안타깝게도 전혀 알지 못했습니다.

몽롱의 마녀와 저 사이에 무슨 일이 있었는지 같은 건, 사라져 버렸으니까요.

마치 이 마을의 어제와 마찬가지로.

○

이 도시는 정말로 같은 하루를 반복하고 있는지 어떤지 며칠을 들여 대강 조사해보았습니다.

결론부터 말하자면, 이 나라는 틀림없이 같은 하루를 반복하고 있습니다.

신문에 실린 일정은 매일 같았습니다. 길을 걷는 사람들도 매일 같았습니다.

제가 무얼 해도 그날 일어난 일은 하루가 지나고 나면 아무 일도 없었던 양, 다음 날 다시 같은 하루가 시작되었습니다.

모처럼이니 이것저것 시험해보았습니다.

"이 가게의 빵 맛은 별로네요. 그것참, 정말이지 말도 안 됩니다."

빵을 우물거리면서 어깨를 으쓱여 빵 가게 주인을 도발하는 저.

가게 주인은 "으어엉? 너 뭐야?"라며 눈썹을 씰룩거렸습니다. 화가 났군요. 화가 났지만 평정을 유지하고 있군요.

"우리 빵을 하나 먹어본 것만으로 잘도 그런 말을 하는군. 그런 말을 하는 걸 보면 아가씨가 나보다 맛있는 빵을 만들 수 있는 거겠지?"

"네, 물론이죠. ……내일, 제가 다시 한번 여기 왔을 때, 진짜 빵을 보여드리죠."

그리고 다음 날.

"이 가게에서 파는 빵은 맛있네요. 최고예요."

저는 진짜 빵 같은 건 준비하는 일 없이 가게 주인을 마구 칭찬했습니다. 여어, 빵 명장.

"헤헤…… 그래? 내 빵을 하나 먹어본 것만으로 그걸 알다니, 아가씨는 뭘 좀 아는군그래."

어제 일 같은 건 마치 없었던 양 빵 가게 주인은 부끄러워했습니다.

그리고 예를 들면 평소 묵고 있는 숙소와는 다른 숙소에 가보기도 했습니다.

"네. 내일부터 2박 3일 묵으시는군요. 기다리고 있겠습니다."

"잘 부탁드립니다. 이름은 일레이나. 재의 마녀입니다."

이미 숙소를 잡았으면서 다른 숙소에도 예약을 넣는 바람기 있는 행실이 단정치 못한 마녀. 저입니다.

하지만 이러한 죄 많은 행동도 내일이면 없었던 일이 됩니다.

"재의 마녀 일레이나, 님이라고요……? 죄송합니다. 예약 리스트에 이름이 없습니다만……."

역시 그날 중에 일어난 일은 없었던 일이 됩니다.

뭐, 똑같은 하루를 반복하고 있으니 당연하다고 하면 당연하겠지요.

그리고서 예를 들면 마을의 뒷골목에 낙서를 해보았습니다.

"뭐가 좋을까요…… 지워버리면 귀찮으니까 조금 공을 들인 그림을 그려보죠."

일단 최근 본 적이 있는 풍선과 소녀의 그림을 그려두었습니다.

그리고 다음 날.

"……으음?"

자, 제 예상대로라면 그림은 사라졌어야 했을 터입니다만, 그러나 어찌 된 일인지 다음 날 같은 곳을 찾아가 보니 여전히 한 소녀가 벽 속에서 풍선을 향해 손을 뻗고 있었습니다.

이건 대체 어떻게 된 걸까요?

"거기 당신, 잠시만요…….."

신경이 쓰인 저는 근처에 있던 한가해 보이는 한 여자아이를 뒷골목으로 연행해 왔습니다. 죄 없는 소녀를 유괴하는 죄 많은 마녀. 저입니다.

"언니, 왜 그래?"

더러움을 모르는 소녀는 동그란 눈동자로 이쪽을 올려다보았습니다.

"여기에 그림이 있잖아요? 보이나요?"

"응. 못 그렸어."

"아니 잘 그렸는지 못 그렸는지는 지금 딱히 중요하지 않습니다만?"

잔혹할 정도로 솔직한 여자아이에게 울컥하는 저.

"이쪽 그림과 같은 걸 옆에 그려주겠어요?"

"어째서? 그건 나쁜 짓 아냐?"

"그러네요, 나쁜 짓이에요. 그런데 다른 이야기입니다만, 이게 뭔지, 알겠나요……?"

스윽 하고 여자아이에게 금화를 조용히 건네는 저.

"도, 돈……!"

어리고 귀여운 여자아이가 가지기엔 너무나도 큰돈. 꿀꺽하고 여자아이가 침을 삼키는 소리가 들린 것만 같았습니다.

"이 정도의 돈이 있으면 좋아하는 걸 잔뜩 살 수 있겠죠……?"

"좋아하는 거, 잔뜩……!"

"네. 그렇답니다……. 좋아하는 걸, 원하는 만큼…… 말이죠?"

"꿀꺽……!"

그리고 나쁜 마녀는 여자아이를 가서는 안 될 길로 이끌었습니다.

결과, 제 그림 옆에 여자아이는 그림을 그렸습니다. 마음대로 그려도 좋다며 부탁한 결과, 못된 얼굴을 한 잿빛 머리카락의 괴물이 그려졌습니다.

"이 독창적인 괴물은 뭔가요?"

제가 그렇게 묻자 여자아이는 태양처럼 눈 부신 미소를 지으며.

"언니!"

라고 답했습니다.

"……독특한 센스로군요."

"에헤헤……."

여자아이는 금화 한 닢을 손에 쥐고서 쑥스러운 듯이 웃었습니다.

뭐, 그려달라고 하는 것이 목적이었으니…… 뭐, 조금 엉망이어도 참기로 하죠. 오히려 이 정도로 특징적인 그림이라면, 못 보고 지나가거나 하는 일도 없을 테지요.

"…………."

그런데 다음 날 같은 곳으로 와 보니, 신기하게도 여자아이가 그린 그림은 흔적도 없이 사라져 있었습니다.

그 자리에는 제가 그린 그림만이 쓸쓸하게 남겨져 있었습니다.

누군가가 지운 것일까요?

하지만 어제 만난 소녀에게 물어보아도.

"저기, 언니 누구야?"

동그란 눈동자에 또다시 상처 입을 뿐이었습니다.

여기서 하나 신경 쓰이는 것이 있었습니다.

애초에 지금 현재 반복되는 날들을 눈치챈 것은 저뿐인가 봅니다만, ——아무래도 제가 한 일은 이 도시의 하루 반복 사이클에서 제외되는 모양이었습니다.

제가 그린 그림만이 다음 날까지 남아 있었듯이.

제가 일으킨 일만은 다음 날까지 남는 것입니다.

예를 들어 숙소의 방에 있던 컵을 깨보았습니다.

깨진 파편은 다음 날까지 그대로였습니다.

"으음…… 이상하네……. 계산이 안 맞아."

저는 매일같이 고민하는 숙소의 주인 앞을 그대로 지나쳐 거리로 나왔습니다.

그나저나 생각해보면 하루를 반복하는 마을 안에서 저만이 숙소의 열쇠를 계속 가지고 있으니, 열쇠 수와 숙박객의 수가 맞지 않는 것은 당연한 이치입니다.

원래 묵고 있을 리 없는 제가 어째선지 열쇠를 가지고 있는 거니까요.

"제가 밖에서 온 여행자라서인지, 아니면 다른 요인인지는 모르겠습니다만……."

저만이 하루를 반복하고 있지 않았습니다.

그것은 저만이 특별하게 느껴지는 일이기도 했습니다만, 그러나 동시에 마치 저만이 소란스러운 이 마을에서 존재가 인식되고 있지 않은 듯한, 기묘한 소외감이 들었습니다.

○

이상한 일에는 반드시 원인이 있는 법입니다.

그것이 무엇이든, 저는 여행자로서 호기심이 이끄는 대로 쫓아가고 싶은 마음입니다. 이 도시를 빠져나가면 이 반복의 날들에서 빠져나갈 수 있을까요? 분명 빠져나갈 수 있을 테지요. 저는 반복하는 날들 속에 있지 않으니까요.

그러나 외면하기보다 저의 호기심은 이 나라의 수수께끼를 풀어 밝히기를 바라고 있었습니다.

그리고 저의 호기심은 하나의 의문을 머릿속에 떠올렸습니다.

"하루가 반복된다면, 하루의 마지막은 어떻게 끝날까요."

그러고 보니 저는 이 나라에 오고서 단 한 번도 밤늦게까지 깨어 있던 적이 없었습니다. 내일도 분명 거리는 소란스러운 축제 중이리라 생각하며 의도치 않게 일찌감치 잠들어 버렸습니다.

이 도시가 하루를 반복한다면, 하루가 끝나는 순간이 존재할 터입니다.

그리고 깨어 있으면, 저는 그 순간을 눈으로 포착할 수 있을 터입니다.

"밤을 새워볼까요——."

어차피 내일도 같은 하루이리라는 건 이미 알고 있다며 저는 밤 늦게까지 책을 읽으면서 보냈습니다.

창은 활짝 열어둔 채.

산들거리는 조용한 밤바람이 저를 쓰다듬었습니다.

낮 동안의 시끌벅적함이 마치 환상이었던 것처럼 조용하고 기분 좋은, 밤…….

"……………………헉."

저는 제가 잠들어 있었다는 사실에 깜짝 놀라며 벌떡 일어났습니다. 그것참, 재의 마녀씩이나 되는 자가 책을 읽다가 잠들다니 칠칠치 못하게.

허둥지둥 시계를 손에 들어 시간을 확인했습니다.

제 시계는 날짜가 바뀌기 1분 전까지 바늘이 나아가 있었습니다.

"뭐, 타이밍적으로는 다행이었네요."

위험했다, 위험했어. 저는 책을 덮고, 주변을 살펴보기 위해 빗자루를 타고서 창문을 통해 밤의 거리로 나갔습니다.

"역시 조용하네요."

이미 도시의 모두가 잠들어 버린 것일 테지요.

아무런 소리도 불빛도 없는 어두컴컴한 거리가 펼쳐져 있었습니다. 구불구불한 길과 컬러풀한 거리 등은, 때때로 구름에 가려지는 미덥지 못한 달빛 아래서 모두 하나같이 몸을 감추고 있었습니다.

그러나 그런 어두운 밤 속에서도 존재감을 발하는 건물이 딱 하나 있었습니다.

개화의 회당.

피려 하는 꽃 같은 기묘한 건물입니다.

"⋯⋯⋯⋯."

이상하게도 제 시선은 도시 멀리에 자리한 개화의 회당으로 향했습니다. 개화의 회당에 무언가가 있다고 확신을 가진 것은 아니었고, 예감이 있던 것도 아닙니다.

그저 틀림없는 것은, 제가 바라보고 있던 개화의 회당이 이 나라를 대표하는 건축물이라고 하는 사실과.

그리고 제가 바라보고 있던 그때 오전 0시가 찾아왔고.

결과로써, 개화의 회당을 기점으로 도시에 이변이 일어났다는 것입니다.

"⋯⋯저게 뭔가요?"

처음엔 자세히 바라보지 않으면 알 수 없을 만큼 작은 변화였습니다.

어둠 속, 개화의 회당이 흔들리고 있었습니다. 마치 수면에 비친 것처럼 일렁일렁하고.

비눗방울처럼 투명하고 얇은 막이 개화의 회당과 그 주변을 구형으로 뒤덮고 있었습니다.

그리고 이 비눗방울 같은 얇은 막은 그야말로 비눗방울처럼 도시를 안으로 넣으며 서서히 서서히 부풀고 있었습니다.

그 얇은 막이 제가 있는 곳까지 다다르는 데는 그리 시간이 걸리지 않았습니다.

막은 저를 포함해 도시를 통째로 삼켰을 때 팡! 하고 터졌습니다. 터진 순간 별처럼 반짝반짝 빛나는 푸른 물방울이 도시로 쏟아졌고, 도시 일대가 밝게 빛났습니다.

그리고, 시간이 되감기기 시작했습니다.

큰길의 시계탑은 어지럽게 역회전을 시작했고, 마을의 불빛은 켜졌다 꺼졌다 점멸을 반복하고, 물건이 뛰어오르듯이 이리저리 날아다니고, 사람들은 마을 안을 역방향으로 바삐 움직였습니다.

그리고 파란 반짝임이 사라졌을 무렵.

다시 도시는 정적에 휩싸였습니다.

시계탑이 가리키는 시간은 0시 1분.

제 시계의 시곗바늘이 가리키는 시간과 똑같았습니다.

다만 유일하게 다른 것이 있다고 한다면, 제 시계는 내일로 나아가지만 이 도시는 아직 어제에 사로잡힌 채라는 것일 테지요.

○

그리고 잠들었다가 눈을 뜨자 같은 하루가 시작되었습니다.

조용한 밤 같은 건 환상이었던 것처럼 시끌벅적한 도시의 소란 스러움이 커튼 밖에서 들려왔습니다. 그러나 창밖을 내다보면 역시 평소와 같은 풍경.

　어젯밤에 보았던 것은 꿈이 아니었고, 그리고 역시 반복되는 도시에서 제가 제외되어 있다는 사실을 확신하고서 아침부터 진절머리가 났습니다.

　"으음…… 이상하네……. 계산이 안 맞아."

　계산이 안 맞는 원인을 만들고 있는 인간으로서 죄송함을 느끼는 부분도 있었습니다만, 하루가 반복되고 있어서 어쩔 수 없는 일이라고 말해본들 믿어줄 리도 없으니, 저는 오늘도 숙소 사장님 앞을 태연하게 그대로 통과해 거리로 나왔습니다.

　어제, 하루의 끝과 시작을 보고, 솔직히 말하자면 저는 조금 안심했습니다.

　우선 첫째로 이 반복되는 하루가 세계를 전부 끌어들인 것이 아니라 이 나라에만 일어나는 특유의 사상이라는 것.

　"시간이 역전하는 동안에 하늘의 상태도 변화하지 않았고, 무엇보다 도시에 쏟아졌던 파란 물방울은 마력에서 유래한 것일 가능성이 높아 보이니까요……."

　이상해진 것은 세계도 아니고, 저도 아니고, 이 나라뿐이었다는 이야기입니다.

　안심했습니다.

　그리고 어제의 한 사건을 거쳐, 오늘 해야 할 일이 정해졌습니다.

　"……개화의 회당에 가보죠."

저는 길 저편에 우뚝 솟은 기묘한 형태의 건물을 올려다보았습니다.

그곳에 가면 분명 뭔가 알 수 있을 터입니다.

"으으으음⋯⋯."

하지만 하루의 예정이 정해졌다고 해도, 해야 할 일이 보이기 시작했다고 해도, 고민의 씨앗이 사라진 것은 아닙니다.

애초에 개화의 회당은 콘서트홀.

이전에 들어갔을 때 힐끗 안을 보았습니다만, 출입 금지 구획이 너무나도 많습니다. 그리고 많은 데 더해 복잡합니다. 지난번에도 밀리나리나 씨와 함께가 아니었다면 아마도 저는 어딘가에서 미아가 되었을 겁니다.

그러한 상황 아래에서, 있는지 없는지도 모르는, 무엇인지도 모르는 하루의 반복을 만들어내는 원인을 찾는 것은 지극히 어려우리라 생각됩니다. 곤란하군요. 어떻게 할까요.

일단 걸으면서 대책을 짜보고, 최악의 경우엔 쥐로 변신이라도 해서 개화의 회당 안을 배회하면──.

"⋯⋯어라?"

깜빡, 하고 제가 눈을 깜빡인 직후였습니다.

길을 걷고 있었을 터인 저는 깨닫고 보니 개화의 회당──뒤까지 와 있었습니다.

『관계자 외 출입 금지』라고, 굳게 닫힌 문에는 그런 글자가 큼직하게 쓰여 있었고, 애초에 그 이전에 무단 출입이 불가능하도록 단단히 잠금장치가 되어 있었습니다.

그나저나 저는 이런 데서 대체 무얼?

"……몽롱의 마녀와 만난 거겠죠——."

역시 몇 번 만나도 몽롱의 마녀와 만났을 때의 기억은 남지 않습니다. 그 사이에 그녀와 제가 뭔가 이야기를 했을까요?

평소 나쁜 짓을 벌이고 다니는 몽롱의 마녀님에게 "개화의 회당에 불법 침입하는 방법을 좀 가르쳐주세요" 하고 팔꿈치로 쿡쿡 찌르며 물어보았을까요?

아뇨 아뇨 설마.

그렇게 고개를 젓는 저.

그러나 저는 거기서 문득 제 손에 종이가 쥐여 있다는 것을 깨달았습니다. 과연 뭘까요? 저는 종이를 펼치고, 거기에 적힌 글자를 훑어보았습니다.

기억에는 없었습니다만, 그것은 전부 제 글씨였습니다.

『몽롱의 마녀에게 물어보았는데, 개화의 회당은 뒤쪽에 있는 문으로 들어가면 감시가 허술해서 들어가기 쉽다고 하네요.』

…………

정말로 물어봤어…….

『몽롱의 마녀님, 꽤 괜찮은 사람이었어요. 평범하게 가르쳐주었습니다. 그녀는 절친.』

뭔가 잘 이해되지 않는 말이 쓰여 있어…….

『그리고 아마도 길을 헤맬 가능성이 높다며 건물 구조도를 주었답니다. 주머니를 찾아봐 주세요.』

쓰인 대로 주머니에 손을 집어넣는 저. 확실히 구조도가 들어 있었습니다.

『친애하는 마녀님에게♡』라는 메모와 함께.

엄청나게 장난꾸러기인 데다 엄청나게 배려심이 넘치지 않습니까…….

그러나 이렇게까지 온갖 수를 썼음에도 아직 문제가 하나 남아 있었습니다.

눈앞을 가로막고 선 문.

이게 열리지 않는 한은 어찌할 도리가 없습니다.

대체 어찌하면 좋을까요? 도움을 구하며 저는 다시 메모를 보았습니다.

『혹시 문이 열리지 않는다고 생각하며 멈춰 서 있나요? 마법으로 냉큼 열어주세요. 특기잖아요? 그런 거.』

………….

과연, 그렇군요. 그 방법이 있었습니까.

알고 있었지만 말이죠.

○

기억에는 없지만, 몽롱의 마녀인 창천의 마녀님은 이상하리만치 친절한 분인가 봅니다.

구조도와 함께, 깔끔한 글씨로 쓰인 편지가 동봉되어 있었습니다.

『관계자 통로는 연주자나 배우도 지나다니는 곳이니까, 일레이나 씨가 돌아다녀도 의심받는 일은 없을 거야. 오히려 검은 로브에 삼각 모자 같은 차림을 하고 있는 여자아이가 걸어 다니면 의상을 입은 배우라고 여기지 않을까? 당당하게 행동해.』

몽롱의 마녀 씨의 조언 대로 저는 구조도를 한 손에 들고 당당하게 관계자 통로를 나아갔습니다. 도중에 몇 명의 사람과 스쳐 지나갔습니다만, 확실히 붙임성 좋게 행동하니 아무런 문제도 없었습니다.

길을 모르게 되었을 때도 당당하게 구조도를 보았습니다.

모르는 사람이라면 모르는 사람답게 행동해야 할 테지요.

『지금 시간이라면 제2홀로 가면 반복되는 하루의 원인을 볼 수 있을 거야.』

몽롱의 마녀님이 쓴 편지에는 그러한 기술도 있었습니다. 말투로 보아 그녀는 뭔가 사정을 알고 있는 것일 테지요.

……눈을 뗀 순간 기억에서 사라지고 마는 사람이 아니라면 부디 꼭 자세한 이야기를 듣고 싶은 바입니다만.

"뭐, 그건 나중으로 하죠."

우선은 몽롱의 마녀님이 유도하는 대로 나아가기로 했습니다.

몽롱의 마녀님과 만나는 동안의 기억이 빠져 있으니, 이게 덫일 가능성도 부정할 수는 없습니다만——.

그러나, 적어도, 미래의 저에게 편지를 남겼을 때의 저는, 그녀에게 속고 있을 가능성 같은 건 전혀 생각하지 않은 것 같습니다.

그렇다면 과거의 저를 믿기로 하죠.

"······여기로군요."

그리고 지정된 제2홀까지 저는 어렵지 않게 도착했습니다.

무거운 문으로 다가가, 다리에 힘을 싣고서, 열었습니다.

미지근한 공기가 제 곁을 달려갔습니다.

홀 안은 전체적으로 어두웠고, 한 곳에만 빛이 비치고 있었습니다. 필연적으로 제 시선은 그 한 점에 쏟아졌습니다.

스테이지 위, 그저 한 점에만 쏟아지는 빛 아래에 선, 한 여성.

가희 사마라 씨에게.

"······어머나?"

빛 속에 있으면서도 제 모습이 보였나 봅니다. 그녀는 갑작스러운 침입자인 저를 이상하다는 듯이 바라보면서.

"······당신, 여기 관계자? 멋대로 들어오고 그러면 안 돼."

책망하는 듯한 말투지만 어조는 온화했고, 그녀는 상냥하게 타이르듯이 저를 바라보았습니다.

여기에 반복되는 하루의 원인이 있다니 대체 어떻게 된 것일까요?

"저를, 기억하나요?"

어차피 기억하지 못할 테지만—— 시간을 벌기 위해 저는 스테이지 위의 그녀에게 물었습니다. 주변을 살펴보아도 이상한 것은 딱히 보이지 않았습니다.

"아니······. 팬분, 이려나? 안 되거든······? 아직 입장은 시작되지 않았잖아?"

그녀에게 있어 이 자리에서 가장 이상한 것은 저밖에 없을 테지요. 부드러운 미소를 지으면서도 조금 곤혹스러워하고 있는 그녀는, 계속 저를 시선으로 좇고 있었습니다. 눈을 떼지 않도록.

그녀의 충고를 무시하고, 시선을 등 뒤로 받으면서 저는 하루를 반복하고 있는 원인이라는 것을 찾았습니다.

그러나 잠시 둘러본 정도로 수상한 것을 찾을 수 있을 리 없습니다.

애초에 제2홀에는 물건이라 부를 만한 물건은 놓여 있지 않았습니다. 그저 객석과 스테이지와 그리고 가희만이, 여기에는 있었습니다.

"……저기, 듣고 있어? 여기는 출입 금지야."

이윽고 스테이지까지 올라온 제게 변함없이 미소를 지으면서도 긴장감을 띠기 시작한 사마라 씨.

갑자기 들어온 마녀 차림의 여자가 스테이지까지 올라왔으니, 뭐 남의 눈에 무척 수상하게 보이는 것은 당연하겠지요.

"신경 쓰지 마세요. 금방 끝나니까요."

손을 팔랑팔랑 흔들면서 이번에는 스테이지 뒤까지 걸음을 옮겼습니다. 스테이지 연출에 쓰일 법한 물건이 소도구와 대도구를 포함해 어둠 속에 놓여 있었습니다.

"……이 주변의 물건도, 아닌 것 같네요."

그저 추측일 뿐입니다만, 여기에는 평범한 물건밖에 없는 것 같았습니다. 하루를 반복한다고 하기엔 스테이지 옆에 놓인 물건들은 너무나도 평범했습니다.

"……무얼 찾고 있는 걸까?"

이제 저를 설득해 내쫓기는 불가능하다고 일찌감치 알아차린 것일 테지요. 제 욕구를 채워주고 얼른 나가게 하는 방향으로 노선을 바꾸었나 봅니다.

"…………."

저는 스테이지 옆에서 돌아와, 그녀의 곁으로 다가가며 말했습니다.

"그러네요. 실은 지금, 도시가 똑같은 하루를 반복하고 있는데요."

느닷없이 이런 이야기를 해버리면 상당한 괴짜거나 수상한 사람으로 보일 것은 틀림없을 테지요. 하지만 이미 그녀 안에서 저는 상당히 수상한 인간인 듯하니 딱히 상관없습니다.

어차피 내일이 되면 온갖 일들이 없었던 일로 돌아갈 테니까요.

"도시가 같은 하루를 반복하는 원인이라는 게 여기 있다고 들어서, 찾으러 왔습니다."

"하루를 반복하는 원인……? 대체 무슨 말을——."

"어디 있는지 모르나요?"

그녀의 눈앞에 선 저는 고개를 갸웃거렸습니다.

"…………."

그녀의 표정에서 미소가 살짝 사라졌습니다.

"저기, 조금 전부터 무슨 말을 하는 거야? 당신이 하는 말의 의미를 모르겠어."

"저는 당신이 수상하다고 봅니다만, 어떨까요? 하루를 반복하는 원인이 되는 물건을 갖고 있거나 하지 않은가요?"

"······적당히 해주겠어? 나는 오늘, 첫 콘서트를 앞두고 있다고. 바쁘단 말이야. 당신 같은 팬과 어울려줄 틈은 없어."

"그 첫 콘서트, 대체 오늘로 몇 번째인가요?"

저는 연달아 질문했습니다.

"그런데 몽롱의 마녀라는 분을 아시나요?"

그녀는 잠시 입을 다문 후,

"몽롱의 마녀, 라. 당연히, 알고 있지. 사람의 기억에 남지 않는 마녀잖아?"

"그렇죠."

바로 그 말대로.

"도시의 많은 사람들에게 있어서는 그저 소문이나 구전의 일종. 실재를 아는 건 몽롱의 마녀를 쫓는 밀리나리나 씨, 그리고 실제로 피해를 입은 분들 정도일 테죠."

"당신도 피해를 입은 사람 중 하나일까?"

"그런 셈이죠."

그리고 그 몽롱의 마녀에게는 얼마 안 되는 외모 정보가 있습니다.

"검은 로브를 입고 검은 삼각 모자를 쓴 마녀가 몽롱의 마녀라고 여겨지고 있다고 하네요."

"············."

그나저나 다른 이야기입니다만.

"사마라 씨, 어째서 저를 팬이라고 생각했나요? 마법사가 없는 이 나라에서, 관계자 외 출입 금지인 곳에 갑자기 나타난 온통 까

189

만 차림의 마녀. 밀리나리나 씨의 선배로서 이 나라의 평화를 지켰던 당신이라면, 우선 제일 먼저 그것이 몽롱의 마녀일 가능성을 의심해야 하지 않나요?"

"…………."

그녀는 잠자코 있었습니다.

뭐, 됐습니다.

"사마라 씨, 다시 한번 묻겠습니다."

저는 묻고 싶은 걸 물을 뿐입니다.

"이 콘서트, 오늘로 몇 번째인가요?"

──하루를 반복하는 원인은, 어디에 있을까요?

저는 사마라 씨를 정면에서 바라보며 물었습니다.

이미 표정에서 미소를 잃고, 차갑게 저를 바라보는 그녀에게, 물었습니다.

"…………하아."

그녀는 침묵 후에 얕은 한숨을 내쉬었습니다.

그리고 마도 지팡이를 꺼내면서 말했습니다.

"……확실히, 듣고 보니 그 여자랑 같은 차림을 하고 있었네. 당신의 차림에 의문을 품지 않고 팬 취급을 하는 건 확실히 부자연스러워. 마무리가 어설펐어──."

순간.

아주 찰나의 순간에, 제 몸은 홀 뒤쪽까지 날려갔습니다. 마력을 싣는 시간도, 예비 동작도 없이, 마도 지팡이는 순식간에 바람 마법을 날리고 있었습니다.

©Azure

"……윽!"

불의의 공격이었습니다. 한 번 밀리나리나 씨와 대치했을 때마도 지팡이의 성질은 관찰했을 터입니다만, 순식간에 공격을 날릴 거라고는 상정하고 있지 않았습니다.

공중을 날며 저는 1초도 안 되는 시간 동안 머리를 굴렸습니다.

과연 어찌해야 할까요? 바닥에 떨어지기 전에 빗자루를 꺼내서 충돌을 피할까요? 아니면 마법으로 충격을 흡수할까요? 차라리 이대로 바닥에 떨어지는 것도 재미있을지 모릅니다.

"………."

하지만 저는 머리를 스쳐 간 대책을 하나도 고르지 않았습니다.

"——위험해!"

허공을 날고 있었을 터인 제 몸이 공중에서 퐁 하고 멈추었던 것입니다.

멈췄다, 라기보다는 받아내 주었다고 말하는 편이 좋을지도 모르겠습니다만.

"……괜찮아? 일레이나 씨."

날려간 저를 공중에서 받아낸 것은 빗자루를 탄 한 마녀였습니다. 검은 로브를 입고 검은 삼각 모자를 쓴 그 여성은 지팡이 끝에서 연기를 날려 주변 일대를 하얗게 물들이면서 제 안색을 살폈습니다.

그 여성은 기억에 없었습니다.

그러나 저는 그녀가 누구인지를 알고 있었습니다.

하얗게 물든 풍경 저편에서 사마라 씨의 혀 차는 소리와 함께,

낮은 목소리가 새어 나왔습니다.

"……몽롱의 마녀."

그 이름으로 불린 그녀는 조용히 고개를 저었습니다.

몽롱의 마녀라 불리고 있는 그녀에게는 진짜 이름이 있었습니다.

창천의 마녀.

"……안네롯테 씨."

제가 그녀의 이름을 중얼거리자 그녀는 눈을 가늘게 뜨고서 웃었습니다.

"아까 보고 또 보네. 일레이나 씨."

너는 기억하지 못할 테지만——이라며.

계기는 아주 사소한 것이었다.

어릴 때, 어느 날 내가 집을 나서자 집 근처에 인파가 생겨 있었다. 그곳에 있던 건 평범한 골동품 가게였고, 평소엔 아무도 들르지 않았다.

그런 가게에 사람이 모여 있으면 당연히 궁금해지는 법이고, 당시 여덟 살이었던 나는 어슬렁어슬렁 별생각 없이 인파 속으로 파고 들어갔다.

많은 사람의 주목을 받고 있던 것은 나보다 살짝 연상의 소녀였다.

골동품 가게 주인의 딸인 걸까? 그녀는 가게 앞에서 노래를 선보이고 있었다.

아름다운 노랫소리였다.

그곳에는 행복한 공간이 펼쳐지고 있었다. 그곳에 함께한 사람들 모두가 행복에 넘쳤고, 서로 웃으며 노래를 듣고 있었다.

나와 그리 나이 차이가 나지 않는 어린아이가 저렇게 많은 사람을 행복하게 만들고 있는 광경에 나는 바로 매료되었고, 동경하게 되었다.

아무런 재능도 없는 나도 그녀처럼 사람들을 행복하게 만들 수 있는 인간이 되고 싶다고 생각했다.

"언니, 노래, 잘한다!"

제6장

창천의 마녀

나는 노래를 끝낸 직후의 그녀에게 다가가, 흥분한 채로 말했다. 나도 그녀처럼 사람들을 행복하게 만드는 사람이 되고 싶다고.

그녀는 미소 지으며 머리를 쓰다듬어주었다.

그런 사소한 계기였다.

지금도 어릴 때 들었던 그녀의 노랫소리를 나는 때때로 떠올렸다.

그녀가 보여주었던 아주 사소한 광경이, 지금의 나를 만들었으니까.

○

"위험할 뻔했어. 일레이나 씨."

저를 안아 든 채 빗자루로 하늘을 거침없이 미끄러지면서 그녀가 찾아간 곳은, 개화의 회당 근처. 그녀의 집이었습니다.

여전히 방범 의식이 전혀 없이 활짝 열려 있는 창문으로 들어가니, 그 앞은 미지의 세계——한 번 들어온 적은 있었지만 그녀의 존재와 함께 깔끔하게 기억에서 사라진 방이 있었습니다.

방의 한쪽에는 어디서 훔쳐 왔는지도 모를 법한 그림과 가구와 소품 등등 온갖 물건이 수북하게 쌓여 있었습니다.

그녀는 저를 내려주더니 바로 빗자루를 넣고, 그리고서 지팡이를 휘둘렀습니다.

"뭐, 여러 가지로 궁금한 게 많을 테지만—— 우선은 이야기를 나눌 수 있는 환경부터 만들까."

그녀의 지팡이에서 마력이 새어 나왔습니다. 그러자 저희 두 사람을 둘러싸듯, 거울이 여섯 개. 공중으로 떠올랐습니다.

거울 안에는 저와 안네롯테 씨가 어디까지고 한없이, 온갖 각도에서 마주하고 있었습니다.

어디로 시선을 보내도 저와 그녀.

시선에서 벗어나는 것은 도저히 불가능하게 되었습니다.

"이러면 나에 관한 걸 잊을 수 없을 거야."

어디까지고 계속되는 거울 속에서 그녀는 전부 똑같은 미소를 짓고 있었습니다.

"이것저것 묻고 싶은 게 있지? 앉아."

그녀는 말하면서 침대에 앉도록 권했습니다.

제가 고개를 끄덕이자, 그녀는 책상 쪽에서 의자를 꺼내 와 저와 마주하고 앉았습니다.

낯선 그녀의 얼굴을, 저는 가만히 바라보았습니다.

"어디서부터 듣고 싶어?"

어디서부터 들어야 할까요? 무엇부터 들어야 할까요? 아니. 이것저것 묻고 싶은 건 끝이 없었습니다만.

"애초에 당신은 누구인가요?"

몽롱의 마녀.

누구의 기억에도 남지 않는 그녀. 그러나 어째서인지 제가 처한 상황을 이해하고 있는 그녀. 아무래도 이 도시가 같은 날을 반복하고 있다는 것을 이해하고 있는 듯한 그녀.

영문을 알 수 없는 일투성이인 지금 상황에서도, 그녀가 일련의 사건의 중심에 있다는 것은 대강 이해할 수 있었습니다.

"그러네. 그럼 거기서부터 이야기할까."

어쩌면 누구의 기억에도 남지 않는 그녀는, 이렇게 사람과 이야기할 기회도 별로 없을 테지요.

그녀는 조금 기쁜 듯이 웃으며 고개를 끄덕였습니다.

"내 이름은 안네롯테."

창천의 마녀로, 오래전부터 이 나라를 지켰던 정의의 수호자님이야——라며.

●

골동품 가게를 빈번히 찾아가게 된 것은 내가 여덟 살 무렵의 일이다.

가게 앞에서 노래를 선보이던 그녀의 노랫소리를 듣고 싶어서, 나는 매일같이 가게를 찾아갔다.

어린 시절의 내게 있어 그녀는 동경의 대상이었다.

남에게 상냥하고, 자신의 재능 하나로 남을 행복하게 만들 수 있는 사람이 되고 싶다고, 바랐다.

그녀가 가게 앞에 서 있는 매일이 내게는 행복이었다.

그래서 어느 날 갑자기, 그녀가 가게에 오지 않게 되었을 때 나는 어찌할 바를 모를 만큼 동요했다.

가게 할머니에게 물어보아도 이유는 알 수 없었다. 말하길, 그녀는 이 가게의 손자로 가끔 일을 도우러 온 김에 노래를 불렀다고 한다.

나는 그날부터 변함없이, 그녀가 돌아오리라고 믿으며 가게를 계속 찾아갔다.

기특한 이야기다.

"……어라? 안네롯테, 또 왔구나."

그녀는 그 후로도 오지 않았지만, 대신 할머니가 내 얼굴과 이름을 기억했다.

나 같은 손님은 드물었는지, 한눈에 봐도 골동품을 살 마음도 재력도 없는 내가 얼굴을 비출 때마다 다양한 물건을 만지게 해주었고, 다양한 것을 가르쳐주었다.

나는 점점 가게의 물건에도 흥미를 갖고 할머니에게 이것저것 묻게 되었다.

한 번 역할을 다하고, 다시 누군가에게 도움이 되기를 기다리는 물건들.

저건 뭐야? 이건 뭐야? 그럼 그건? 하나하나 손가락으로 가리켜갔다. 할머니는 하나하나 정성껏 가르쳐주었다.

그중 하나가 마법사의 지팡이였다.

"이건 아주 오래전에 쓰였던 거란다. 마도 지팡이가 생기기 전엔 이게 주류였지."

이제 아무도 쓰지 않지만 말이지, 하고 할머니는 말했다. 내가 태어나기도 전 시대엔 마도 지팡이 같은 게 없었고, 마법이란 마력을 다루는 자격── 요컨대 재능이 없으면 될 수 없었다고 한다.

"호오오."

옛날엔 힘들었겠다, 하고 나는 맞장구를 치면서 할머니의 손에서 지팡이를 받아 들었다.

"히히힛, 너는 어떠려나? 재능이 있을까?"

휘둘러볼래? 하고 할머니에게 부채질 당한 나.

"응."

솔직히 말하자면 이때의 나는 딱히 아무런 생각도 없었다.

그래서 지팡이를 휘두른 직후에 푸른 빛이 새어 나왔을 때, 나도 할머니도 눈을 동그랗게 뜨며 놀랐다.

"이……이게 뭐야?!"

대단해! 하고 바보처럼 신나 하는 나. 지팡이 끝의 푸른 빛이 반짝반짝하고 알갱이가 되어 내 발밑으로 떨어졌다.

"세상에…… 이거 놀랍구나——."

너한테는 마법사의 재능이 있어——하고 할머니는 손뼉을 치며 기쁜 듯이, 행복해하며 좋아해 주었다.

골동품 가게에 잠들어 있던 마법 지팡이는 내게 마법사의 자격이 있다는 것을.

그리고 내게 남을 웃는 얼굴로 만들 만한 힘이 있다는 것을. 가르쳐주었다.

●

할머니는 오래전에 마법사로서 활동했던 시기가 있었다고 한다.

내가 지팡이를 다룰 수 있다는 걸 알자, 할머니는 그날부터 때때로 내가 가게에 갈 때마다 마법을 가르쳐주게 되었다.

나는 점점 실력이 늘어갔다. 할머니는 그때마다 아주 기쁜 듯이 웃어주었고, 나도 기뻐졌다. 그러나 내가 동경한 그녀는, 그후로 한 번도 가게에 얼굴을 비추지 않았다.

그리고 나는 열두 살이 되었다.

그 무렵에 나는 자신의 마법 재능을 더욱 키우고 싶다고 바라게 되었다.

가게 앞에서 아름다운 노랫소리를 선보였던 그녀처럼, 재능 하나로 사람을 행복하게 만들 수 있는 인생은 멋지지 않을까?

"너, 마법사가 되려무나. 재능이 있어."

무엇보다 내게 마법을 가르쳐준 할머니가 내가 그리하길 바랐으니까. 나는 마법을 배우기 위해 혼자서 외국의 마법 학교로 유학을 가기로 했다.

그러나.

때때로 이렇게 변경에서 도시로 나와 기술을 배우려 하는 아이라는 것은, 자신이 그렸던 이상과 현실의 차이와 세상의 넓음—— 아니, 자신보다 재능 있는 인간을 보고 놀라 낙담하고 우울해지게 되어버리는 법인데.

"훌륭해! 안네롯테, 자네는 그야말로 백 년—— 아니, 천 년에 한 명 나올 인재야!"

어머나 깜짝이야.

아무래도 할머니의 입에 발린 말 같은 게 아니라 정말로 나는 마법에 재능이 있었나 보다.

바로 나는 마법 학교에서 1등을 할 정도가 되었다. 교사, 학생 관계없이, 많은 사람이 나를 "천재!"라고 부르며 칭찬했다. 에헤헤, 그러지 말라니까.

칭찬받을 때마다 기뻐서 날아갈 것만 같았다.

수업에서 모르는 부분이 있다며 가르쳐달라고 동급생이 조를 때마다 나는 기뻐하며 가르쳐주었다. 길에서 누군가가 곤란해하면 곧바로 손을 내밀었다.

내 힘이 누군가에게 도움이 된다는 것이── 남이 내게 웃어주는 것이 무엇보다도 기뻤기 때문이다.

그리고 얼마 지나지 않아 마법 학교를 수석으로 졸업. 마녀 견습생이 되기 위한 시험에서는 그 나라의 수험생 중에서 최연소인 열다섯 살에 단번에 합격했고, 스승님 아래 들어간 지 1년도 되지 않아 순식간에 창천의 마녀라는 마녀명까지 받았다.

마녀의 브로치를 가슴에 달고, 그리고 나는 고향인 돌고 도는 꿈의 도시 캐러셀의 문을 다시 통과했다. 몇 년 만에 온 고향은 변함없이 시끌벅적했고, 그리고 변함없이 마도 지팡이만이 귀하게 여겨졌다.

이 나라에서 마녀의 이름을 가진 건 나 한 사람 정도이리라.

그것은 조금 쓸쓸한 일이기는 했지만, 동시에 자랑스럽기도 했다.

그것은 내가 특별하다는 것을 나타내고 있으니까.

"할머니한테 인사하러 가야지."

나라로 돌아온 직후에 향한 곳은 본가 근처의 골동품 가게.

유학을 갔던 곳에서도 많은 사람에게 칭찬받았다고 이야기하면, 할머니는 뭐라 말해줄까.

들뜬 발걸음으로 나는 가게 앞에 다다랐다.

"할머니——."

결론부터 말하자면 할머니는 없었다.

가게에 있던 것은 낯선 중년 여성.

할머니의 딸인가 보다. 이 가게는 지금, 그녀가 꾸려나가고 있다고 한다.

그녀는 어째선지 처음 보는 나를 알고 있었고, 할머니에 관해 이것저것 알려주었다. 말하길, 내가 유학을 간 사이에 할머니는 돌아가셨다고 한다.

그곳에는 이제, 내게 가르침을 주었던 여성은 한 사람도 남아 있지 않았다.

내게 꿈을 보여주었던 이름도 모르는 소녀도.

내게 꿈을 이룰 힘이 있다고 가르쳐주었던 할머니도.

양쪽 모두 내 눈앞에서, 사라지고 말았다.

●

동경하는 사람과 할머니가 없어졌다고 해서 내 삶의 방식이 달라진 것은 아니다. 나는 내가 원하는 대로 살아갈 뿐이다.

나는 이 도시에서 마법사로서 살아가겠다고 어릴 때부터 정했었으니까.

그걸 위한 재능이 내게는 있으니까.

"아가씨, 네 아빠와 엄마는 이 길 끝에서 기다리고 있어."

어느 날 낮, 큰길에서 벗어난 좁은 골목길에서 한 남자가 열 살 정도로 보이는 여자아이의 손을 끌며 걷고 있었다.

"……저기, 하지만, 우리 아빠랑 엄마는 개화의 회당에서 기다린다고──."

이상하다는 듯이 고개를 갸웃거리는 여자아이. 외지에서 온 아이일까? 손에는 오늘 열리는 극의 전단. 그리고 팝콘을 끌어안고 있었다.

"헤헤…… 그래. 이쪽으로 가면 개화의 회당에 금방 도착하거든. 너, 이 동네 아이가 아니지? 아저씨한테 맡기라고."

남자는 여자아이를 안심시키려 미소를 꾸며냈지만, 숨을 거칠게 몰아쉬며 여자아이를 내려다보는 눈은 그저 불쾌했고, 어찌 보아도 수상했다.

"……하지만."

아무리 열 살 여자아이라 해도 남자가 수상하다는 걸 눈치챌 수밖에 없으리라.

여자아이의 걸음이 점점 느려졌다.

돌아보면 개화의 회당이 조금씩 멀어지고 있었다. 명백하게 목적지에서 멀어지고 있었다.

"하, 한눈팔지 말고, 잘 따라와."

곤혹스러워하는 여자아이의 손을 억지로 잡아당기는 수상한 남자.

"꺄악!"

분명 여자아이는 그때 자신이 낯선 남자에게 유괴당하고 있다고 확신했을 것이다. 그 표정은 순식간에 위태롭게, 그리고 공포로 물들어갔다.

이런, 큰일.

"개화의 회당으로 가고 싶니? 혹시 괜찮으면 타고 갈래? 실은 나, 지금부터 잠깐 그쪽에 용건이 있거든."

나는 티 없는 소녀를 남자의 손에서 구하면서 그런 식으로 한 가지 제안을 했다.

"뭐?"

돌아본 남자는 눈을 동그랗게 뜨고 있었다. 무리도 아니다.

바로 지금까지 손을 잡고 있었을 터인 소녀가 내 빗자루에 타고 있었기 때문이다. 남자로서는 내가 아무것도 없는 곳에서 갑자기 나타난 것처럼 보였을지도 모른다.

"아저씨, 안 되잖아. 이 아이가 귀여운 얼굴을 하고 있다고 해서 손을 대려고 하다니."

"…………"

말없이 내게 꼬옥 매달리는 여자아이.

나는 그녀의 어깨를 감싸 안으며 남자에게 웃어 보였다.

"방금 그건 못 본 걸로 할게. 어차피 나는 보안국 사람 같은 것도 아니고, 너를 여기서 구속할 의미도 없으니까."

충고하는 나.

그러나 유감스럽게도 남자가 물러나는 일은 없었다.

"어, 어이. 너, 무슨 소리를 하는 거야? 뭐, 뭔지 모를 말이나 하고! 나, 나는 그 애를 안내해줬을 뿐이라고――."

그러니까 내놓으라며 그는 내게 한 걸음 다가왔다. 직후에 나는 파리 한 마리를 쫓아내듯이 지팡이를 휘둘렀다.

돌풍이 남자의 뺨을 스쳤다. 퍼억 하고 길바닥 일부가 함몰되었다.

그리고 남자가 머뭇머뭇하며 뒤를 돌아보는 중에. 나는 한숨을 섞어가며 말했다.

"나한테는 너를 구속할 의무도 없지만, 적당히 힘 조절을 해줄 이유도 없거든?"

물러날 거지?

거기까지 말했을 때 남자는 다시 미소 지었다.

실력 행사는 효과가 있었나 보다. 남자는 곧장 "으아아아아아아아!" 하고 소리가 되지 않는 소리를 지르며 도망쳤으니까.

"자, 그럼 갈까?"

그리고서 나는 여자아이를 빗자루에 태운 채, 개화의 회당으로 안내.

복잡하게 얽힌 길을 전부 무시하고 목적지까지 하늘 위로 곧장 날아갔다. 이게 바로 진정한 지름길이라는 거다.

"……죄송해요."

개화의 회당으로 향하는 중에 그녀는 내게 꼭 매달렸다. 빗자루로 하늘을 나는 것에 공포도 느꼈을 테지만, 분명 그녀의 손이 떨리는 것은 다른 이유 때문이리라 생각한다.

아무도 도와주지 않았을 경우의 일을 생각하면 당연한 반응이었다.

"앞으로, 곤란할 때는 나를 불러."

그래서 나는 구해준 사람으로서 당연한 말을 그녀에게 던졌다.

"어디에 있든, 내가 너를 구할 테니까."

내가 이 나라에서 단 한 명의 마녀로서 사람을 돕기 시작한 것은 열여덟 살이 되고부터였다.

누구에게 부탁받은 것도 아니다.

그저 내게 깃든 마법사로서의 재능은 분명 남을 돕기 위해 있는 거라고 생각했기 때문이다. 지금까지처럼 앞으로도 사람들을 기쁘게 하고 싶다고 하는 욕구가, 내게 남을 돕게 했다.

예를 들면 길을 헤매는 할머니가 있으면 지도를 한 손에 들고 시원스레 나타나 할머니를 업고서 목적지까지 안내하거나. 예를 들면 하늘로 날아가는 풍선을 여자아이의 손에 돌려주거나.

예를 들면 망가진 공공물을 남모르게 수리하거나. 혹은 분실물을 보안국에 전달하거나.

당연히 악당 퇴치도 눈에 띄는 대로 얼마든지 했다.

유감스럽게도 내가 사는 돌고 도는 꿈의 도시 캐러셀에는 이 나라 특유의 무기를 써서 못된 짓을 하는 자가 있었다.

"마도 지팡이를 버리고 손들어! 너희 절대로 움직이지 마!"

마도 지팡이.

누구나 간단히 마법—— 같은 것을 날릴 수 있는 지나치게 편리한 도구.

하지만 편리한 물건은 반대로 말해 악용하기도 쉽다는 뜻. 은행 강도도 예외는 아니다. 복면을 뒤집어쓴 남자들 여러 명은 마도 지팡이를 들고 안에 있는 손님과 직원을 위협한다.

이 나라에서 마법사가 아직 활약하고 있었다면, 적어도 이렇게 간단히 범죄가 일어나는 일도 없지 않았을까 하는 생각이 들지 않는 것도 아니었다.

"안녕. 그런 걸 휘두르고 다니면 안 되잖아. 위험하다고."

불쑥 남자들 등 뒤에서 나타나는 나.

마녀쯤 되면 자신의 모습을 작게 바꾸어 몰래 접근하는 일쯤은 식은 죽 먹기.

"너, 너 뭐야?!"

"나는 창천의 마녀 안네롯테야."

남자들이 마도 지팡이를 이쪽으로 겨눈 순간, 나는 지팡이를 휘둘러 남자들에게서 무기를 빼앗았다. 다음은 적당히 지팡이로 구속해버리면 끝.

범죄자가 나타날 때마다 현장으로 달려가 나는 마법을 선보였다.

"나는 날치기. 돈이 많을 것 같은 여자한테서 가방을 빼앗았다——."

"그리고 나는 창천의 마녀. 그런 너를 단속하기 위해 하늘에서 내려온 미소녀야."

날치기가 나타나면 곧바로 범인을 쫓아서 가방을 되찾았다.

"나는 스토커. 마음에 둔 여자를 미행하는 중이다──."

"그리고 나는 그런 너의 스토커. 범죄자를 미행하는 중이야."

스토커 피해가 나오면 범인을 바로 포박했다.

"나는 도둑. 쥐처럼 슬쩍 집에 침입해서 금은보화를 훔치지."

"그럼 나는 그런 쥐를 쫓는 고양이려나? 야옹."

범죄 피해가 나오면 온 마을을 쫓아다니며 범인을 잡아냈다.

자랑은 아니지만, 나는 고향으로 돌아오고서 몇 년 동안 상당한 활약을 해 보였다. 이건 교만도 아닌 단순한 사실로, 범죄자를 검거한 수라면 이 나라의 보안국 사람들보다도 많지 않을까 싶다.

그리고 당연하게도, 눈에 띄는 활동을 몇 년이고 반복하다 보면 주변에서도 평가받게 되는 법.

"──안네롯테 님! 지난번엔 저희 딸이 신세를 져서…… 정말로 고맙습니다!"

"──저, 저기! 악수해주세요! 안네롯테 님!"

"──저, 크면 안네롯테 님이랑 결혼하고 싶어요!"

"제자로 삼아주세요!"

"나도 안네롯테 님처럼 되고 싶어!"

"마법을 가르쳐주세요!"

내 활약은 점점 나라 사람들에게 인정받게 되어갔다. 몇 년이나 계속한 결과이리라.

나를 동경한다고 말해준 사람도 서서히 늘어났다.

"안네롯테 님! 나, 장래에 안네롯테 님 같은 마법사가 될 거야!"

어느 날, 어린 여자아이는 내게 편지를 건네며 웃어주었다.

하아, 귀여워 안아주고 싶어.

"후후후. 이것 볼래? 나 안네롯테 님처럼 나라를 지키는 마법 소녀가 되려고 해. 잘 어울리지?"

그리고 또 어느 날. 나를 동경한다고 말한 소녀가 마도 지팡이를 휘두르며 묘한 코스튬을 하고 빙글빙글 돌고 있었다.

나, 그런 이상한 코스튬 입은 일, 없는데……?

"후후, 참고로 나는 있지, 안네롯테 님의 행동 범위를 얼마 전부터 연구하고 있거든. 어때? 대단하지?"

스토커냐?

"봐, 이 일기에는 안네롯테 님의 최근 행동이 수백 회에 걸쳐 기록돼 있거든…… 이제 이건 안네롯테 님 그 자체라 해도 과언이 아니야……. 아아, 좋아라……."

스토커인 거냐?

……뭐, 일부 이상한 아이도 있지만, 아무튼 동경을 가져준다는 것은 영광스러운 일이 틀림없다.

나도 역시, 어린 시절의 동경에 의해 만들어진 거니까.

어느 날 골동품 가게 앞에서 혼자 노래를 불렀던, 이름도 모르는 그녀의 노랫소리. 그것은 아주 아름다워서, 거리의 시끌벅적함 속에서도 아름답게 반짝이고 있었다. 나는 그것을 지금도 선명하게 떠올릴 수 있다──.

"…………!"

도시의 하늘을 날던 때의 일이었다.

문득, 어디선가 그녀의 노랫소리가 울린 것만 같았다. 서둘러 멈춰서서 하늘에서 길을 내려다보았지만, 그땐 어디서 울린 노랫소리인지 알 수 없게 되어 있었다.

도움을 구하는 목소리라면 언제나 어디에서 들려왔는지 알 수 있는데.

나를 동경한다. 나를 목표로 한다. 그렇게 말해준 아이들처럼 나도, 과거 동경했었다는 이야기를 그녀에게 할 수 있다면, 매우 행복한 일일 거라 생각한다.

그나저나.

다른 이야기인데.

사실 나는 마을 사람들에게 감추고 있는 일이 딱 하나 있었다. 곤란한 사람들에게 모조리 손을 내미는 그런 활약을 하면서, 실은 나는 물건 찾기를 하나 하고 있었던 것이다.

"——안네롯테. 이거, 뭔지 알겠니?"

시간은 거슬러 올라, 내가 아직 열 살 정도이던 때의 이야기. 할머니에게 마법을 배우고 2년이 지났을 무렵의 일이다. 평소처럼 마법을 배우는 날들 속에서 할머니는 가게 안쪽까지 나를 데려가서 인형을 하나 보여주었다.

그것은 예스러운 기묘한 인형이었다.

잘 모를 글자가 적힌 종이를 여기저기에 붙여놓은 유리 케이스 속에서 축 늘어져 앉아 있었다. 이런 걸 갑자기 보여준 이유를 알 수 없어서 "이게 뭐야?" 하고 묻자, 할머니는 천천히 이야기해주었다.

"이건 이 나라에 아주 오래전부터 있던 인형이란다. 어떤 소원
이라도 이뤄주는 신기한 인형이지."

"그게 뭐야······?"

그런 편리한 게 있어도 괜찮은 걸까? 할머니는 이야기했다. 말
하길, 애초에 할머니가 골동품 가게를 운영하는 요인이 이 인형
이라고 한다.

이 인형은 이 나라에서 오래전부터 존재해왔고, 사람의 소원을
이뤄줘 왔다고 한다.

그것은 몹시 매력적인 물건으로 보였지만, 그러나 그 강대한
힘 탓에 몇 번이나 되는 다툼을 낳아왔다. 그래서 옛날 사람들은
이 인형을 파괴하고 두 번 다시 쓰지 않기로 했다고 한다.

"하지만 인형은, 보이는 대로 케이스에 담겨 있지. 성가시게도
이 녀석은 부숴도 부숴도 내버려 두면 몇 번이고 소생했단다."

부숴도 부숴도 몇 번이고 돌아온다. 그 사실을 안 마법사 집안
인 할머니의 선조는 대대로 이 인형의 존재를 아무에게도 알리지
않고 감춰두어 왔다고 한다.

마법사의 손으로, 인형이 누구의 손에도 넘어가지 않도록, 남
모르게 지킬 필요가 있었다. 다른 사람에게 들키면 악용하는 인
간도 분명 나타난다. 그래서 극히 일부의 인간──신용할 만한
마법사에게만 이 정보를 알렸다고 한다.

그런데 할머니의 딸도 손자도 마법에 재능이 없었다.

덤으로 이 나라에서는 마법이라는 존재 그 자체가 쇠퇴 일로를

걷고 있다. 맡길 수 있는 상대는 완전히 사라지고 말았다.

어찌하지도 못한 채 고민을 안고서, 감추면서 할머니는 하루하루를 보냈고.

그런 때 나타난 것이, 나였다.

"나와 같은 마법사인 너라면 이야기해도 괜찮을 거라고 생각했단다. 피는 이어지지 않았지만 말이지."

할머니는, 말했다.

"만약 내가 죽었을 때는, 대신해서 인형을 지켜주려무나."

그리고 나는 할머니의 그 부탁을 받아들였──는데.

더 강한 마법사가 되자는 생각에 타국으로 건너가 있는 동안에 할머니는 사망. 그럼 그 복잡한 사정이 있는 인형이 어찌 되었는가 하면.

나는 나라로 돌아오자마자 할머니의 가게를 찾아가 물어보았는데.

나타난 것은 그 딸── 중년의 여성이었다.

"저기 그, 할머니의, 인형은……?"

할머니는 딸에게는 마지막까지 인형에 관해 알리지 않았던 모양이다.

중년 여성에게 인형에 관해 묻자 고개를 갸웃거리며 할머니의 유산은 이미 처분해버렸다고 가르쳐주었다.

혹시나 하고 가게를 찾아보았지만, 인형은 어디에도 없었다.

"와우."

아니 진짜 정말로 "와우"다.

이렇게 되면 성가셔진다.

할머니의 이야기가 머릿속을 다시 스쳤다.

"인형은 한 번 파괴되어도 다시 도시 어딘가에서 나타난단다. 만약 그렇게 되면——."

도시의 누군가가 악용해버릴지도 모른다. 그것은 즉 자유자재로 나라를, 사람을, 누군가가 멋대로 바꿀 수 있는 상황에 빠진다는 뜻이다.

늦기 전에 인형은 회수해야만 한다.

그러한 의미에서 도시에서 사람들을 돕는 활동은, 겸사겸사 인형을 찾기에 최적이라 할 수 있었다.

찾는 동안에 4년이 흘렀다.

"……아니 전혀 못 찾겠어!"

어느샌가 스물두 살. 변함없이 나라 사람들에게 "안네롯테 님 만세!" 하고 칭송받으며 "그러지 말라니까" 하고 가볍게 대꾸하는 날들을 지내던 나.

인형 따위 흔적도 없었다. 이제 이쯤 되면 실재하는지조차 의심스러운 생각이 들 만큼 전혀 찾을 수가 없었다. 대체 어떻게 된 걸까?

인형에는 몇 가지 특징이 있다.

겉모습은 작아서 한 손으로 들 수 있을 정도인 느낌. 아주 예스러운 디자인으로, 좋게 말하자면 풍류가 있고 나쁘게 말하자면 그저 너덜너덜. 얼굴은 여자아이를 흉내 낸 디자인이다.

이건 나도 할머니에게 들었을 뿐 실제로 본 것은 아니지만, 이 인형은 침울한 사람에게 말을 걸고, 어떤 소원이든 이뤄주겠다고 부추긴다고 한다.

그리고 이 인형은 몇 번을 부수어도, 태워도, 시간이 지나면 원래대로 돌아온다.

이 뭐가 뭔지 알 수 없는 인형은 대체 뭘까. 할머니가 말하길, 일설에 따르면 이 인형은 악마가 씌었다고 한다. 인간의 영혼을 손에 넣기 위해 이런 방법 저런 방법으로 회유하려 하는 거라나.

아무튼, 어떤 사정이든 할머니의 가게가 실수로 폐기해버린 거라면, 다시 태어난 인형을 곧바로 회수할 필요가 있다.

그런 연유로 오래된 물건이 모여드는 할머니의 가게에 빈번히 다닐 필요가, 내게는 있었다.

"실례합니다."

그날도 평소처럼 나는 가게 주인—— 할머니의 따님을 만나러 갔는데. 인형이 들어오지는 않았는지를 확인하러 갔는데.

"…………."

그날은 달랐다.

가게 안에 서 있던 것은, 보라색 머리카락의 여성. 나이는 나보다 둘이나 셋 정도 위이리라.

차분한 분위기의 그녀는 나를 보자마자 살짝 눈을 크게 뜨고서, 그러나 딱히 이렇다 할 감정을 하나도 드러내는 일 없이.

"……어서 오세요. 찾는 게 있으신가요?"

그렇게 아무 일도 없었던 것처럼 냉담하게 접객을 해 보였다. 평범한 대응이었다. 손님이 오고, 인사를 한다. 그 이외의 말은 그녀에게서는 나오지 않았다.

나를 가만히 바라보는 그녀의 눈동자는 마치『어째서 이 가게에 온 거야?』하고 묻는 것만 같았다.

"……아, 아뇨. 근처를 지나가던 참이라."

그래서 나는 변명처럼 대꾸했다.

대꾸하면서도 가만히 그녀를 바라보았다.

내 눈앞에 있는 그녀.

나는 그녀를, 잘 알고 있다.

오래전에 이 가게 앞에서 노래를 불렀던 그녀다.

잘못 볼 리 없다. 나는 줄곧 그녀를 동경하며 살아왔으니까. 그녀처럼 되고 싶어서 여기까지 왔으니까. 그녀는, 나를 기억하고 있을까?

잡담 정도로, 나는 자신이 이 주변 출신이고, 이 가게가 나의 원점이라고 들려주었다.

"……그런가요."

나의 옛날이야기에 그녀가 돌려준 답은 그저 그뿐이었다. 몹시 지루하다는 듯이 고개를 끄덕일 뿐. 나는 그녀의 반응을 원하며, 그녀의 기억을 끄집어내고 싶어서, 무의미하게 추억을 늘어놓아 보았다. 옛날, 이 가게 할머니에게 마법을 배웠던 일과 오래된 물건을 많이 만져보게 해주었던 일과 사람을 돕기 위해 이 나라에 돌아온 일.

그러나 내가 아무리 말을 걸어도 그녀는 어딘가 건성건성이었다. 이윽고 내가 이야기를 마치자, 할머니가 오래전에 돌아가셨다는 것을 가르쳐주었다. 안다며 고개를 끄덕이니 "……그런, 가요"라고 대꾸해줄 뿐이었다.

아무리 이야기해도 전혀 좋은 반응을 얻을 수 없었다.

마치 벽을 향해서 이야기하는 것처럼.

이윽고 나는 그녀의 눈동자에 나 따위는 비치고 있지 않다는 것을 깨닫고, 이야기를 마무리하고서 가게를 떠났다.

정말로 기대했었다.

그녀가 내 활약을 칭찬해주지 않을까 하고. 옛날처럼 머리를 쓰다듬어주지 않을까 하고.

사실은 바라고 있었다.

그녀도 역시, 여전히 많은 사람에게 사랑받는 멋진 사람이기를.

"……현실은 잘 풀리지 않네."

분명 그녀는 꿈이 깨지고, 노래하기를 그만두고 만 것이리라. 결코 나와 눈을 마주치려 하지 않았던 그녀의 눈에서는 질투에 가까운 감정이 엿보였다.

그래서 나는 거리를 두었다.

돌아가는 길.

완전히 어두워진 길 위에서 달빛을 올려다보았다.

이렇게나 나는 침울하니, 이제 그만 인형 하나라도 나와주었으면 좋겠다.

●

"지금 이 상황은 인형에 의해 일어난 일이라는 건 말할 것까지도 없겠지."

거울투성이인 시야 속에서, 나는 일레이나 씨에게 말을 걸었다. 자신의 모습이 사방팔방에서 보인다는 건 어쩐지 유쾌하지 않았고, 조금 꺼림칙하게도 보였다.

"인형에 의해 소원이 이뤄진 세계가 이거고, 이런 세계가 며칠이고 며칠이고, 계속 반복되고 있어."

내 설명에 일레이나 씨는 "흐음" 하고 고개를 끄덕였다.

"……참고로 방금 가게에서 이야기를 나눴다는 보라색 머리카락의 여성이 사마라 씨인가요? 지금부터 며칠 전에 소원을 이룬 건가요? 그보다 그녀의 소원은 뭔가요?"

이거, 너 결론을 재촉하는 타입이구나?

"그 부분은 순서대로 설명할 테니까 기다려……."

줄줄이 묻지 말아줘…….

"죄송합니다. 한창 호기심이 왕성할 때라."

진지한 얼굴로 뭔가 잘 알 수 없는 말을 늘어놓는 일레이나 씨.

그럼 호기심 왕성한 그녀의 요청에 답해서, 이야기를 조금 더 이어가 보기로 하자.

그렇다고는 해도 애초에 일레이나 씨는 방금 사마라 씨와 싸웠으니, 새삼 감출 필요 같은 건 일절 없지만.

"예상대로, 골동품 가게에서 만난 여성이 사마라 씨야──."

그리고, 그녀는 지금으로부터 약 2주 전.

인형과 만났고, 소원을 이루었다.

그날, 나는 평소처럼 도시의 하늘을 어슬렁어슬렁 떠다니며 방황했고, 죄인을 찾아서 우왕좌왕. 나는 사건에 굶주려 있었다.

평소라면 하루에 몇 번이나 사건과 마주치는데, 그날은 어째서인지 아침부터 쭉 평화로웠다. 도시가 축제 분위기로 넘쳐나고 있어서인지도 모른다. 아침부터 빙빙 빗자루로 날아다닐 뿐, 기본적으로는 한가했다.

그렇다고는 해도 한가한 시간이 많은 것은 좋은 일이다. 도시 사람들의 웃는 얼굴을 바라보며 지내는 시간은 내 마음을 편안하게 해주었다.

"……이런."

그러나 멍하니 있을 때 꼭 사건은 일어나는 법. 갑자기 도시 구석에서 연기가 피어오르는 것이 내 눈에 들어왔다.

화재다.

나는 곧바로 현장을 향해 빗자루로 날아갔다. 시간이 흐르면 전부 불 속에 삼켜진다. 무기력한 생각이나 하고 있을 여유 같은 건 없었고, 몸이 자연스럽게 움직이고 있었다.

그래서 도착한 그곳이, 내 본가 바로 근처라는 사실을 알아채기까지, 아주 조금 시간이 필요했다.

"──괜찮으세요?!"

그래서, 그렇게 외치며 연 문 앞에 있던 것이 사마라 씨였다는 사실을 알아채기까지, 조금 시간이 필요했다.

내 본가 근처. 골동품 가게의 뒤쪽. 아마도 창고 정리로 태우고 있던 것이리라. 불에 휩싸이며 그녀는 멍하니 이쪽을 바라보고 있었다.

불길은 여전히 창고 안에서 위로 위로 솟구치고 있었다.

"불길이 엄청나……! 위험해요! 이쪽으로 와요!"

우선은 그녀를 여기서 꺼내야 한다. 나는 초조해졌다. 마법으로 불을 끄려 하면 그녀까지 휘말리고 말 가능성이 있기 때문이다.

동경하는 그녀를 다치게 하다니, 나는 그럴 수 없었다.

"──어서!"

적어도 여기서 나와 주면── 나는 목소리를 한층 더 높여 소리쳤다.

"…………."

그러나 그녀는 나 따위는 무시하고 선반 쪽으로 시선을 돌렸다. 그때가 되어서 겨우, 나는 그녀를 삼키려 하는 불길이 평범한 화재로 일어난 것이 아니라는 사실을 깨달았다.

"……그건."

선반 위.

손에 들어갈 정도로 작은 낡은 인형이 하나.

그건 오래전에 할머니의 가게에서 보았던 것과 똑같은 것이었다. 즉, 돌고 돌아 손녀인 사마라 씨 곁에, 다다른 모양이었다.

어서 회수해야만 해.

내가 그리 생각했을 때는, 이미 늦었다.

"──부탁해, 인형."

그리고 그녀는 인형에게 소원을 빌었고.

인형은 소원을 이뤄주었다.

"어째서 그녀 곁에 인형이 있었는지. 어째서 그녀는 인형에게 소원을 빌었는지. 나로서는 알 수 없지만── 결과로서, 그날, 그 순간을 경계로 이 나라는 변해버렸어."

거울에 비친 내 표정은 아주아주 가라앉아 있었다. 2주나 전의 일을 아직까지 떨치지 못하고 있었나 보다. 평소와 같은 얼굴을 하고 있을 셈이었는데.

"어떤 식으로 변했나요?"

대체로 상상은 됩니다만── 하고 말을 잇는 일레이나 씨.

끄덕이면서 나는 답했다.

내가 관측할 수 있는 커다란 변화는 대략 세 가지.

"첫째는 이 도시가 같은 하루를 반복하게 된 것. 둘째는 사마라 씨가 가희로서 사람들에게 동경을 받는 존재가 된 것. 그리고 셋째는── 보는 대로, 내가 마치 존재하지 않는 듯한 취급을 당하게 된 것."

이것들 전부가, 사마라 씨가 소원을 이룬 결과야── 하고 나는 일레이나 씨에게 이야기했다.

물론 내가 알지 못할 뿐, 그 외에도 더 있을지도 모르지만. 그러나 나라의 사람들을 끌어들인 변화는 이 세 가지 이외에는 딱히 없어 보였다.

"……어째서 사마라 씨는 그런 식으로 소원을 빈 건가요?"

"몰라."

"······애초에 사마라 씨는 같은 하루를 반복해서 뭘 하고 싶은 건가요?"

"글쎄······?"

"······혹시 중요한 부분은 딱히 아는 게 없는 건가요?"

"············."

"아는 게 없는 거로군요······."

내 침묵으로 모든 걸 눈치채고 한숨을 내쉬는 일레이나 씨.

이해가 빨라서 다행이옵니다.

"솔직히 나도 지난 2주 동안, 줄곧 뭐가 뭔지 알지 못한 채 당황하면서 살았을 뿐이니까······."

모르는 게 많아······ 하고 말하며 나는 한숨을 내쉬었다.

오늘에 이르기까지의 날들은, 도시 사람들에게 있어서는 그저 하루 동안 생긴 일. 그러나 내게 있어서는 그것이 2주 동안의 일. 머리가 어떻게 되어버릴 것만 같았던 날들을 떠올리면서 나는 일레이나 씨를 바라보았다.

"어디서부터 이야기하면 좋으려나──."

할 수만 있다면 이야기하고 싶지 않은데── 하고 기억을 찾아 내려 하는 내 얼굴을 보면, 역시 여전히 지금까지의 일을 질질 끌고 있나 보다.

거울 속에서 아주아주 가라앉을 얼굴을 한 내가, 나를 바라보고 있었다. 도저히 평범한 얼굴로는 보이지 않았다.

첫날은 아무튼 당황할 뿐이었다.

깨닫고 보니 나는 불이 사라진 창고 앞에 서 있었다. 아니, 불이 사라졌다——라고 할까, 보니 화재가 일어난 것 같은 흔적조차 그곳에는 없었다. 열어보니 선반 위에 낡은 물건들이 가지런히 놓여 있었다.

그러나 그곳에는 예의 인형은커녕 사마라 씨의 모습도 없었다.

대체 뭐가 어떻게 된 거야?

나는 당황하면서도 도시의 상공을 빗자루로 날았다.

곤란할 때는 남에게 물어보는 게 제일이다. 일단 나는 화재가 일어나지 않았는지를 주변에 묻고 다녔다.

"뭐? 화재? 무슨 말이야?" "그런 거 몰라." "안 일어났는데?"

마을 사람들의 반응은 냉담했다. 내가 경위를 설명해도 고개를 갸웃거릴 뿐.

"애초에 당신은 누군가요?"

끝내는 내게 그런 말을 던지는 사람까지 나오는 지경. 어이 어이, 혹시 외지인이야? 하고 고개를 갸웃거리면서 "창천의 마녀 안네롯테라고 해. 앞으로 잘 부탁해!" 하고 나는 답했다. 이 무렵엔 아직 여유가 있었으니까.

사람들의 기묘한 반응에 고개를 갸웃거리면서도 나는 그 후로 마을을 어슬렁거리며 탐문 조사.

"화재, 말인가요? 아뇨, 못 봤는데요……." "축제 날 그런 일이 있었다면 더 큰 소란이 벌어졌을 텐데……." "당신 누구야?" "창천의 마녀?" "미안. 그게 누군데?" "들어본 적 없어……."

돌아가는 상황이 이상해진 건 그 무렵부터였다. 물어도 물어도 아무도 나에 관한 건 기억하지 못했다.

나름대로 도시 사람들에게 알려져 있었던 것 같은데—— 마치 어제까지의 일이 꿈이었던 것처럼 사람들은 내 얼굴을 바라보며 고개를 갸웃거릴 뿐.

당신은 누구? 하고.

"…………."

그리고, 저녁.

하루가 끝나갈 무렵에, 나는 겨우 도시의 상황이 전부 달라졌다고 확신했다.

『가희 사마라 님 첫 콘서트』

도시 곳곳에서 보이는 포스터. 푸른 드레스를 입은 보라색 머리카락의 여성.

그것은 바로 내가 화재 현장에서 본 사마라 씨 본인이었기 때문이다.

"그녀가 누구냐고? 가희 사마라 님이지. 당신 혹시 외지인인가?" "사마라 님을 모르다니! 그녀는 이 나라를 쭉 지켜와 준 멋진 사람이라고." "오늘 첫 콘서트가 열려." "도시 사람들 모두가 주목하고 있어."

창천의 마녀의 존재에 고개를 갸웃거렸던 사람들이 열기를 띠고서 이야기한 것은, 가희 사마라 님의 훌륭한 공적들. 지금까지 몇 년 동안이나 나라에서 사람들을 돕는 활동을 했던 그녀는, 마침내 3개월 전에 제자에게 그 자리를 넘기고 은퇴.

3개월의 휴업을 거쳐, 가희로서 개화의 회당에서 무대에 선다──라고 한다.

"가희……라."

포스터에 비친 그녀는 얼마 전에 가게에서 봤던 때보다도, 불타오르던 창고 안에서 보았을 때보다도, 훨씬 행복해 보였다.

이게 그녀가 바란 세계라는 걸까.

남의 공적을 빼앗고, 노래를 선보이는 것이, 그녀의 소원이었던 걸까.

믿고 싶지 않았다.

과거 내가 동경했던 그녀가, 그런 짓을 하다니.

"찾았다! 당신, 몽롱의 마녀지?!"

길에서 포스터를 보며 남몰래 충격을 받고 있던 때였다. 명백하게 심기가 불편한 목소리가 등 뒤에서.

내가 돌아보자, 역시나 심기가 불편한 듯한 소녀가 이쪽을 노려보고 있었다.

"……너는."

눈에 익은 얼굴이었다. 눈에 익은 차림이었다. 보면 볼수록 그것은 얼마 전에 "언젠가 마법 소녀가 될 거야"라고 말하면서 이상한 코스튬으로 빙글빙글 돌던 소녀, 아니, 스토커였다.

"……오랜만이네."

일단 인사하는 나.

"홋. 용케 나를 기억하고 있었네."

"너 거울을 한 번 보는 게 좋을 거야."

그거 한 번 보면 한동안 꿈에 나올 차림이라고.

그렇다고는 해도 말을 걸어준 것은 그저 기뻤다. 지금 도시 사람들은 모두 사마라 씨에게만 흥미가 있었으니까.

"뭐, 나를 기억하고 있다면 인사는 필요 없겠지. 각오해! 몽롱의 마녀!"

"뭐?"

전언 철회다.

전혀 기쁘지 않다.

"몽롱의 마녀······?"

그게 뭔데? 하고 당황하는 나를 향해서 온갖 마법을 모조리 날리기 시작했다. 거기엔 동경도 없었고 가차도 전혀 없었다.

역시 그녀도 내가 누구인지를 잊어버렸나 보다──.

"나도 일단, 마녀 나부랭이거든. 일반인에게 밀리진 않아."

1분 후.

그녀에게서 빼앗은 마도 지팡이를 근처에 휙 던지며, 밧줄에 칭칭 감긴 그녀를 내려다보는 내가 그곳에는 있었다.

갑자기 덤벼든 그녀에게 어째서 공격을 해 왔는지 물어보니, 그녀는 "당신이 몽롱의 마녀니까"라고 내뱉었다. 나도 모르는 사이에 아무래도 원한을 산 모양이다.

몽롱의 마녀라고 하면, 이 나라 특유의 표현. 존재하지 않는 것, 잊어버린 것을 가리키는 평범한 관용구다.

돌려서 "당신 따위 존재하지 않거든?" 하고 말하고 싶은 걸까? 상처다.

"······일단 정보 수집을 할게."

나는 그녀의 소지품을 부스럭부스럭 뒤졌다. 아무래도 평소엔 학생으로 생활하고 있는 듯했다. 가방 안에는 학용품과 교재, 그리고 일기가 있었다.

"……흐으음."

나는 바로 그녀의 일기를 보았다.

"아아! 너, 잠깐! 뭘 보는 거야!"

애벌레 상태의 그녀는 지면 위에서 꼼지락꼼지락 몸을 꿈틀거리며 항의했지만, 지금 일어나고 있는 일을 아는 데는 남의 일기를 읽는 것이 가장 손쉬운 방법이리라.

지금은 일단 참아줬으면 한다.

"…………."

결론부터 말하자면 아무래도 창천의 마녀는 존재가 소멸된 모양이었다.

그녀의 일기에 따르면, 그녀—— 밀리나리나는, 얼마 전부터 사마라 씨에게 마을을 지키는 수호자로서의 역할을 넘겨받은 신출내기 마법 소녀.

거기에는 3개월간의 활동 내용으로, 몽롱의 마녀의 지금까지의 동향—— 어디서, 어떤 사건을 일으켰는지가 기록되어 있었다.

그것은 내가 지난 3개월간 해결해온 사건과 사고들과 일치했다.

짐작이지만.

애초에 내 열광적인 팬이었던 그녀는 3개월 정도 전부터 내가 해결하고 다녔던 사건들을 일기에 기록했으리라. 신문을 오려 붙인 것도 있었다. 나는 역시 이 아이 스토커잖아! 하고 생각했다.

그나저나, 예의 인형에 의한 영향으로 내가 해결해온 사건들은 전부 몽롱의 마녀에 의해 일어난 사건이라는 식으로 뒤바뀌어 버린 모양이다.

"내 공적이 전부 날아갔나…… 상처인데."

그리고서 크고 크게 한숨을 내쉬면서 그녀의 일기를 가방에 다시 넣었다.

아무래도 창천의 마녀 안네롯테의 공적은 소멸하는 데 그치지 않고, 나쁜 짓을 반복하는 몽롱의 마녀라는 것이 되어버렸나 보다.

"……어떻게 해야 하나."

고민했다.

초조해한들 소용없다. 어떤 소원이든 이뤄주고 마는 편리한 인형을 사마라 씨가 가지고 다니는 한, 정면에서 싸움을 걸어봐야 승산은 제로에 가까울 터였다.

"……일단 오늘은 쉬기로 할까."

깨닫고 보니 이미 주변이 어두워지고 있었다.

"밀리나리나, 였던가? 너도 너무 무모한 짓은 하지 마."

나는 너 같은 아이를 지키기 위해 도시의 수호자로서 활동했던 거니까——그렇게 그녀에게 못을 박고서, 나는 칭칭 감겨 있는 그녀에게서 멀어졌다.

거리를 충분히 벌렸을 때, 그녀의 몸을 구속하고 있는 마법을 풀었다.

내 이야기에 귀를 기울여준 걸까? 그녀가 그날, 쫓아오는 일은 더는 없었다.

"찾았다! 당신, 몽롱의 마녀지?!"

하지만 다음 날. 평범하게 그녀는 다시 똑같은 대사를 뱉으면서 내게 덤벼들었다.

"엄청난 스토커네……."

그런고로 다시 1분 후.

거기에는 칭칭 감긴 그녀의 모습과 한층 더 어이없어하는 내 모습이 있었다.

"……저기, 말이야. 어제 말했잖아? 더는 무모한 짓 하면 안 된다고. 안 들었던 거야……?"

설령 공적을 빼앗겼다고 해도. 창천의 마녀라는 이름을 모두가 잊어버렸다 해도.

내가 내가 아니게 되는 일은 없다. 그리 생각하며 나는 이틀째를 맞았다.

다시 하나부터 시작하면 된다. 그렇게 생각했다.

"……뭐? 당신 무슨 소리를 하는 거야?"

그런데 칭칭 감긴 밀리나리나는 나를 노려보며 말한 것이다.

"나, 어제는 당신과 만난 적 없는데."

라고.

"어? 뭐라고? 어제 있었던 일, 잊어버린 거야?"

뭐, 잊어버리지 않았다면 공격해 오지 않았으려나…… 하고 어이없어하면서, 나는 칭칭 감긴 그녀를 내려다보았다.

어제와 완전히 똑같은 구도였다.

어제와 완전히 똑같다.

"──어."

나는 그때 깨달았다.

마을의 정경이 완전히 똑같다는 것을.

『가희 사마라 님 첫 콘서트』

거리 곳곳에 똑같은 얼굴이 늘어서 있었다. 마을 사람들은 사마라 씨의 첫 콘서트를 고대하며 열기로 넘쳤다.

어제와 완전히 똑같은 하루 속에 있다는 것을 확신하며 전율하는 내게 길 위에 쓰러진 밀리나리나 씨가 내뱉었다.

"……설령 만났다고 해도 기억하고 있을 리 없잖아. 당신은 몽롱의 마녀니까."

몽롱의 마녀.

이 나라 특유의, 무언가를 잃어버렸을 때 쓰는 평범한 변명. 에두른 표현.

그것은 분명 결코 사람의 기억에 남는 일 없이, 그러면서 남몰래 악행을 저지르고 남을 곤란하게 만들고 다니며 폐를 끼치는 마녀의 이름이었을 터다.

●

도시를 지키는 수호자에서 일변.

나는 깨닫고 보니 그저 해악이 되어 있었다.

밀리나리나는 그날부터 매일같이 도시에서 나를 발견할 때마다 가차 없이 공격을 반복해 왔다. 그리고 당연하게도 같은 하루가 반복되었다.

내가 이상한 걸까? 아니면 도시가 이상해진 걸까? 나는 점점 뭐가 뭔지 알 수 없게 되었다. 자신이 처한 상황을 이해하기 위해 온갖 일들을 시험해보았다.

"……저기에 모아둔 건, 일레이나 씨와 같은 걸 시험해본 결과야."

내가 시선을 돌린 곳. 방 한쪽에는 온갖 물건이 대충 쌓여 있었다. 같은 하루를 반복하고 있다는 걸 이해했을 때, 나도 역시 일레이나 씨와 마찬가지로 뭔가에 관여하면 어떻게 될지. 세계가 같은 하루를 반복하고 있는지, 아니면 이 도시만인지. 조사하기 위해 온갖 일을 시험했다.

"……요컨대 몽롱의 마녀다운 활동을 한 성과, 라는 건가요?"

"뭐, 그렇게도 말할 수 있지."

나는 고개를 끄덕였다.

"여기에 방치된 채, 라는 건 돌려주진 않은 거로군요."

"여유가 없어서."

혹은 모두에게 잊힌 것을 상당히 불만스레 여기며 심통을 부리고 있는 건지도 모른다.

일레이나 씨는 바로 이쪽을 다시 돌아보았다.

"2주 동안 사마라 씨와 만난 적은 없었나요?"

내게 묻는 그 눈은 "어서 다음 이야기를 들려주세요"라고 호소하고 있는 듯 보였다. 역시 한창 호기심 왕성한 때다.

나는 고개를 끄덕였다.

"셀 수 있을 정도지만."

그래서 바로 떠올릴 수 있었다.

도시가 이런 상황이 되고서 사마라 씨와 만난 것은, 사흘째——라기보다, 세 번째의 오늘이 찾아왔을 때의 일이었다.

첫 번째의 오늘, 그리고 두 번째의 오늘.

이 사태를 일으킨 장본인이 사마라 씨라는 것은 이미 파악하고 있었기에, 나는 탐문과 도시 탐색 틈틈이 그녀의 동향을 감시했다.

성실하고 정직하게 같은 하루를 반복하던 그녀의 행동은 놀랄 만큼 단순했다. 그렇다기보다, 쭉 개화의 회당에 있을 뿐, 밖으로 나오는 일은 잘 없었다. 어떤 의미에서는 알기 쉬웠다. 어느 시간대든 대체로 개화의 회당에 가면 그녀와 만날 수 있었으니까.

그리고 세 번째의 오늘.

나는 사마라 씨가 혼자 있는 타이밍을 가늠해서 그녀를 설득하러 갔다.

제2홀.

일레이나 씨를 구해냈을 때와 마찬가지로, 그녀는 무대 위에 멍하니 서 있었다.

"……안네롯테."

회장의 문을 연 나를 보자마자 그녀는 조금 놀란 듯한 표정을 지었다.

부끄럽게도 나는 이때 아주 조금 기쁘다고 생각했다.

처음 그녀가 내 이름을 불러주었으니까.

나를 기억하고 있던 것은, 그녀뿐이었으니까.

"안녕하세요."

나는 가능한 한 감정을 표정에 드러내지 않도록 태연하게 그녀를 바라보았다.

"인형, 지금도 갖고 있나요? 사마라 씨."

"…………."

침묵.

"그 인형은 아주 위험한 물건이에요. 당장 이쪽으로 넘겨주세요. 그러지 않으면——."

"당신. 지금 몽롱의 마녀라고 불리나 보던데."

도발하는 듯한 말투를 쓰면서도 그녀는 전혀 웃고 있지 않았다. 얼굴에는 표정이 없었고, 그저 지루하다는 듯 나를 바라보고 있었다.

그녀는 일방적으로 고했다.

"……나한테 더는 관여하지 말아줘."

애초에, 관여했다 해도 기억에 남는 일은 없을 테지만—— 하고 그녀는 내게서 시선을 돌리지 않고 말했다.

그때 나는 억지로 그녀에게서 인형을 빼앗기 위해 지팡이를 들었다.

내가 설 수도 없을 정도로 때려눕혀지기까지는 1분도 걸리지 않았다.

아무래도 그녀가 가지고 있는 마도 지팡이는 인형에게 만들게 한 특제인 모양이었다. 일격의 위력은 솔직히 말해 내 전력과 동등하거나 그 이상. 그 정도의 마법을, 마력을 모으는 일 없이 그녀는 무한하게 연발할 수 있었다.

이길 수 있을 리 없었다.

"이제 알았겠지? 너는 손댈 수 없다는걸. 내 눈앞에서 사라져."

냉담하게 고하는 그녀.

그날, 나는 인생에서 처음으로 패배했다.

그리고 그날이 반복되었다.

두 번째는 고식적인 수를 썼다. 작은 쥐로 변신해 그녀에게서 인형을 빼앗으려 했다. 그러나 그녀에게 닿은 순간 멋대로 내 변신 마법이 해제되었고, 역시 순식간에 나는 쓰레기처럼 제2홀을 굴러다녔다.

"그런 수를 쓸 거라고 생각해서, 당신이 내게 닿는 단계에서 변신 마법이 풀리게 해달라고 이 아이에게 부탁해뒀어."

그녀는 품에서 인형을 꺼내면서 그렇게 말했다.

세 번째는 다시 정정당당하게 싸워 보였다. 첫 번째, 두 번째보다 짧은 시간에 나는 일어설 수 없게 되었다.

네 번째도 다섯 번째도 여섯 번째도 마찬가지로 정정당당하게 싸워 보였다. 나는 창천의 마녀니까. 지금까지 도시를 지켜온 수호자니까.

그러나 그녀와 마주할 때마다, 나는 더는 나라를 지키던 마녀 같은 게 아니라고 뼈저리게 깨달았다.

나는 마주할 때마다 자신의 존재 의의를 알 수 없게 되었다.

"당신 누구야?" "추레한 몰골이네." "축젯날에 뭐 하는 거야?

©Azure

우울한 얼굴을 하고."

　지고 나서 길을 걷는 내게 보내진 시선은 혐오의 눈빛.

　창천의 마녀가 아닌 내게 가치 같은 건 없었다.

　"찾았다! 당신, 몽롱의 마녀지?!"

　사마라 씨에게 진 다음에 만나는 밀리나리나는 마치 폭풍 같았다.

　나를 동경했을 터인 그녀는 갈 곳 잃은 분노를 터뜨리듯 철저하게 나를 향해 마법을 날렸다.

　저항할 기력도 잃고 감옥에 넣어진 일도 있었다. 차라리 감옥 안에 있으면 아무 생각 없이 지내도 되리라 여겼지만.

　"……아, 그렇구나."

　지금까지의 경험으로 알고 있던 일이었다. 내가 마지막으로 접한 것이 아니라면, 하루의 첫 상태로 돌아가는 것이다.

　감옥 문은 내가 오래 머무는 것을 거절하듯, 날이 밝을 무렵에 열렸다. 그대로 감옥 안에서 멍하니 있었더니, 곧이어 간수가 나타나 흘러들어온 노숙자로 오해하고 쫓아냈다. 감옥에 내가 있을 곳은 없는 모양이다.

　사마라 씨에게 싸움을 걸어도 이기지 못하고. 마을 사람들 모두가 나를 잊고. 나를 동경하던 아이는 나를 습격하고. 그리고 하루는 반복된다.

　내가 지금까지 쌓아 올려 온 것은 전부 사라졌다.

　내가 있을 곳은 어디에도 없었다. 나를 기억해주는 사람도 어디에도 없었다.

아무도 나를 모르는 도시에서, 나는 아무것도 아니게 되었다.

잃을 때는 한순간이었다.

마법사인 한은 사람을 구해야만 한다고 생각했었다. 그것이 내 사명이라고 생각했었다. 내 손에는 남을 행복하게 할 힘이 있다고 믿어 의심치 않았다.

반복되는 하루 속에 내가 행복하게 만들 수 있는 사람 같은 건 없었다. 내게 할 수 있는 일 같은 건 아무것도 없었다. 그 누구의 기억 속에도 나는 없었고, 내가 존재하지 않는 날들이 그저 매일 반복되었다.

"⋯⋯이제, 왠지 지쳤어."

어찌할 도리도 없었다.

무얼 해도 정답이 보이지 않았다. 창천의 마녀라는 아이덴티티를 빼앗긴 내게는, 아무것도 남아 있지 않았다. 텅 비어 누구의 기억에도 존재하지 않는 공허한 인간뿐.

깨닫고 보니 나는 울고 있었다.

길에서 소리 내 울고 있었다.

지금까지 순조롭게 살아온 나는 알지 못했던 것이다. 사람에게 잊히는 슬픔을. 동경하는 사람에게 거절당하는 슬픔을. 실패의 무게를.

줄곧 순풍에 돛 단 것처럼 살아온 나의 날들에 처음으로 드리운 그림자에, 나는 완전히 마음이 꺾였다.

너무나도 한심한 이야기였다. 길을 오가는 사람들이 나를 멀리서 바라보며 수군수군 서로 이야기하고, 나이를 먹을 만큼 먹고 한심하다고 비웃었다. 알 바냐. 어차피 모두 시선을 돌리면 나에 관한 건 잊을 텐데.

나는 완전히 자포자기 상태가 되었다.

완전히 포기하고 있었다.

"······안녕하세요. 괜찮은가요?"

그러던 때 만난 것이, 당신이었다.

일레이나 씨.

입국한 직후의 당신은, 곧장 내 쪽으로 다가와 내게 손을 내밀었다.

●

그 후 나는 입국 직후의 일레이나 씨에게 울면서 이야기했다.

도시와 내가 처한 상황에 관한 건 일단 묻어두었다.

일레이나 씨의 성격으로 보아 이야기해도 딱히 문제는 없었을 테지만, 그때는 첫 대면이었다. 분명 도시가 같은 하루를 반복하고 있고, 아무도 나에 관한 것을 기억하지 못한다, 같은 이야기를 했다간 이상한 사람이라고 여겨졌을 것이 명백했으니까.

아니, 첫 대면인 상대에게 울면서 불평을 늘어놓는 시점에서 충분히 이상하지만.

그러나 일단 나는 그러한 사정을 생략한 상태에서 내가 해온 일이 전부 의미 없어졌다고, 몇 년이나 노력해온 것이 전부 백지가 되어버렸다고── 마법사로 사는 이상은 그 힘을 남을 위해 써야만 한다고 하는데, 아무도 내 힘을 필요로 해주지 않게 되었다고.

창천의 마녀라는 이름의 의미가 사라지고 말았다고.

동경하는 사람에게도 거절당하고, 도시의 사람들에게도 외면당하고, 모든 것을 잃고, 살아 있을 의미를 잃고 말았다고, 이야기했다.

"——과연."

일면식도 없는 사람임에도 일레이나 씨는 가볍게 여기는 일 없이 진지하게 고개를 끄덕이고, 이야기를 들어주었다.

"……이해가 잘 안 되네요."

지나치게 솔직하게 그녀는 답해주었다.

"이 나라에선 마법사는 사람을 구해야만 하는 건가요?"

같은 마녀로서 그 부분이 걸렸던 걸까. 그녀는 "귀찮은데……"라고 말하고 싶은 듯한 얼굴로 내게 물었다.

그런 건 물론, 아니다.

나는 거슬러 올라가 이야기했다.

어릴 때 길모퉁이에서 노래를 부르던 소녀의 이야기. 나도 그녀처럼 사람들을 미소 짓게 만드는 사람이 되고 싶었다.

달리 아무런 재능도 없었지만, 마법 재능만큼은 있었던 나는, 마법을 써서 사람들에게 도움의 손길을 뻗는 사람이 되고 싶었다고 이야기했다.

"…………."

내 이야기를 그저 조용히 듣고 있던 그녀는 그렇게 잠시 침묵한 후에 입을 열었다.

"……죄송합니다. 역시 그 이야기, 저로서는 이해하기 어렵네요."

으음, 하고 주저하는 얼굴을 하면서 그녀는 이야기했다.

아마도 울고 있는 내게 더 상처를 주지 않도록 배려하고 있는 것이리라. 다정한 말투로, 어깨에 손을 올리며 타이르듯 그녀는 이야기했다.

"당신이 가진 재능과 해야만 하는 일은 각각 다른 게 아닌가요?"

다른 사람에게 도움의 손길을 뻗는 방법이라면 그 외에도 얼마든지 있다. 마법을 쓰는 일이라면 그 외에도 셀 수 없을 만큼 많다.

그런데 어째서 마법을 써서 사람을 구해야만 하는 것인지. 남에게 인정받아 어찌 되고 싶은 것인지.

저로서는 모르겠습니다.

그녀는 그렇게 솔직하게 이야기했다.

"저에게 있어 마법은 살아가기 위한 수단 중 하나에 지나지 않아요. 마법은 편리하고 매력적인 것이기는 하지만 그렇다고 해서 만능은 아닙니다. 마법이란 본래 문제에 맞닥뜨렸을 때 떠오르는 선택지 중 하나에 불과할 뿐입니다."

만약 지금까지의 노력이 전부 소용없어졌다고 생각한다면, 다른 하고 싶은 걸 찾아보는 것도 괜찮지 않을까요?

그녀는 내게 웃어 보였다.

"자기 자신과 좀 더 마주해보는 건 어떨까요?"

내가 하고 싶은 일은 뭘까.

순풍에 돛 단 것처럼 살아왔고, 의문을 품는 일은 한 번도 없었는데.

나는 사람들에게 동경의 시선을 받는 마법사이고 싶은 것일까.

아니면, 남을 돕고 싶은 것일까.

나는 이제야 겨우 한 가지를 깨달았다.

분명 지금까지, 자신의 삶의 방식에 의문을 품어오지 않았기 때문이리라. 그래서 이렇게나 깨닫는 것이 늦고 말았다.

지금까지 한 번도 자기 자신 안에 있는 감정과 마주하지 않았던 것이다.

나는 무엇을 위해 창천의 마녀가 된 것일까.

나는 생각했다.

정신을 차리고 보니 눈물은 멈춰 있었다.

"훗, 꽤 좋은 말을 해버렸네요. 입국과 동시에 사람을 도와버리다니…… 역시 나야."

스스로 생각하기에도 좋은 조언이었던 것 같은데── 그런 우쭐대는 말을 지껄인 일레이나 씨는, 그리고서 "뭐, 눈물은 멈춘 것 같으니, 제가 더 이야기할 필요는 없겠네요"라며 내게 웃어 보였다.

그리고서 몸을 일으킨 그녀는 팔랑팔랑 손을 흔들면서 내게서 멀어져 거리 속으로 사라져버렸다.

나와 이야기한 것을 잊고서도 여전히, 기분 좋아 보이는 그녀의 뒷모습을 나는 언제까지고 계속해서 바라보았다.

그날부터 나는 그녀에게 흥미를 갖게 되었다.

거리에서 그녀를 발견할 때마다 나는 그녀를 쫓게 되었다.

내게 있어 마녀란 남을 돕는 존재로, 그 손에 있는 마법은 전부 남을 위해 있다고 생각했다. 그런 내게 그저 원하는 대로 살고 있는 그녀의 모습은 기묘하면서도 동시에 매력적으로도 보였다.

입국 첫날의 일레이나 씨는 내 불평을 들은 후에 콧노래를 부르면서 검은 머리카락의 여자아이에게 손을 내밀고 있었다.

다음 날의 그녀는 레스토랑에서 사건을 해결해 보였다. 딱히 마법을 쓰지 않고도 사건을 해결한 것은 그녀의 수완인 걸까? 아니면 그저 운인 걸까?

사흘째는 바로 향했다. 나도 마법으로 남자들을 붙잡았던 곳인데, 그녀는 그곳에 앉아 타인에게 강도를 잡게 했다. 마법 같은 건 역시 쓰지 않았다.

그녀는 했던 말대로였다.

그녀에게 있어서 마법은 살아가는 데 있어 선택지 중 하나일 뿐인 것이리라. 마법사이면서, 그녀는 마법을 거의 쓰지 않고 사람을 도왔다.

다른 사람의 고민과 마주하는 데 있어 마법은 꼭 필요한 능력이 아니다. 그녀의 뒷모습은 내게 그렇게 말하고 있는 것처럼 보였다.

마녀이기에 다른 사람을 돕지 않으면 안 되는 걸까.

아니다.

마법 따위 없어도 사람을 돕는 건 쉬운 일이다.

마법 따위 쓰지 않아도, 사람에게 호감을 사는 건 쉬운 일이다.

"찾았다! 당신, 몽롱의 마녀지?!"

일레이나 씨가 제대로 마법을 쓴 것은 입국한 지 나흘째 되는 날이었다.

아무래도 나와 똑같이 검은 로브를 입고 삼각 모자를 쓰고 있는 탓이리라. 그녀는 몽롱의 마녀라고 오해를 받았다.

밀리나리나의 마법은 매우 억지스러웠다. 애초에 아직 학생이고, 내 흉내를 내고 있을 뿐인 소녀. 분명 아직 마법을 쓰는 데 익숙하지 않은 것이리라.

지붕 위에서 싸우는 일레이나 씨와 밀리나리나. 마을의 피해 같은 건 개의치 않고, 밀리나리나는 마법 지팡이를 휘둘렀다.

일레이나 씨가 마도 지팡이를 빼앗자, 곧바로 두 자루째를 꺼냈다.

"아, 큰일이야."

정말로 마을의 피해 따위 머리에 없는 것이리라. 밀리나리나는 이어서 마도 지팡이에서 바위를 만들어내더니 길에 떨어뜨려 보였다.

으아아.

말리지 않으면 피해는 막대.

그래서 나는 두 사람 사이에 끼어들었다. 지팡이를 휘둘러 밀리나리나에게서 마도 지팡이를 빼앗았다. 그리고 쏟아지는 바위를 전부 마법으로 상쇄시키고, 나는 두 사람을 구속. 개화의 회당으로 무조건 끌고 갔다.

밀리나리나는 나를 찾아 도시를 배회하고 있다. 일레이나 씨와

함께 있을 때 기억이 날아가면, 일레이나 씨가 몽롱의 마녀──
즉, 내가 아니라는 걸 알 수 있을 것이다.

나머지는 사마라 씨에게 사정을 설명하게 하자.

"……정말이지, 손이 많이 가네."

도시의 위기를 구한 보답으로 일레이나 씨에게서 빵을 받고 거
리를 벌리는 나.

개화의 회당 앞에서 일레이나 씨와 밀리나리나 두 사람이 당황
하며 주변을 살피는 모습을, 나는 옆에서 바라보았다.

오랜만에 마법을 썼다. 이상하게도 기분이 상쾌했다.

지금까지 도시의 사람들을 도왔을 때와 무엇이 다른 것일까?

"……아, 그렇구나."

나는 자신도 모르는 사이에 도시 사람들에게 보답을 바라고 있
었던 것이라고, 그 순간 깨달았다.

사람들을 웃게 하고 싶다. 어린 시절 동경했던 그녀처럼.

오랫동안 마녀로서, 나라를 지키는 수호자로서 치켜세워지면
서, 내 초심은 그저 겉치레가 되어 있었던 것이다.

사람들에게 감사를 받기 위해 나는 마법을 쓰고 있었던 것이다.

그렇기에 사람들에게 완전히 잊히고 슬펐던 것이리라.

"……한심하네."

어린 시절에 나를 감동시켜주었던 노랫소리에는, 그런 비뚤어
진 감정은 어디에도 없었는데.

그날은 그 후로 몇 번이고 몇 번이고 일레이나 씨와 밀리나리
나 두 사람이 습격해 왔다. 나는 그때마다 두 사람을 가지고 놀듯

농담을 섞어가며 도망쳤다. 가슴이 설렌다. 다른 사람과 제대로 대화를 나누는 건 오랜만이었으니까.

하루가 끝날 때 잡혔지만, 다음 날 아침이 되면 당연하다는 듯이 감옥에서 나올 수 있었다. 이전 경험했던 일이었기에 감옥에 갇히게 되어도 아무런 느낌도 없었다. 일레이나 씨와 밀리나리나의 눈에는 분명 감옥 안에서 여유를 부리는 것처럼 보였을지도 모른다.

나를 감시하던 밀리나리나처럼 일레이나 씨를 몰래 스토킹하면서 깨달은 것이 하나 있었다.

일레이나 씨와 밀리나리나에게 실컷 쫓겨 다닌 다음 날의 일이다.

"……진짜, 어떻게 된 겁니까."

수상쩍다는 얼굴을 한 일레이나 씨가 길에서 나를 발견하자마자 말을 걸어왔다. 차림으로 내가 몽롱의 마녀라는 것을 눈치챈 모양이었다.

"……놀랍네요. 당신이 잡혔던 사실조차 없었던 일이 된 건가요. 정말이지…… 제 어제의 노력은 결국 뭐였던 건가요."

쓸데없는 하루를 보내고 말았다며 그녀는 이런 이런 하고 어깨를 으쓱여 보였다. 나는 그때가 되어 겨우, 나와 마찬가지로 일레이나 씨도 역시 같은 하루의 반복 밖에 있는 것 같다는 사실을 눈치챘다.

아무래도 나라 밖에서 온 그녀는 반복되는 날들에서 제외되나

보다.

"아, 일레이나 씨. 나는 오늘이 어제와 같은 하루라는 걸 알아."

일레이나 씨만이 아니야, 하고 그 자리에서 정정해두었다. 그녀는 눈을 동그랗게 뜨더니 "⋯⋯어떻게 된 건가요?" 하고 자세한 사정을 물으려 했지만, 그러나 이 자리에서 설명해본들 내게서 시선을 돌린 순간 다시 기억이 리셋되리라는 것은 불을 보듯 뻔했다.

"⋯⋯⋯⋯."

일레이나 씨와 길을 걸으면서 나는 고개를 저었다.

"미안하지만, 지금은 자세하게 설명할 수 없을 것 같아."

자력으로 결론까지 다다르게 하는 편이 좋다. 내가 가르쳐준들 그 기억이 사라져버리면 의미가 없으니까.

사마라 씨를 막기엔 나 혼자서는 한계가 있다.

같은 마녀로서 그녀에게도 도움을 받기 위해서는, 그녀 자신이 진상에 다다를 필요가 있었다.

그날을 경계로 나는 일레이나 씨와 만나게 되었다.

뭐, 결국에는 어디서 만나든 무얼 하든 그녀의 기억에서는 깔끔하게 완전히 사라지기 때문에 매번 첫 대면부터 다시 시작해야 했지만.

"아, 몽롱의 마녀님 아니세요? 안녕하세요."

어떤 때는 친구처럼 가벼운 느낌으로 말을 걸어왔다.

"좀 물어보고 싶은 게 있는데, 이 주변에 괜찮은 빵 가게가 있나요? 안내 좀 해주시겠어요?"

그렇게 빵을 원하기에 빵 가게에 데려가 주었다.

"저기…… 솔직히 말해서 지금까지 얼마나 벌었나요……?"

어떤 때는 흥미 본위로 잘 이해되지 않는 걸 물었고.

"아, 몽롱의 마녀님. 이 그림 어떤가요? 괜찮나요? 괜찮죠? 괜찮다고 하세요 열받으니까."

또 어떤 때는 벽에 그린 낙서를 보여주었다.

밀리나리나와 함께 습격해 왔을 때도 그랬지만, 그녀에게는 나에 대한 적대 의식이라는 것이 전혀 없었다.

지금 이 도시에 있는 사람들과 밀리나리나에게 나쁜 마녀라고 들었을 텐데.

"……일레이나 씨는 내게 말을 많이 거네. 몽롱의 마녀가 어떤 인간인지는 들었을 거 아냐?"

어째서? 하고 나는 성가신 여자아이처럼 한 번 질문한 적이 있었다.

그녀는 태연하게 답했다.

그것은 그야말로 마법 같은 건 그저 선택지 중 하나일 뿐이라고 가르쳐준 그녀다운 답이었다.

"당신이 나쁜 사람인지 어떤지는 제가 판단할 일이에요. 도시 사람들의 평판은 참고 정도로는 들어두겠지만, 그게 절대적인 평가라고는 생각하지 않습니다."

"그래서, 일레이나 씨가 보기에 지금의 나는 어떤 사람인데?"

"지금은 좀 성가신 애라는 인상입니다."

"애라고 하지 마."

나는 아마도 너보다 연상일 거라고 이 자식아.

"죄송합니다."

키득, 그녀는 웃었다.

이 대화 역시, 내가 그녀의 시야에서 사라진 순간 그녀의 기억에서도 사라지고 말 거라 생각하면, 아주 조금 마음이 아팠다.

일레이나 씨가 같은 하루를 계속 반복하고 있다고 확신한 것은—— 하루의 끝을 목격한 것은, 그 며칠 후의 일이었다. 뭐, 똑같은 하루지만.

그리고 다음 오늘 아침.

개화의 회당으로 향하는 도중인 일레이나 씨와 마주쳤다.

"어라라? 혹시 개화의 회당으로 가는 건가?"

야호, 하고 나는 그녀에게 손을 흔들었다.

몇 번째인가의 첫 대면.

"몽롱의 마녀님인가요?"

한눈에 내가 나라는 것을 알아챈 그녀는, 그리고서 바로 "개화의 회당에 불법 침입하는 방법을 좀 가르쳐주세요" 하고 팔꿈치로 내 팔을 콕콕 찌르면서 물었다. 이 거리감은 그야말로 친구. 아니 그녀에게 있어선 첫 대면일 텐데.

눈치 빠른 나는 곧바로 그녀의 목적을 알아채고 고개를 끄덕였다.

"좋아."

개화의 회당에서 같은 하루를 반복하는 원인을 밝혀낼 셈인 것이리라.

길을 걸으며, 축제로 들뜬 사람들 사이를 걸으며 우리는 변변치 않은 대화를 나누었다.

어쩌면 그녀가 내게 개화의 회당에 들어가는 방법을 묻지 않을까 해서 미리 준비해둔 것이 하나 있었다.

"이걸 너에게 진상하지."

자, 자, 어서 받아, 나는 『친애하는 마녀님에게♡』라고 쓰인 내부 구조도와 편지를 건넸다.

거기에는 개화의 회당 안을 돌아다니는 법을 전부 기재해두었다.

"당신 의외로 장난꾸러기로군요……."

어이없어하는 목소리를 내면서 받아 들더니, 그래서, 안에는 어떻게 들어가면 되나요? 하고 메모장을 꺼냈다.

"개화의 회당은 뒤쪽에 있는 문으로 들어가면 돼. 감시도 허술해서 잘 안 들킬 거야."

"흐음흐음."

"지금 건넨 구조도는 안을 돌아다닐 때의 단서가 될 테니까, 뒷문으로 들어갈 때 열어봐. ……라는 식으로 써둬. 아마도 일레이나 씨가 스스로 쓰는 편이, 나중의 일레이나 씨가 믿기 쉬울 거라고 보니까."

"그것도 그러네요."

술술 그녀는 종이 위에 내 칭찬을 적었다.

『몽롱의 마녀님, 꽤 괜찮은 사람이었어요. 평범하게 가르쳐주었습니다. 그녀는 절친.』

사람 놀리는 건가?

『그리고 아마도 길을 헤맬 가능성이 높다며 건물 구조도를 주었답니다. 주머니를 찾아봐 주세요.』

일레이나 씨는 그리 쓰고서 내 편지와 구조도를 주머니에 넣었다.

거기까지 유도했을 때 나는 문득 깨달았다.

"이런…… 그리고 보니, 관계자용 출입구는 잠겨 있어서 지금은 쓸 수 없었는데."

다른 출입구를 준비해야…… 하고 나는 중얼거렸다.

"과연."

일레이나 씨는 고개를 끄덕였다.

『혹시 문이 열리지 않는다고 생각하며 멈춰 서 있나요? 마법으로 냉큼 열어주세요. 특기잖아요? 그런 거.』

…………

특기구나…….

●

그리고서 일레이나 씨는 개화의 회당에서 사마라 씨와 마주한다.

"이 콘서트, 오늘로 몇 번째인가요?"

정말 눈치가 빠르다.

그녀는 유도대로 제2홀에 도착하자 바로 사마라 씨가 모든 원흉이라는 것을 알아차렸다.

사마라 씨는 여전히 지루하다는 얼굴로, 그러나 일레이나 씨가 알아차렸다는 것에 아주 조금 불쾌감을 드러냈다.

곧바로 그녀는 마도 지팡이로 일레이나 씨를 날려버렸다.

"——위험해!"

뒤에서 그 상황을 보고 있던 나는 곧장 일레이나 씨를 구하러 나섰다. 빗자루에 올라타 날려가는 그녀를 받아 안았다.

사정을 모르는 일레이나 씨와 나 둘이 덤벼본들 분명 아직은 사마라 씨에게서 인형을 빼앗지는 못하리라. 그래서 나는 연기를 만들어내고, 일시 후퇴하기로 했다.

"……몽롱의 마녀."

칫, 하고 연기 너머에서 혀를 차는 사마라 씨의 모습이 보였다.

"……사마라 씨."

누구에게도 닿지 않을 정도의 목소리로 나는 중얼거렸다.

처음으로 그녀와 시선이 마주친 것만 같았다.

오만한 이야기다.

도시의 사람들을 웃는 얼굴로 만들고 싶다느니 하는 말을 지껄여두고서, 가장 소중한 동경을 느끼게 해준 사람을 살펴보지 않았으니까. 그녀를 둘러싼 세세한 사정을 나는 모른다.

그러나 무슨 일이 있었는지를 짐작하는 것은 가능하다.

2주 이상 전에, 할머니의 가게에서 재회했을 때, 나는 그녀의 눈을 보고 바로 알았다.

분명 꿈이 깨진 것이리라. 사람들 앞에서 노래를 부를 기회를 갖지 못했던 것이리라. 줄곧 노래하고 싶었는데, 누구에게도 인정받지 못했던 것이리라.

그래도 꿈을 차마 포기하지 못하고 미련이 남아 괴로워하고 있는 것을.

꿈을 이루고 이상적인 하루하루를 보내는 나에게 질투에 가까운 감정을 품고 있는 것을.

나는 바로 알아차렸다.

그 사실을 외면한 것은, 그녀가 그런 인간이 아니었으면 하는 바람에서였다.

그래서 나는 다시 그녀에게 보여줘야만 한다.

창천의 마녀가 아니게 되었어도 나는 무엇 하나 달라지지 않는다.

창천의 마녀가 아니어도, 나는 여전히 남을 돕는 인간이다.

"……안네롯테 씨."

연기 속.

내게 안아 들린 일레이나 씨가 곤혹스러워하며 올려다보고 있었다.

나는 눈을 가늘게 뜨며 웃었다.

"아까 보고 또 보네. 일레이나 씨."

너는 기억하지 못할 테지만——하고.

제 7 장

손님이 입장하기까지는 아직 시간이 있다.

조금 전까지 있었을 터인 재의 마녀는 이미 모습을 감추었다. 마치 처음부터 존재조차 없었던 것처럼.

분명 안네롯테가 구하러 온 것이리라.

재의 마녀가 어디로 갔는지 내 기억에 남아 있지 않은 것도, 그럼에도 내가 마도 지팡이를 쓴 흔적이 남아 있는 것도, 필경 그런 것이리라.

"…………."

나는 무대에서 아무도 없는 객석을 내려다보았다.

2주간.

가희로서 첫 콘서트를 선보이게 된 지 2주나 되는 시간이 흘렀다. 나는 지금도 변함없이 사상 첫 콘서트를 선보이고 있다.

사상 첫을 몇 번이고 몇 번이고 선보이고 있으면, 눈을 감기만 해도 콘서트의 장면을 반추할 수 있다.

넓은 홀 안을 관객이 가득 채운다.

막이 오르면, 기대와 꿈으로 넘치는 눈빛이 모든 자리에서 쏟아진다. 그것은 나의 모든 것을 긍정해주는 따뜻한 시선이다.

나는 그 자리에 있던 사람들에게 감사의 마음을 전하고, 그리고 열심히 마음을 담아서 노래하겠다고 선언한다. 그저 지극히 당연한 말을 늘어놓는 것만으로도 객석의 사람들은 깊게 곱씹고,

끄덕이고, 눈물을 흘린다.

일단 노래가 시작되면 회장은 정적에 감싸인다.

내 목소리만이 주위의 모든 것을 떨게 한다.

노래가 끝나면 사람들은 마치 미리 약속이라도 한 것처럼 일어나 극장을 박수갈채로 감싼다. 내 노랫소리보다도 훨씬 커다란 환희였다.

내 노래는 더할 나위 없이 훌륭했다고 사람들은 나를 북돋아 준다.

모두가 나를 사랑해준다.

모두가 나만을 바라봐 준다.

오늘도, 내일도 모레도.

줄곧, 나는 이 하루 속에 있다.

○

"그런고로, 일레이나 씨. 사마라 씨에게서 인형을 빼앗으러 가는 거야!"

이야기를 끝까지 다 했으니, 이제 됐지? 하고 그녀는 사방팔방에 전개하고 있던 거울을 마법으로 깔끔하게 없애고 내게 손을 내밀었습니다.

그것은 마치 공주님을 에스코트하는 신사……처럼 보이지 않는 것도 아니었습니다만.

대체 이 손은 뭡니까? 하고 눈치 없는 저는 갸우뚱하고 고개를 기울였습니다.

구도로 보아서는 공주님과 기사라기보다, 손을 기대하는 반려인과 뜻을 이해하지 못하는 멍청한 강아지 같았습니다.

이윽고 안네롯테 씨는 "하아……" 하고 안타깝다는 듯이 한숨을 내쉬고.

"아니 아니, 일레이나 씨. 그것참…… 알잖아? 이 손의 의미."

"흐음."

저는 고개를 끄덕였습니다.

"이건가요?"

찰싹!

그녀의 손을 제 손이 쳐냈습니다. 좋은 소리가 났습니다. 실로 기분이 좋군요. 두근두근하옵니다.

"아팟!"

그리고 갑작스러운 폭력에 손을 뒤로 물리면서 울컥하고 얼굴을 찌푸리는 창천의 마녀. 아니, 안네롯테 씨.

기대대로의 전개가 아니었나 봅니다. 그야말로 반려견에게 손을 물린 것 같은 표정.

"너무해애. 일레이나 씨…… 전에 약속했잖아. 내가 이런 식으로 손을 내밀면 뭘 해야만 하는지."

"그랬던가요?"

전에, 라고 말한들 저는 이전에 당신과 만났을 때의 기억이 전혀 없습니다만.

어떤 식으로 약속했나요?

"내가 이런 식으로 손을 내밀면 결혼반지를 끼워준다고 약속했잖아."

"아니 절대로 안 했을 거라고 생각합니다."

"아냐! 그렇지 않아! 절대로 그런 약속을 했다고!"

"기억에 없습니다."

"뭐, 일레이나 씨는 나와 만났을 때의 기억이 전부 지워졌으니까……. 기억하지 못하는 것도 무리는 아니겠지. 하지만 말이야, 일레이나 씨와 만나고서 우리 사이에는 여러 가지 일이 있었어."

"그런가요?"

저로서는 애초에 조금 전에 시원스럽게 등장해서 공주님처럼 안아 들어준 것이 첫 대면인지라 여러 가지 일이 있었다는 말을 들어도 안타깝게도 좀처럼 와 닿지 않는 것이 현실입니다만.

제가 모르는 추억 이야기를 그녀는 하나하나, 사진첩을 넘기듯이 그리운 듯한 표정으로 이야기하기 시작했습니다.

"예를 들면── 그러네. 사흘 전에 만났을 때는 종일 함께 데이트해줬고."

"오호라." 정말인가요?

"그리고, 이틀 전에는 『사건을 해결하고 나면 당신과 이 나라에서 사는 것도 괜찮을지 모르겠네요』라고 말해줬다고."

"흐으음." 정말인가요?

"그리고 어제 만났을 때는, 일레이나 씨 『안네롯테 씨가 지금까지 만난 사람 중에 제일 아름답네요. 최고예요. 장래에 결혼하고 싶어』라고 말하면서 맹렬하게 어프로치 했었다고."

"호오." 이거 절대로 거짓말이로군요.

저는 큰 한숨을 내쉬었습니다.

"거짓말도 조금은 제대로 된 걸로 해주시겠어요?"

"거짓말 아니거든! 절대로 그런 약속 했거든!"

"당신, 대화할 때마다 지능이 내려가는 저주에라도 걸려 있는 건가요?"

"이상하네. 지금까지 만났던 일레이나 씨 중에서 제일 신랄해……. 뭐가 원인일까……."

"제가 지금까지 만났던 당신 중에서 지금의 당신이 제일 지리멸렬한 언동을 하고 있기 때문이 아닐까요?"

그러나.

이 세계에서 존재가 지워진 2주간.

그리고 도시가 같은 하루를 반복하게 된 2주간.

누구에게도 존재가 인지되는 일 없이, 거기에 더해 모두가 같은 하루를 줄곧 반복할 뿐인 나라 안에서 혼자서 발버둥 쳐온 그녀에게 있어, 분명 저 같은 존재는 귀할 테지요.

조금 신이 나버리는 것도 어쩔 수 없겠죠.

제가 오지 않았다면, 그녀는 애초에 자기 자신이 이상한 것인지, 아니면 나라 자체가 이상해지고 만 것인지조차, 아마도 알지 못했을 테니까요.

하지만 그것은 제게도 해당하는 말입니다.

그녀가 없었다면 저도 역시 나라와 저, 어느 쪽이 이상한지를 이해하지도 못하고 머리를 끌어안고 있었을지도 모릅니다.

돌고 도는 꿈의 도시 캐러셀에서 동떨어진 사람끼리 사이좋게 지내는 것이 순리일 테지요.

애초에 저희가 이 도시의 문제를 해결하지 못하면, 분명 미래 영겁, 이 나라는 꿈 같은 하루에 사로잡혀 계속 돌고 돌 뿐일 테니까요.

"뭐, 농담은 제쳐두고."

그녀는 어깨를 으쓱였습니다.

"방금 길게 이야기한 대로, 이 도시는 2주 동안이나 같은 하루를 반복하고 있어. 그리고 그 원인을 만들고 있는 게 그녀가 가진 인형이야. 그것만 빼앗고 나면 이 도시는 원래대로 돌아갈 거야."

"…………."

"근거는 없지만 말이야."

"승산은 있는 건가요?"

뭔가 방법은 있는 겁니까? 저는 물었습니다.

안네롯테 씨는 그 말을 기다렸다는 듯이 의기양양한 표정을 지었습니다. 그 표정은 그야말로 어떠한 묘안을 떠올린 얼굴──.

"일레이나 씨, 여기에 마녀가 두 명 있잖아?"

"네."

"내 생각에는, 마녀 둘이 모이면 일단 어떻게든 되지 않을까? 하고 생각하는데. 어떨까?"

"과연."

의심의 여지 없는 무대책이로군요.

속 시원할 정도로 무대책이로군요.

역시 갑자기 바보가 되었군요. 어떻게 된 거죠? 지쳤나요?

완전히 저도 상상하지 못할 정도의 묘안을 여기에서 그녀가 제시하고, 그리고 저희가 둘이 함께 사마라 씨와 대치하러 가는 것인가 생각했습니다만. 음, 그렇게는 되지 않았군요.

그보다 애초에 저 한 사람이 더해진 정도로 할 수 있는 건 그리 늘어나지 않습니다만.

"이렇게, 뭐랄까, 둘이서 쿠콰앙 하는 느낌으로 싸우면 이길 수 있지 않을까?"

"지능이 또 내려갔어⋯⋯."

대화할 때마다 머리가 점점 돌아가지 않게 되어가고 있는 것 같은 느낌입니다만 기분 탓일까요?

"뭐, 그건 농담이고."

농담하는 얼굴이 아니었습니다만── 하고 생각하면서도 저는 고개를 끄덕이는 정도에서 끝냈습니다. 그녀가 나름대로 진지한 표정을 짓고 있었던지라.

"일레이나 씨, 안심해. 제대로 대책은 준비했어. 성공하면 제대로 내일이 찾아올 거야."

"오호라. 어떤 대책인가요?"

"후후후. 그건 말이지──."

소곤소곤.

그녀는 가지고 있는 대책을 제게 알려주었습니다.

그것은 단 하나의 방법이었고, 그러면서 너무나도 단순한 방법이었습니다.

"……그것밖에 방법은 없는 건가요?"

"아마도."

…………

입을 다문 제게 그녀는 말했습니다.

"일레이나 씨, 그러니까 협력해줄래?"

당신 힘이 필요해──라고.

저는 확실히 분명하게 대답하지 않았습니다.

"……저희가 둘이 함께 싸우는 건 어렵지 않을까요? 전투 중에 저와 안네롯테 씨가 떨어져버리면 최악의 사태가 일어날 겁니다."

안네롯테 씨가 가진 성질을 생각하면, 그 순간에 제 기억이 리셋될 것은 틀림없습니다.

즉, 저는 사마라 씨와 왜 싸우고 있는지도 이해하지 못하게 되어버리는 겁니다. 연계 같은 걸 할 수 있을 리 없습니다.

그래서는 걸림돌이 될 게 틀림없지 않을까요?

"……어쩐지 갑자기 돌아가고 싶어졌는데요."

순간 저는 의욕이 다해버렸습니다.

그렇게 축 늘어진 제게 부루퉁하게 뺨을 부풀려 보이는 것은 조금 전부터 지능이 계속 내려가고 있는 안네롯테 씨.

덥석 하고 제 손을 잡았습니다.

"일레이나 씨, 안 돼."

그녀는 반짝반짝 빛나는 눈동자로 말했습니다.

"이제 두 번 다시 놓치지 않을 거야. 후후후."

"…………."

지능이 내려간 정도가 아니라 약간 집착까지 보이기 시작했군요. 이 상황에서 대체 얼마나 캐릭터를 추가해야 만족하는 겁니까?

"……일레이나 씨, 참고로 말이지. 아까 내가 끼어든 건 이걸 위해서였어."

"네? 무슨 말인가요?"

"일레이나 씨에게는 말하지 않았는데, 나를 시야에 넣지 않아도 나에 관한 기억을 잃지 않는 방법이 딱 하나 있거든."

오호오?

"어떻게 하면 되나요?"

"이거."

그녀는 잡고 있는 제 손을 들어 올리고, 검지로 톡 만졌습니다. 의미를 잘 모르겠습니다만?

제가 고개를 갸웃거리고 있으려니.

"일레이나 씨도 아는 대로, 나에 관한 기억은 내가 시야에서 벗어나면 사라지고 말아. 하지만 내게 닿고 있는 동안은, 시야에 넣지 않아도 괜찮아."

그녀는 실연해 보였습니다.

제 손에 닿은 채, 그녀는 제 시야 밖── 뒤쪽으로 돌아들었습니다.

"…………."

제 시야에 안네롯테 씨의 모습은 없습니다.

그러나 뒤에 그녀가 있다는 것을 저는 이해하고 있습니다.

그녀에 관한 기억은, 여전히 남은 채.

"언제? 맞지?"

후후후 하고 기뻐하며 시야 끝에서 불쑥 나타난 안네롯테 씨.

"이 특징을 이용하면, 적어도 당신이 전투 중에 나를 잊어버리거나 하는 사태가 발생하는 일도 없어질 거라는 거지."

"……과연."

그러나 그러려면 안네롯테 씨와 종일 손을 잡고 있어야만 하는데요…….

"……싫어?"

순식간에 표정이 흐려지는 안네롯테 씨. 아니 아니.

"싫다는 건 아닙니다만……."

저는 신중하게 말을 고르며 그녀를 똑바로 바라보았습니다.

"저, 속박당하는 걸 싫어하는 타입인지라."

"응, 그거라면 괜찮아. 나는 이래 봬도 꽤 속박하지 않는 타입이니까."

"당신 조금 전의 언동을 잊은 겁니까?"

혹시 안네롯테 씨 자신도 기억이 남지 않는 분인 것이옵니까?

가만히 제가 눈을 가늘게 뜨자, 그녀는 대신에 미소로 눈을 가늘게 떴습니다.

"뭐, 일단 작전을 위해서는 손을 잡아야만 한다는 거야. 조금 답답할지도 모르지만. 일레이나 씨, 미안해."

저는 고개를 끄덕이며 답했습니다.

"뭐, 딱히 상관없습니다만……."

그것밖에 방법이 없는 것 같으니까요. 하지만.

"이상한 짓을 한다면 가차 없이 당신 손을 두들겨 팰 테니 기억해두세요."

"응. 괜찮아. 나, 이래 봬도 꽤 신사거든."

말하면서 연인처럼 손깍지를 끼는 안네롯테 씨.

"…………."

찰싹!

●

가희 사마라로서 무대에 설 때마다 나는 생각에 잠긴다.

나는 어린 시절부터 노래를 할 운명이었는지도 모른다.

아직 내가 여덟 살 정도이던 무렵에, 나는 레스토랑에서 피아노 연주에 맞춰서 노래를 선보였다. 많은 관객에게 노랫소리를 칭찬받았다. 장래엔 프로가 될 수 있을 거라는 말을 들었다.

사람들 앞에서 노래하는 건 처음이었다.

그날부터 나는 자신의 노랫소리를 사람들에게 들려주는 것에 매료되었다.

먼 곳에서 일하는 아빠가 가끔 돌아올 때마다, 나는 예의 레스토랑에 데려가 달라고 졸랐다. 아빠는 난처한 듯 웃으면서도 때때로 데려가 주었다.

두 번째 이후엔 나 자신의 의지로 피아노 옆까지 걸어가서 노래를 불렀다.

내가 열 살을 맞았을 무렵, 할머니가 운영하는 가게 일을 도와 달라고 엄마에게 부탁받게 되었다. 노래 연습을 하고 싶었지만, 누군가와 만나기 위해 화장을 하는 엄마의 모습을 보고 있자니 집에 있으면 안 될 것만 같아서, 나는 순순히 엄마 말을 따르기로 했다.

답답한 기분이 들 때는 노래를 부르는 게 제일이다.

"사마라의 노랫소리는 정말로 예쁘구나."

분풀이를 하듯이 나는 골동품 가게 앞에서 노래를 불러 보았다. 지나가던 사람들이 때때로 내 목소리에 뒤를 돌아보고, 걸음을 멈추고, 노래가 끝나면 박수와 악수와 그리고 약간의 돈을 주었다.

가게 안에서 나를 지켜보던 할머니는 사마라는 천재구나 하고 언제나 말해주었다.

할머니의 골동품 가게에는 독특한 분위기가 있었다.

한바탕 노래를 한 다음엔 일을 도우며 가게 안에 있는 물건들을 바라보았다. 지금은 이제 역할을 다한 낡은 물건들. 새 역할을 조용히 기다리고 있는 그것들은 평범한 물건과는 어딘가 다른 이상한 분위기를 풍겼다.

"이건 뭐야?"

내가 가리킨 것은 화려한 드레스. 그것은 옛 시대의 사복이라고 했다.

"그건 뭐야?"

내가 가리킨 것은 나무 막대기. 그것은 마법사의 지팡이란다

하고 가르쳐주었다.

만져봐도 돼? 하고 내가 묻자 "되고말고"라며 할머니는 흔쾌히 고개를 끄덕였다.

에잇 하고 휘둘러 보아도 아무 일도 일어나지 않았다. 옛 시대에는 이렇게 마법 지팡이를 휘둘러보고 마법을 다룰 수 있는 사람만이 마법사가 되었다고 한다. 마도 지팡이가 있으면 누구나 마법을 쓸 수 있는 시대의 인간으로서는 생각도 할 수 없는 불편함이다.

놀라면서 내가 그렇게 말하자, "그렇구나……" 하고 할머니는 과거를 그리워하며 조금 슬퍼했다.

나는 궁금한 물건이 눈에 띌 때마다 할머니에게 물었다. 할머니는 다정하게 웃으며 내게 가르쳐주었다.

할머니가 가르쳐줄 때마다 마을 사람들은 모르는 비밀을 나만 안다는 고양감을 맛보았다.

"이건?"

유일하게 할머니가 가르쳐주지 않았던 물건은, 가게 안쪽에 감춰둔 것처럼 놓여 있던 작은 인형.

기묘한 글자가 죽 이어진 종이를 사방에 붙인 유리제 케이스 안에 담겨 있었다.

명백하게 이질적인 분위기.

그래서 물어보았다. 하지만.

"그건 만지면 안 돼!"

할머니는 목소리를 높였다. 혼난 건 그게 처음이자 마지막이었다.

그리고서 나는 휴일이 될 때마다 할머니의 가게를 찾아가게 되었다. 가게 앞에서 노래하거나, 가게 일을 돕거나 하면서, 나는 하루하루를 보냈다. 노래하면 할머니도, 길을 가던 사람들도 모두 웃는 얼굴이 되었다. 나름대로 충실한 날들이었다.

내가 노래하면 누군가가 기뻐해 준다.

그 사실은 내게 살아갈 이유를 주었다.

"언니, 노래, 잘한다!"

자그마한 한 어린아이는 내 단골손님이었다. 나이는 여덟 살 정도일까.

나는 자주 찾아오는 여자아이의 머리를 쓰다듬어주었다. 여자아이는 나처럼 사람들을 행복하게 하는 사람이 되는 게 꿈이라고 한다.

영광이었다. 당시의 나는 아직 열 살 정도. 그런데 나를 목표로 해주는 아이가 생겼다는 것이, 노래를 통해 사람들을 행복하게 할 수 있는 것이, 기뻤다.

노래를 계속하는 한, 사람들에게 희망을 주는 것이 나의 책무라고 생각했다.

앞으로도 멋진 날들이 계속되면 좋겠다고 나는 계속 바랐다.

하지만 이루어지는 일은 없었다.

"사마라, 너는 제대로 된 어른이 되렴."

내가 열두 살이 되었을 때, 아빠는 그리 말하며 내 머리를 쓰다듬고 집을 챙겨 집을 나갔다. 아빠는 어디로 간 거야? 하고 내가 묻자, 엄마는 "일 때문에 멀리 가야 한다나 봐"라며 남 일처럼, 빈 껍데기처럼 대답했다.

나는 알고 있었다.

아빠가 부재일 때 엄마가 낯선 남성과 밖에서 만났던 것도, 몇 번이고 집에 불러들였던 것도, 낯선 남성과 엄마가 어떤 관계였는지도.

낯선 남자는 무책임하게도 엄마와의 관계가 들통난 순간, 마치 처음부터 엄마와는 아무런 관계도 없었던 양, 집에 전혀 오지 않게 되었다. 무책임한 남자다.

그 후로 할머니 집에는 그다지 가지 않게 되었다. 아빠를 잃고, 텅 빈 껍데기 같아진 엄마는 내가 지탱해주지 않으면 꺾이고 말 정도로 약하디약했으니까.

○

"길을 걷는 동안에도 손을 잡고 있을 필요가 있을까요?"

과일과 음식, 귀금속에 빵과 꽃 같은 온갖 가게가 지붕을 맞대고 있는 거리.

사람들 사이에 섞여 우리는 길을 걸었고, 그리고 옆을 걷는 안네롯테 씨를 지그시 바라보면서 저는 물었습니다.

사마라 씨와 싸울 때만 잡으면 되지 않나요? 하고.

제 타당한 지적에 "아니…… 하지만, 길에서 떨어지거나 했다간 또 처음부터 다시 설명해야 하고, 귀찮잖아? 사람들도 엄청나게 많고"라고 변명처럼 말하는 안네롯테 씨.

그것은 마치 이제 막 사귀기 시작한 여자 친구와 손을 잡을 구실을 찾는 남자 친구 같았습니다.

"……흐음."

그렇다고 하나 확실히 또 같은 이야기를 장황하게 들어야 하는 것은 저로서도 곤란한 일입니다.

기억에서 사라진다고는 해도 안네롯테 씨와 함께 있던 동안의 일을, 몸은 기억하고 있는 것입니다.

하루에 몇 번이고 긴 이야기를 들으면 당연히 몸은 지쳐버립니다.

예를 들면 하루에 몇 번이고 전투하면 마력이 소모되어가는 것과 마찬가지로.

"앗……! 일레이나 씨, 여기……!"

그때.

안네롯테 씨는 갑자기 제 손을 억지로 끌어당기더니 길 한쪽 귀퉁이. 노점에 진열된 음식들의 바로 뒤로 데려갔습니다.

"……? 저기, 안네롯테 써……? 뭔가요……?"

갑작스러운 전개에 저는 놀랐습니다. 신사를 자칭했던 것치고는 상당히 거친 짓을 하는군요. 저는 몰래 그녀를 찰싹하고 때릴 준비를 했습니다.

그러나 그녀 쪽은 저 같은 건 일절 보지도 않고, 가게 뒤에서 길 저편을 노려보고 있었습니다.

……무슨 일이죠?

고개를 갸웃거리면서 저는 그녀의 시선을 좇았습니다.

"······배가 좀 고파졌어."

거기에는 교복 차림의 밀리나리나 씨의 모습이 있었습니다.

하굣길인 걸까요? 그 표정에는 위기감이나 마법 소녀 옷으로 몸을 감쌌을 때와 같은 긴장감은 없었습니다.

"······후우, 위험했어. 일레이나 씨."

밀리나리나 씨를 보면서 땀을 훔치는 안네롯테 씨.

"그러네요."

"그러고 보니 깜빡했는데, 이 시간에는 밀리나리나가 이 주변을 배회했었어. 직전에 알아차려서 다행이야."

지금 밀리나리나 씨와 마주치면, 길 한복판에서 강제적으로 전투가 펼쳐지리라는 것은 틀림없습니다.

"일단 여기서 기다리자."

신사적인지 어떤지는 제쳐두고, 뒤에 숨은 건 적절한 판단이었다고 할 수 있을 테지요.

"그, 저기······, 누구신지······?"

그러나 가게 주인분에게는 그렇지 않았나 봅니다.

민폐라는 듯 미간을 좁히고 타코 가게 주인이 "이 사람들 누구야······?" 하고 중얼거렸습니다.

안네롯테 씨는 말했습니다.

"쉿!"

좀 조용히 해줘! 하고 그녀의 눈은 말했습니다.

"아니, 쉿이 아니라······."

당신 뭐냐고……라는 가게 주인. 과거 이 나라를 지키는 수호자로서 이름을 날리던 그녀에게 이 무슨 불경한 말투인가요.

그렇다고 하나 그녀의 위업은 현재 사마라 씨의 것. 가게 주인이 얼굴을 찌푸리는 것도 납득할 수 있습니다.

"안네롯테 씨. 여기는 제가."

이러한 긴급 사태에 대응하는 데는 아마도 안네롯테 씨보다도 제 쪽이 익숙할 테지요.

저는 안네롯테 씨의 어깨를 잡아 한 걸음 물러나게 한 다음, 가게 주인에게 다가갔습니다.

"…………."

그리고 저는 잠자코 돈을 쥐여주었습니다. 이렇게 하면 봐줄 겁니다. 역시 세상은 돈입니다, 돈.

"쉿!"

"아니, 쉿이 아니라. 진짜 당신들 뭐냐고."

그리고서 얼마 후, 밀리나리나 씨의 모습이 보이지 않게 되었을 때, 저희는 타코 가게를 뒤로했습니다.

"이런 일이 있을 때마다 말이야, 이 나라 사람들은 모두 나를 잊어버렸구나 하고 새삼 실감하게 돼."

안네롯테 씨는 폐를 끼친 대신 사게 된 타코를 우물우물 먹으면서 말했습니다.

누구의 기억에도 남지 않는다는 건, 존재하지 않는다는 것과 같은 의미입니다.

"……그런가요."

저는 돌아보며 타코를 우물우물 먹었습니다. 가게 주인은 저희가 민폐를 끼친 일은 완전히 잊고, 길을 오가는 사람들을 웃는 얼굴로 대하고 있었습니다.

"역시 사람들의 기억에 남지 않는 건 괴로워."

애써 밝게 행동하려 해도 쓸쓸함과 슬픔만은 숨길 수 없었던 것일 테지요.

그녀는 가볍게 웃으면서도 제 손만은 단단히 계속 쥐고 있었습니다.

●

아빠가 집을 나간 후.

엄마는 벌이가 적은 일을 나름대로 해내며 나를 학교에 보내주었다. 미소를 보이는 일은 없어졌다.

노래라도 부르면 웃는 얼굴을 만들 수 있을까?

불이 꺼진 듯 어두워진 엄마 앞에서 그것을 시험해볼 만큼 나는 낙천적이지 않았다.

엄마를 지탱하기 위해 무얼 할 수 있을지 생각했다.

그러나 슬프게도 내게는 노래밖에 없었다. 그러던 때, 할머니 가게 앞에서 노래하고 돈을 받았던 날들이 떠올랐다.

그것이 예를 들어 길 위가 아니라 가게 안이라면, 돈을 더 받을 수 있지 않을까 생각했다.

그래서 나는 레스토랑에 가서 부탁했다.

"……뭐? 우리 가게에서, 곡에 맞춰서 노래하겠다……고?"

단적으로 말하자면 영업을 뛴 것이다. 어떤 곡이든 맞춰서 내가 노래할 테니 부디 보수를 주세요.

기이하게도 그 가게는 예전, 내가 아빠에게 이끌려 나가 노래를 불렀던 가게였다. 하지만 이미 몇 년이나 전의 이야기. 이 가게 사람들은 나 같은 건 전혀 기억하고 있지 않았다.

결국, 그 후 나는 흔쾌히는 아니지만, 가게 사람들의 허락을 받아 용돈 벌이 정도의 보수로 임시 가수로서 데뷔하게 되었다.

당시 아직 열네 살. 비상식적인 부탁이었지만, 가게는 받아들여 주었다. 너무 어리다는 점이 주효했는지도 모르고, 내 노랫소리가 인정받았는지도 모른다. 필사적이었던 당시의 나로서는 어느 쪽이든 상관없었다. 엄마를 기쁘게 만들기 위해 내가 할 수 있는 일은 이것밖에 없다고 생각했으니까.

그 무렵부터 나는 노래로 돈을 벌어서 생활비를 조금이지만 지원했다. 엄마는 그런 일 하지 않아도 괜찮다고는 말해주었지만, 금지하지는 않았다. 내 돈이 적잖이 가계에 도움이 되고 있었기 때문이다. 그래도 쓸데없는 걱정을 끼치고 싶지 않았기 때문에.

"나는 가수가 돼서 큰 무대에서 노래하는 게 꿈이니까."

지금 하는 건 그저 연습 같은 거야 하고 나는 변명처럼 말했다. 거짓말은 하지 않았다.

나는 유명해지는 것을 목표로 하고 있었고, 계속 노래를 하는 한은 많은 사람을 웃게 만드는 것이 책무라고 느끼고 있었으니까.

학교와 일을 왕복하는 날들이었다.

동급생과 놀 틈이 없었다. 나에게는 일이 있었으니까. 동급생이 선생님이나 공부에 불만을 늘어놓을 때마다 안심했다. 내가 더 노력도 고생도 하고 있다고 느낄 수 있었으니까.

점점 친구는 줄어갔다.

그래도 내게는 일이 있으니 상관없다고 생각했다.

몇 년이고 몇 년이고, 나는 노래하고, 노래하고, 공부하며 하루하루를 보냈다.

깨닫고 보니 내게 반짝반짝 빛나는 꿈이었던 노래는 그저 일이 되어가고 있었다.

그래도 계속 노래했다.

그렇게 열여덟 살을 맞았을 때, 할머니가 타계했다. 고독사였다고 한다. 바쁘다는 이유로 나도 엄마도 잘 찾아가지 않았었다.

"사마라, 할머니 가게는 내가 이을 테니까 걱정하지 마. 너는 원하는 대로 살렴."

고생만 하게 해서 미안하구나.

할머니 장례식 후, 엄마는 내게 그렇게 말하며 미소 지어주었다.

엄마는 엄마대로 내게만 고생을 시킨다며 마음을 쓰고 있었나 보다. 마침 열여덟 살. 학교를 졸업하면 사회인이 된다.

"고마워."

나는 엄마에게 표면적인 감사 인사를 하고서, 노래하기 위해 가게로 향했다.

길을 걸으면서 문득 나에게 있어 **원하는 삶의 방식**이란 무언인지 의문스러워졌다.

가게에서 노래하다가 문득, 엄마가 노래를 계속하는 나의 날들을 **고생**이라고 표현했던 것이 걸렸다.

엄마가 보기엔 그리 보이는 것일까. 갑갑하게 살고 있는 것처럼 보이는 것일까.

나는 원하는 일을 하며 살고 있을 뿐인데——.

"사마라, 지금 몇 살이지? 열여덟인가? 슬슬 다른 길을 찾는 것도 좋을 나이일지 몰라."

가게 주인에게 어느 날 들은 말이다. 에둘러 이렇게 말하고 있는 것이다.

"그만 이 가게에서 나가도 되는 거 아닌가?" "노래하는 걸 그만 둬도 괜찮지 않은가?" "어차피 유명한 가수 같은 건 못 될 테니까."

이 나라에서 가수로서 활동하는 여성은 대체로 열여덟 살 무렵부터 어떠한 형태로든 무대에 섰다.

나처럼 작은 레스토랑의 한쪽 구석이 아니라, 개화의 회당 같은 커다란 무대에서, 많은 사람 앞에서, 노래한다.

솔직히 말하자면.

나는 이미 깨닫고 있었다.

내게는 노래하는 재능밖에 없다.

그리고 나와 마찬가지로 노래에 재능을 가진 아이는, 이 세상에 차고 넘칠 만큼 많다는 것을.

학창 시절에 제대로 공부도 하지 않고, 친구도 만들지 않고, 매일 노래만 하고, 작은 세계 속에서 고생하는 자기 자신에게 취해 있었던 듯한 내게는, 노래 이외의 길 같은 건 이미 끊어져버렸다는 것을.

주변을 둘러보면 눈부신 보석을 잔뜩 가진 아이들로 넘쳐나는 세계에서, 나만이 이미 빛을 잃은 보석을 필사적으로 계속해 닦고 있었다.

──사마라, 너는 제대로 된 어른이 되렴.

아빠의 말이 내 어깨를 무겁게 덮쳐 눌렀다.

나는 아빠가 바란 제대로 된 어른이 되어 있는 걸까? 매일매일 의문을 품으면서도, 나는 단 하나, 내게 남겨진 길에서 계속 노래했다.

열아홉 살이 되었을 때, "더 어리고 밝고 귀여운 아이가 들어왔으니까"라는 이유로 가게에서 쫓겨났지만.

그래도 나는 계속 노래했다.

가게에서 가게를 전전하면서, 때로 "실력 없다" 때로 "울적한 얼굴이다"라며 비웃음을 사기도 하면서, 누구에게도 축하받지 못하는 스무 살 생일을 맞았지만.

줄곧 줄곧, 나는 노래를 계속했다.

철새처럼 가게에서 가게를 전전하며, 스물한 살. 다다른 것은 술을 파는 가게. 취한 남자들에게 애교 있게 웃어 보이면서, 언젠가 내 노래로 많은 사람들을 웃게 만들고 싶다고 꿈꾸었다.

나는, 줄곧, 계속 노래했다.

그러나 결국, 그로부터 얼마 후 마지막으로 다다른 가게도 그만두었다. 취한 남자들은 아무도 내 노래 같은 건 듣고 있지 않았으니까.

그리고 스물두 살이 되었다.

──언니, 노래, 잘한다!

내가 열 살이던 때 본 장면이 문득 되살아났다. 길에서 노래하고, 작은 어린아이가 목표로 삼아준, 행복으로 가득했던 날들. 계속 노래하는 한 다른 사람에게 행복을 주는 것이 내 책무라고 믿어 의심치 않았던 무렵의 순수하고 빛으로 가득하던 날들.

그 무렵으로 돌아가고 싶었다.

그래서 나는 길 위에서 노래를 불렀다.

노래하고 금세 깨달았다. 내가 할머니 가게 앞에서 노래했던 때, 사람들이 걸음을 멈춰주었던 것은 고작 열 살 여자아이치고는 노래를 잘했기 때문이었고, 그것 이외엔 아무런 이유도 없었다는 것을.

그래서 아무도 내 앞에는 멈춰서 주지 않았다.

그리고, 마침 그 무렵.

"──돌고 도는 꿈의 도시 캐러셀의 여러분! 안녕하세요! 저는 안네롯테! 여러분 뭔가 곤란한 일이 생기면, 제게 상담해주세요! 바로 제가 화려하게 해결해 보이겠습니다!"

거리 상공에서 유달리 울리는 목소리가 들려왔다. 올려다보니 전단이 팔랑팔랑 떨어져 내렸다. 주워 들어보니, 그것은 도시의 수호자를 자칭하는 수상한 여자의 프로필이었다.

아무래도 사람을 돕는 걸 전문으로 하는 해결사인 모양이었다. 보수는 마음 표현 정도. 주요 활동 내용은, 도시 사람들을 웃는 얼굴로 만드는 것.

그런 어린아이 같은 멍청한 이상을 내건 것은, 담청색 머리카락의 여성. 창천의 마녀 안네롯테.

과거 나를 목표로 삼겠다 말해주었던 여자아이였다.

○

개화의 회당에는 아까와 마찬가지로 뒷문으로 당당하게 들어 갔습니다.

관계자 통로를 걸으면서 저희는 사마라 씨가 지금도 있을 터인 제2홀을 향해 나아갔습니다. 오늘, 몇 시간 후에 그녀의 콘서트 가 열리는 제2홀.

몇 번이고 사마라 씨에게 싸움을 걸었기 때문인지, 안네롯테 씨는 그녀의 하루 행동 대부분을 파악하고 있었습니다.

"그 사람은 기본적으로는 제2홀과 대기실을 왕복하기만 해."

참고로 지금 시간이라면 아마도, 아까와 마찬가지로 제2홀의 스테이지 위에서 멍하니 서 있을 거라고 합니다.

……그러고 보니 저와 밀리나리나 씨가 안네롯테 씨를 잡았을 때도, 바로 개화의 회당으로 돌아가 버렸습니다만.

"상당히 일에 열심인 사람인가 보네요."

"찾는 수고를 덜어서 다행이지만 말이야."

질린다는 듯이 고개를 끄덕이는 안네롯테 씨.

하지만 묘하네요.

"……그녀는 저와 안네롯테 씨처럼 같은 하루를 반복하고 있다는 걸 이해하고 있는 쪽의 사람이죠?"

아까 만났을 때의 말투를 통해 짐작하기로, 그녀는 첫 콘서트를 반복하고 있는 것을 이해하고서 매일같이 무대에 서고 있다는 것이 됩니다.

참으로 꺼림칙한 이야기입니다.

"……질리지 않는 걸까요?"

매일매일, 이 도시에 있는 대부분의 사람들처럼 같은 행동 패턴을 따르며, 첫 콘서트를 반복하는 날들.

저라면 사흘쯤이면 이제 그만 됐다 하고 생각해버릴 것 같습니다만.

"아하하. 뭘 하고 싶은 건지 모르겠다는 얼굴을 하고 있네."

안네롯테 씨는 제 표정을 보면서 웃었습니다.

"어쩌려나. 솔직한 마음으로는 같은 하루를 반복하는 건 그만두고 싶지 않으려나."

"……무슨 말인가요?"

"보고 있자면 그런 느낌이 든다는 이야기일 뿐인데, 왠지 모르게 억지로 같은 하루를 반복하고 있는 게 아닐까 싶어져."

"그리고 저희는 그런 억지로 반복하는 날들에 말려들었다는 건가요? 터무니없는 민폐네요."

"하지만 그녀도 자신의 의지로 이 나라 사람들을 말려들 게 한 건 아닐지도."

"……묘하게 그녀 편을 드는군요."

어떻게 된 겁니까? 하고 저는 그녀와 손을 잡은 채 빤히 바라보았습니다. 그 시선은 그야말로 남자 친구의 여자관계에서 수상함을 느낀 민감한 연인 같았고.

상황에 따라서는 그녀의 손을 찰싹! 하고 때리는 것도 어쩔 수 없는 일.

"나는 나라 사람들을 누구라도 개의치 않고 돕는 멋진 사람이니까."

그러나 얼버무리는 그녀.

"…………."

여전히 빤히 바라보는 저.

정말로 그것뿐인가요?

"아니…… 뭐, 확증이 있는 건 아니지만, 그런 느낌이 들었을 뿐이야……."

거북하다는 듯이 시선을 돌리는 안네롯테 씨.

"또 그건가요."

그 얼굴은 뭔가를 알아차린 표정이라고 생각합니다만.

하지만 저는 더 깊게 추궁하지는 않았습니다. 그건 결코 쓸데없이 깊게 파고들지 않는 좋은 여성의 모습을, 지금이 기회라는 듯이 어필하고 싶었기 때문이라든가 하는 그런 이유가 전혀 아니었습니다. 평범하게 제2홀에 도착해버렸기 때문입니다.

"으랏차."

제게 마음의 준비를 할 틈도 주지 않고, 그녀는 무거운 문을 여는 것이었습니다. 아주 조금 차가운 공기가 제 옆을 스쳐 지나갔습니다.

그리고 그런 도중에.

그녀는 저를 바라보면서, 말했습니다.

"그녀를 보고 있자면 말이야── 그런 느낌이 들었어."

라고.

저는 그리고서 홀 앞, 스테이지 위에서 아무도 없는 객석을 내려다보는 그녀를 바라보았습니다.

"…………."

이 나라에서 첫 콘서트를 반복하는 가희 사마라 씨는, 거기서 홀로, 멍하니 서서, 단 한줄기, 눈물을 흘리고 있었습니다.

●

"곤란한 일이 생기면 도움을 요청해주세요! 제가 바로 달려가 겠습니다!"

돌고 도는 꿈의 도시 캐러셀의 상공을 창천의 마녀는 달린다. 매일같이 하늘을 날아다니며 사람을 돕는 그녀를 바라보면서, 나는 길 위에서 노래했다.

말하길, 이 나라 출신인 그녀는 외국의 마녀 학교로 유학을 가서 몇 년을 보내고, 이 나라로 돌아왔다고 한다.

분명 그녀도 같으리라 생각했다. 단 하나의 재능밖에 없어서, 그래서 마법사로서 살아가는 길밖에 없는 거라고. 그리 생각하자 자연스레 그녀에게 친근감이 생겼다. 그러나 동시에, 그런 길로 나아가게 해버린 것을 후회했다.

분명 나 같은 걸 동경해버려서, 그녀는 마법에 의지한 인생을 선택하고 만 것이리라.

"……눈부셔."

마을의 길 위에서 올려다보며 나는 중얼거렸다. 내리쬐는 태양 아래를 빗자루로 달리는 그녀는 아직 보지 못한 미래를 향한 희망으로 가득 차 있었다.

내가 훨씬 전에 두고 와버린 감정이다. 앞으로 5년이나, 10년일까. 좀 더 나중일까. 그녀는 분명 깨달으리라.

자기 자신이 가진 재능에 별다른 가치 같은 건 없다는 사실을.

"──괜찮아. 사마라. 너는 신경 쓰지 마."

어느 날, 엄마는 나를 끌어안으며 말했다.

일도 하지 않고 매일같이 집과 길 위를 오갈 뿐인 날들. 무얼 하고 싶은지 스스로도 잘 알 수 없어 그저 살아 있을 뿐인 내게 엄마는 다정하게 말했다.

"학생 때 너를 힘들게 한 만큼, 이번에는 내가 노력할 테니까."

그러니까 당분간은 쉬어도 된단다.

엄마는 어린아이에게 하듯 내 머리를 쓰다듬으며 말해주었다.

기쁜 동시에 어두운 감정이 내 안에서 소용돌이쳤다. 엄마의 말은, 내가 꿈을 향해 노력했던 날들을 부정하는 것이나 다름없었으니까. 나는 엄마에게 강제당해 억지로 노래했던 게 아니다. 내 의지로 노래했던 것이다. 그러나 그렇게 자신을 납득시키려 하면 할수록 의무감으로 계속 노래하던 날들이 내 뇌리를 스쳤다. 정말로 꿈을 향해서 노력했던 것일까. 좋아해서 노래했던 것일까. 그저 막연하게 노래했을 뿐인 게 아닐까. 그래서 아직까지 아무도 돌아봐 주지 않는 것이다.

엄마의 품 안에서 눈을 감았다.

내 시야는 새까매졌다.

나는 길 위에서 노래하며 계속 안네롯테를 지켜보았다. 그녀를 응원했다. 나와 같은 처지의 인간이니까.

눈부신 곳에서 계속 빛나는 그녀에게 응원을 보낼 셈으로 나는 노래해 보였다.

——어차피 조만간 좌절할 거다.

마음 깊숙한 곳에서 그런 식으로 내뱉고 있는 자기 자신에게서 눈을 돌리며.

"어이, 들었어? 안네롯테가 또 사건을 해결했대." "그제도 절도단 확보에 큰 역할을 해다잖아? 역시 대단해."

거리에서 노래하는 내 앞을 사람들이 스쳐 지나갔다.

"그녀는 거물이 될 거야. 틀림없어." "저기, 저기, 이것 좀 봐! 안네롯테한테 사인받았어!" "저 사람 정말로 대단해! 도움을 요청하면 바로 와서 해결해주지 뭐야!"

날이 갈수록 안네롯테의 존재는 도시 사람들에게 인정받았다. 시대에 뒤처진 마법사. 그럴 터인데, 처음엔 코웃음 쳤던 사람들도 손바닥을 뒤집고 그녀를 칭찬했다.

하루, 일주일, 한 달.

시간이 흐를수록, 사람들이 그녀를 올려다보는 눈은 달라졌다. 사람들이 그녀를 바라볼 때마다, 길 위에서 노래할 뿐인 나 따위는 아무도 보지 않게 되었다.

"⋯⋯분해."

분하다. 분하다. 분하다.

그녀는 나와는 다르다. 나 같은 비참한 인간과는 달리, 스스로를 빛나게 하는 것을 갖고 있고, 그 가치를 이해하고 있는 인간이라는 것을 깨달았다.

그녀가 나라로 돌아온 지 얼마 안 되어, 나는 큰길에서 노래하는 것을 그만두었다. 거리로 나와도 비척비척 그저 방황할 뿐인 날들. 무얼 위해 살아 있는지도 알지 못하는 채로 나는 하루하루를 보냈다.

공허한 매일을 보내는 중에 그녀의 눈부심은 샘이 났다. 그녀는 할 수 있는데 나는 어째서 할 수 없는 것인지 알 수 없었다. 그녀가 아주 사소한 실수를 할 때마다 안심했다. 마을 누군가가 그녀의 실패에 화를 내는 것을 보고 진정했다. 신문 기사에 그녀가 나쁜 사람인 것처럼 실렸을 때 살짝 마음 설렜다. 그런 자기 자신을 진심으로 혐오했다.

실패해라, 실패해라, 내 안의 악마가 몇 번이고 그녀에게 쌓이고 쌓인 원망을 계속 토해냈다.

그런 추한 자기 자신을 나는 진심으로 혐오했다.

내가 다다르고 싶었던 곳에서 활약하고 있는 그녀를 인정하고 싶지 않았다. 그녀를 인정하는 건 지금의 나를 부정하는 게 되니까. 그래서 응원하고 싶어도 할 수 없었다. 원망하고 싶지 않은데 마음 깊숙한 곳에서 혐오하는 내가 있었다.

그 후로 몇 년이나 되는 세월을 의미 없이 보냈다. 몇 번인가 일했다. 몇 번인가 이전처럼 가게에서 노래할 수 없을지 부탁하기도 했다.

그러나 그때마다 나는 이미 누구의 눈에도 머무르지 못한다는 것을 뼈저리게 깨달았다.

이윽고 정신을 차리고 보니 스물다섯 살.

꿈을 꾸기에는 너무 늦은 나이가 되어 있었다.

그사이에 나는 집에서도 나가지 않게 되었다. 어디까지고 보잘 것없어져 가는 나를 엄마는 결코 탓하지 않았다. 그 다정함은 천천히 내 목을 조르고 있었다. 줄곧 함께 있기에 엄마가 무슨 생각을 하고, 뭐라 말을 걸면 좋을지 몰라 망설이고 있는 것을 이해할 수 있었기 때문이다.

"저기, 괜찮으면, 우리 가게 일을 도와볼래?"

할머니에게 물려받은 가게의 상품을 다뤄보라며 온화한 말투로 엄마는 내게 말을 걸었다. 걱정하는 듯한 그 말의 뒤에 감춰진 의도는 달랐다.

"이제 그만 현실을 봐"라고 말하고 있는 것이다.

엄마의 제안을 거절할 만한 인생 경험이 내게는 없었다.

그 후로 나는 할머니 가게에서 엄마와 함께 일했다. 옛날처럼 가게 앞에서 노래하거나 하는 일은 없었다. 그저 역할을 다한 물건들이, 아무도 거들떠보지 않게 된 물건들이, 다음 주인에게 보내지는 것을 바라보는 매일.

언젠가 꿈이었던 무대에 서고 싶다.

그런 바람은 내가 다음 걸음을 내디딜 때마다 끝없이 멀어져갔다. 그래도 깨끗하게 포기하지 못했던 것은, 그것 말고는 내게 살아갈 길이 없기 때문이다.

"실례합니다."

그러던 어느 날의 일이었다. 마침 엄마가 자리를 비운 타이밍에, 골동품 가게에 한 손님이 방문했다.

담청색 머리카락의 여성.

검은 로브, 삼각 모자, 별을 본뜬 브로치.

창천의 마녀, 안네롯테였다.

"……윽."

어떤 얼굴을 하면 좋을지 알 수 없었다. 가슴이 옥죄어든다. 숨이 막힌다. 사이가 나쁜 것도 아니다. 그저 예전에 같은 곳에 있었다는 것뿐.

"……어서 오세요. 찾는 게 있으신가요?"

나는 아무 일도 없었던 것 같은 얼굴을 하고서 그녀를 접객했다. 평정을 가장하는 내게 그녀는 "……아, 아뇨. 근처를 지나가던 참이라" 하고 웃었다.

그리고서 그녀는 자신이 이 주변 출신이고, 이곳이 자신의 원점이라고도 말했다.

"……그런가요."

나는 그 무렵엔 이 가게에 오지 않게 되어 몰랐는데, 유학을 가기 전까지 수년 동안 내 할머니가 그녀에게 마법을 가르쳐주었다고 한다.

그녀에게 있어 **원점**이란 마법을 배운 곳, 이라는 의미의 말인가 보다. 아주 조금 마음이 아팠다. 이 상황에 이르러서도 나는 그녀에게 있어 동경하는 사람이고 싶다고 생각하고 있었던가 보다.

나는 할머니가 이미 오래전에 돌아가셨다는 걸 그녀에게 전했다.

그녀는 고개를 끄덕였다.

"아, 네. 그건 알고 있습니다."

알고 있었구나.

"……그런, 가요"

그래도 때때로, 일로 근처를 지날 때마다 이 가게에 얼굴을 비추었다고 한다. 그리운 이곳에 오는 것으로, 초심을 다시 찾을 수 있다고 그녀는 말했다.

그리고서 잠시 대화를 나눈 다음에, 그녀는 가게를 떠났다. 나에 관해서는 한 마디도 언급하지 않았다.

나는 아무래도 그녀의 기억에조차 남아 있지 않은가 보다.

이때 뭐라 말하면 좋았을까. 당신이 어릴 때, 이 가게 앞에서 노래했고, 당신 머리를 쓰다듬어준 일이 있어요, 기억하나요?

그런 말을 하고 관심을 끌면 조금은 친해질 수 있었을까.

멀어져가는 그녀의 뒷모습을 바라보며, 나는 그런 생각을 했다.

그로부터 며칠 후의 일이다.

나는 할머니의 유품과 가게 물건 정리를 위해, 창고 정리를 부탁받았다. 엄마가 가게를 이어받은 후로 전혀 손을 대지 않은 창고라고 한다. 본격적으로 가게 일을 돕게 되었을 무렵, 귀찮은 일을 떠넘겨 받았다.

"……심하네."

먼지투성이인 창고였다. 넓은 공간은 정말로, 그 누구도 필요로 하지 않을 듯한 물건들로 넘쳐나고 있었다. 온통 잡동사니뿐. 오랜 시간 방치되어 있었나 보다. 안은 곰팡이 냄새로 가득했다.

"……얼른 일을 끝내자."

오래 있고 싶지는 않았다.

누구의 시선도 받지 못하고 구석으로 밀려나 조용히 죽어 있던 물건들. 마치 그것들과 자신이 동류라는 말을 듣고 있는 듯한 기분이 되었으니까.

『침울해 보이네.』

창고의 비품을 정리하고 있을 때였다.

어디선가 들려온 여자아이의 목소리. 주변들 둘러보았지만 시야에 들어온 것은 낡은 물건과 물건과 물건과 물건과 인형 하나.

……인형?

『안녕.』

창고의 선반 위. 작은 인형이 늘어선 책 위에 걸터앉아 다리를 달랑달랑 흔들고 있었다. 작은 눈동자가 나를 바라보고 있었다.

그것은 눈에 익은 생김새를 하고 있었다.

『당신, 고민이 있지? 그런 얼굴을 하고 있어. 괜찮다면 도움이 되어줄까?』

그것은 옛날, 할머니 가게 안에 놓여 있던 인형―― 유리 케이스 안에 들어 있던 물건과 아주 똑같은 생김새를 하고 있었다.

인형은 그러고서, 자신을 '소원을 이뤄주는 인형'이라고 소개했다.

○

"……어머, 또 왔구나."

무대 위에서 저희를 비웃듯이 바라보는 사마라 씨. 마도 지팡이를 움켜쥐면서 그녀는 "몇 번이고 몇 번이고, 고생이 많아" 하고 말했습니다.

아까 안네롯테 씨가 왔던 것은 그녀의 기억에서는 사라져 있을 터입니다만——역시 2주 동안이나 계속 대치하다 보면 익숙해지는 것일 테지요. 조금 전, 무슨 일이 있었는지를 그녀는 대강 이해하고 있었습니다.

"모처럼 일레이나 씨를 구해냈으면서, 다시 데려온 거야? 별로 도움이 되지도 않는데."

……아마도 그녀 안에서는 저를 날려버린 부분에서 딱 좋은 느낌으로 기억이 날아가 있는 것일 테지요. 코웃음을 치는 그녀는 엄청나게 저를 깔보고 있는 듯 보였습니다.

"저 사람 엄청나게 성격이 나쁘네요."

"나랑 싸울 때는 언제나 이런 느낌이야."

손을 잡은 채인 안네롯테 씨와 저는 비어 있는 쪽 손으로 지팡이를 들었습니다. 그리고 천천히 사마라 씨와의 거리를 좁히면서 공격할 기회를 엿보았습니다.

둘이 손을 잡고 싸우면 행동은 제한됩니다. 빗자루에도 못 타고, 마법도 맞부딪히고 말지도 모릅니다.

단기 결전이 바람직하겠군요.

"……사마라 씨. 언제나 말하는 거지만── 가지고 있는 인형을 넘겨주겠어? 당신이 갖고 있어도 될 만한 물건이 아냐. 아주 위험한 물건이야."

"그렇구나. 처음 들었어."

"그야 기억이 사라졌을 테니까."

"그렇다면 내가 뭐라 답할지도 알고 있겠네."

"그래. 이제 그만 이 상황에 싫증을 내줬으면 좋겠는데."

"나는 인형을 넘길 마음이 없고, 이 행복한 날들에서 멀어질 셈도 없어. 미안하지만, 그만 물러나 줘."

"과연, 싫증이 안 났나 보네."

그것은 사마라 씨와 대치하게 된 후로 줄곧 들어왔던 대사였나 봅니다. 옆의 안네롯테 씨는 이런 이런 하고 크게 한숨을 내쉬었습니다.

"그럼 이번에야말로 싫증이 날 정도로 싸울 수밖에 없겠어── 그렇지?"

그리고 안네롯테 씨가 지팡이를 들고 자세를 취했습니다.

마법은 직후에 날아갔습니다. 지팡이 끝에서 몇 개나 되는 불구슬이 넘쳐 나오더니, 뱀처럼 꿈틀거리며 객석 사이를 빠져나가 사마라 씨 곁으로 달려갔습니다.

그리고 사방팔방에서 불구슬이 그녀를 덮쳤습니다.

하지만.

"그거 뭐야? 소용없어."

코웃음 쳤습니다. 사마라 씨의 주위로 어디선가 탁류 같은 물이 쏟아졌고, 안네롯테 씨의 불꽃을 없었던 것으로 만들어버렸습니다.

마력을 싣는 듯한 동작도 없었고, 마도 지팡이를 휘두르는 일조차 없었습니다. 그녀가 가진 마도 지팡이는 아무래도 특제인가 봅니다.

역시 싸움이 길어지면 길어질수록 불리. 저희에게 요구되는 것은 단기 결전.

우선은 방해가 되는 마도 지팡이부터 배제해야겠군요.

"얍!"

그런 연유로 저도 한 발. 여기에 다다르는 동안 몰래 지팡이 끝에 모으고 압축해온 마력을, 지팡이를 휘둘러 날렸습니다.

"——윽!"

무표정. 이면서도 그녀의 시선은 아주 잠시 경악의 빛을 띠었습니다.

탄환처럼 날아간 마력이 그녀의 마도 지팡이 끝에 있던 보석을 꿰뚫고, 산산조각 냈던 것입니다. 이렇게 되어버리면 이제 마법은 쓰지 못할 터입니다.

"으라차!"

그리고 저는 제2홀 전체에 안개를 만들어냈습니다.

언제나 안네롯테 씨가 그리하듯이, 모습을 감추고, 숨어서, 저는 안네롯테 씨의 손을 끌었습니다.

저는 새삼스레 말했습니다.

"갈까요? 안네롯테 씨."

사마라 씨가 저희의 모습을 놓친 순간, 저희와 대치하고 있던 동안의 기억이 사라집니다.

즉, 저희가 숨으면 그때마다 그녀의 기억이 날아간다는 뜻이고, 대응이 늦어질 터입니다. 바꿔 말하자면 안개 속에 숨을 때마다 전국을 리셋하는 것이 가능하지 않을까요? 무엇이든 소원을 이뤄주는 편리한 도구를 가진 그녀의 허를 찌르기 위해서는, 그렇게 해서 **단기 결전**을 반복할 수밖에 없을 테지요.

——적어도, 마도 지팡이를 파괴한 직후인 지금이라면, 새 마도 지팡이를 준비하기 위해 조금은 시간이 걸릴 터. 치기에는 절호의 기회입니다.

"갑니다."

그리고 저는 안네롯테 씨의 손을 끌면서 안개 속을 돌진.

사마라 씨가 있는 곳으로, 닥쳐들었습니다.

"소용없어."

하지만 한 번의 휘두름.

단 한 번의 휘두름, 마도 지팡이를 휘두르는 것만으로 제가 준비한 안개는 사라지고 말았습니다.

마도 지팡이라면 방금, 부수었을 텐데——.

"——갑자기 안개 속에 있어서 뭔가 했는데, 당신들에게 기습

291

당할 뻔한 거였구나."

안개가 걷힌 무대 위에서, 그녀는 키득 웃으며 인형을 손에 들었습니다.

"하지만 소용없어. 나한테는 이게 있거든. 당신들이 마도 지팡이를 망가뜨리든, 내 주변을 안개로 뒤덮든. 어떤 곤란도 이 인형이 있으면 해결해줘. 이것만 있으면 나는 이제 아무것도 필요 없어. 앞으로, 쭉———."

무슨 말을 하는 겁니까.

"당신 탓에 이 도시에서 앞날이 사라져버렸기 때문에 온 거라고요."

잠꼬대하지 말아주세요. 저는 지팡이를 휘두르며 말했습니다.

"저기, 사마라 씨. 부탁이야."

눈을 뜨고서―― 안네롯테 씨는 매달리듯이 말하며, 지팡이를 휘둘렀습니다.

인형은 그녀의 바람도 들어줄까요?

"싫어."

적어도 저희를 향해서 다시 마법을 날린 사마라 씨의 얼굴에는, 저희의 목소리에 귀를 기울일 여유 같은 건 없는 듯 보였습니다.

어둠 같은 탁한 눈동자로 그녀는 마도 지팡이를 움켜쥐고, 저희가 날린 마법에 정면에서 마력 덩어리를 부딪쳤습니다.

직후에 저는 안개를 만들어냈고, 그리고 안네롯테 씨가 안개 속에서 기습을 했습니다. 그때마다 사마라 씨는 "소용없어" 하고 안개를 없애고 마법을 쳐부수었습니다.

저희는 그렇게 정면에서 마주 보며, 몇 번이고 단기 결전을 반복했습니다.

바람대로의 세계에 있는 것치고는 상당히 갑갑해 보이는 얼굴을 하고 있는 그녀에게서, 인형을 빼앗기 위해.

●

『나는 소원을 이뤄주는 인형. 그 이름대로, 사람의 소원과 진지하게 마주하는 멋진 인형이지.』

농담 같은 말을 담담한 어조로 이야기하는 인형은, 여전히 다리를 달랑달랑 흔들면서 나를 바라보고 있었다.

"너는…… 가게에 있던, 인형……?"

기억하고 있다. 할머니가 유일하게 만지는 것조차 허락하지 않았던 신기한 인형이다.

『맞아. 놀라지 않네? 인형이 말하고 있는데.』

"……놀라고 있어."

『그래. 감정이 부족하구나.』

비꼬듯 대꾸한 인형의 말에서도 감정 같은 것은 느껴지지 않았다. 애초에 몸을 가진 인간이 아니니까 당연하다면 당연한 일이지만.

『사람과 만나는 건 오랜만이야. 줄곧 이 방 안에서 지냈거든.』

자신을 '소원을 이뤄주는 인형'이라고 소개한 이 인형은, 말하길 이 나라의 발전을 뒤에서 지지해온 중심인물이라고 한다.

그리고서 인형은.

『나는 어떤 바람이라도 이뤄줄 수 있어』라며 담담하게 이야기
했다.『오랜만에 사람과 만났으니까, 기념으로 네 소원도 이뤄줄
까?』라고도.

　"……수상한걸."

　무슨 말을 하고 있는 걸까.

　갑자기 나타나서, 갑자기 말을 걸어와서, 네가 바라는 대로의
일을 해주겠습니다── 그런 형편 좋은 이야기가 있을 리 없다.

　"대가도 없이 소원을 이뤄주다니 수상해."

　『그럼, 이거라면 어때? 네 소원을 없었던 일로 할 때만, 그 대
가로 네 안에서 가장 가치 있는 걸 받을게.』

　인형은 말했다.

　『그때까지 소원은 얼마든지 이뤄줄게.』

　"가장 가치 있는 것……?"

　『노랫소리 같은 거 말이야.』

　"……!"

　인형은 말했다.

　소원은 몇 개든 거듭해 이뤄주지만, 취소할 때는 한 번에 전부.
하나만 취소하는 건 인정되지 않는다. 잃을 땐 전부 잃는다.

　『자, 어쩔래?』

　"…………."

　이런 수상한 이야기, 누가──.

　『안네롯테에게 갚아줄 기회야.』

인형은 속삭였다.

"……! 안네롯테를 어떻게——."

『인간 안에서 가장 가치 있는 걸 확인하려면 머릿속을 읽어야지.』

"…………."

인형의 눈이 나를 바라보았다. 속을 꿰뚫듯이.

『오랫동안 고생했구나. 노력해도 인정받지 못하고, 아무도 거들떠보지 않아. 모두 하나같이 너를 우습게 여겨. 너한테는 아주 멋진 재능이 있는데.』

"…………."

『안네롯테가 순풍에 돛 단 것 같은 인생을 살아온 게 마음에 들지 않아. 그 애가 반짝이면 반짝일수록 자신이 비참해 보이니까.』

"그만둬."

『어릴 땐 마을 사람들 모두가 너를 응원해줬는데, 나이를 먹은 것만으로 가망이 없다고 판단 받고, 모두가 너를 시야 밖으로 몰아내지. 가끔 느끼는 시선은 연민의 눈빛. 그런 사람들을 용서할 수 없어. 원망스러워. 언젠가 갚아주고 싶어. 꼴 좋다고 말해주고 싶어.』

"……그만둬."

『너는 지금까지 너무 불행했던 탓에 행복한 것에 내성이 없구나. 불쌍하게도. 우선은 네가 마음속 깊이 바라고 있는 소원을 이뤄줄게.』

"……뭐?"

내가 고개를 든 순간이었다.

창고에 불이 붙었다. 나와 인형을 포위하듯이.

"……무슨."

대체 무슨 짓을, 하는 거야? 당황했다. 숨이 막혀 목소리가 나오지 않았다. 나는 이런 걸 바라지 않았는데──.

『가게 따위, 없어져 버리면 좋을 텐데. 그렇게 생각하잖아?』

"……아냐, 나는, 그런 거──."

『하지만 네 머릿속은 그렇게 말하고 있는걸?』

인형은 내게 속삭였다.

『나한테는 재능이 있는데 아무도 인정해주지 않아. 그런 세상을 용서할 수 없어. 우연히 잘 풀렸을 뿐인데, 태평하게 지내는 안네롯테를 용서할 수 없어. 나를 제쳐두고 사람들에게 사랑받는 그녀를 용서할 수 없어. 하지만 그런 생각을 하는 나는 더 싫어.』

인형은 웃었다.

『이런 세상에서 사는 건 숨 막히지? 싫지? 자, 내게 소원을 빌어봐. 네 소원은 내가 이뤄줄 테니까──.』

서서히, 서서히.

불이 창고를 감싸간다. 바닥에서 기어 올라온 불은 일렁일렁 흔들리며 오래된 물건들을 쓰다듬고, 그 손을 위로 위로 뻗어갔다.

이윽고 이곳 전체가 불길에 휩싸이리라.

『자, 어서.』

결단하지 않으면, 죽거든? 인형은 웃었다.

물러날 곳 같은 건 없었다. 깨닫고 보니, 내게는 선택지가 하나밖에 남아 있지 않았다.

지금까지의 인생처럼.

그래서 나는——.

"——괜찮으세요?!"

뜨거운 숨을 들이쉬고, 대답하려던 그때였다.

창고 문을 차 부수고 한 마녀가 나타났다.

안네롯테였다.

"불길이 엄청나……! 위험해요! 이쪽으로 와요!"

그녀는 입구 쪽에서 내게 손을 뻗었다.

『아아, 구하러 왔네. 괜찮겠어? 이 기회를 놓쳐도.』

선반 위에서 인형이 웃었다.

"——어서!"

그녀가 손을 뻗는다.

『어떡할래?』

인형이 묻는다.

입구에서 내게 손을 뻗는 안네롯테와 나는 서로를 바라보았다. 필사적인 얼굴을 하고 있었다. 분명 창고에서 불길이 오르는 것을 확인하고 서둘러 날아온 것이리라.

그녀는 도시 사람들을 전부 돕는 정의의 수호자니까.

"……아, 그렇구나."

나는 이때에 이르러, 겨우 깨달았다.

그녀가 보기에, 나는 **손을 내밀어 주어야만 하는 약자**로만 보이는 것이라고. 고작 조금 노력한 정도로는 메울 수 없을 만큼 처지에 차이가 생기고 만 것이라고.

그래서 나는 바랐다.

딱히 상관없잖아. 그녀도 그저 우연히 잘 풀렸을 뿐인 거니까. 그저 우연히 운이 좋아서 인형이 소원을 들어준다고 해도, 상관없잖아.

"──부탁해, 인형."

그래서 나는 소원을 빌었다.

내 바람대로의 세계가 되도록.

눈에 거슬리는 것이 없는 세계가 되도록.

○

"기억이 계속 날아가…….."

제가 안개를 펼치고, 안네롯테 씨에게 공격을 하게 하는 건 이걸로 여덟 번째. 그렇지만 여전히 그녀는 지루하다는 얼굴을 하고서 저희의 공격을 계속 쳐냈습니다.

"……대체 몇 번 반복하면 직성이 풀리겠어? 소용없다고. 전부 소용없어. 너희가 아무리 노력해도, 나한테는 절대 못 이겨."

아무래도 소원을 무엇이든 이뤄주는 인형이라는 것의 힘은 건재한가 봅니다.

몇 번인가 마도 지팡이를 파괴했습니다만, 조금 지나면 마치 망가진 사실조차 없었던 것처럼 원상 복귀. 그리고 방대한 마력으로 저희에게 덤벼드는 것입니다.

"……곤란하네."

아하하 하고 안네롯테 씨는 가볍게 웃으면서도 눈썹을 찌푸렸습니다. 저희는 지금까지 몇 번이고 온 힘을 다해서 마법을 날렸습니다만, 그래도 결판을 내는 데는 미치지 못했습니다.

인형만 회수하면 그걸로 끝나는 이야기입니다만—— 애초에 사마라 씨는 저희에게 접근할 틈조차 주지 않았습니다.

"소용없는데…… 소용없는데, 몇 번이고 몇 번이고 나한테 덤벼도……. 너희는 뭘 하고 싶은 거야……?"

한숨을 섞어가며 말하는 사마라 씨. 그 눈은 어이없어하고 있었습니다. 아무런 희망도 품는 일 없이, 전부 포기한 듯한 눈을 하고 있었습니다.

몹시 지루해 보이는 그녀에게 안네롯테 씨는 말했습니다.

"소용 있을지 없을지는 아직 모르는 거잖아."

명랑한 그녀치고는 아주 조금 말투가 강했고.

"계속하고 있는 동안엔 그게 소용 있는지 없는지 모르는 거야. 언제나 결과는 나중에 따라오니까."

그러니까 지금 이렇게 마주하고 있는 것도 소용없는 일이 아냐.

그녀는 딱 잘라 말했습니다.

"……흥."

그 말에 사마라 씨는 코웃음을 쳤습니다.

"어차피 너 따위, 시야에서 벗어나면 바로 잊어버릴걸. 아니면 뭐야? 똑같은 얘기를 반복할 셈?"

"하하하하! 얕보지 말아 줄래?"

말하면서 안네롯테 씨는 지팡이를 들었습니다.

지팡이에서 생겨난 마력을 자신의 다리를 향해 날리고, 마력을 띤 다리로 그녀가 통하고 가볍게 바닥을 차자, 순식간에 스테이지 끝에서 중앙까지, 저희는 날아갔습니다.

"이쪽은 매번 매번 당신에게 같은 이야기를 했었어──."

그리고 저희는 그녀의 등 뒤를 잡았습니다.

"──읏! 소용없어!"

오늘, 귀가 아플 만큼 들은 말입니다. 괴로운 듯 그녀에게서 새어 나온 말입니다. 몇 번이고 사마라 씨는 반복했습니다.

소용없다. 소용없다. 이런 짓을 해본들 아무런 의미도 없다.

분명 이번에도, 그리되리라 생각하고 있을 테지요.

"이제 그만, 내 이야기에 귀를 기울여줬으면 좋겠는데──!"

지근거리에서 안네롯테 씨가 마법을 날렸습니다.

"읏……! 그러니까, 그런 짓을 한들──!"

소용없어.

마도 지팡이를 한 번 휘두르는 것으로, 혼신의 마법은 상쇄되었습니다. 그래도 안네롯테 씨는 다시 지팡이를 움켜쥐었습니다만, 거리를 지나치게 좁힌 것이 오히려 안 좋은 결과가 되었는지도 모릅니다. 사마라 씨가 휘두른 마도 지팡이에서 새어 나온 마법이 안네롯테 씨의 지팡이를 덮쳤고.

부서졌습니다.

"……읏! 지팡이가 없어도!"

순간적인 판단이었습니다. 안네롯테 씨는 더는 쓸 수 없게 된 지팡이를 던져버리고, 저와 잡고 있던 손을 놓고, 사마라 씨의 마도 지팡이를 차 날렸습니다.

——달카당, 하고 멀리서 마도 지팡이가 구르는 것과 거의 동시에, 안네롯테 씨는 사마라 씨에게 달라붙었습니다.

"이, 이것 놔!"

오늘 처음으로 들었는지도 모릅니다. 사마라 씨의 당황한 목소리.

"떨어져!"

그리고 그녀는 제게 눈짓을 했습니다.

나도 같이 해버려, 그렇게 말하는 것처럼 보였습니다.

제게 망설임은 없었습니다. 그것이 이 도시를 지키는 수호자님의 부탁이라면 들어주기로 하지요. 사마라 씨, 그리고 안네롯테 씨에게서 시선을 떼지 않도록 하며 저는 지팡이에 마력을 실었습니다.

"미안해요."

가능한 한 힘 조절은 할게요, 하고 말하면서.

그러고 보니 아까 여기 왔을 때 순식간에 제법 멀리까지 날려 갔던 일이 떠오른지라, 저는 직전에 위력을 배로 늘리고서 그녀의 배에 마법을 날렸습니다.

"에잇!"

그런 목소리를 내면서.

그리고 거의 같은 타이밍에, 사마라 씨의 손이 저와 안네롯테 씨, 두 사람에게 닿았습니다.

마도 지팡이를 잃은 그녀가 닿기만 하는 걸로 대체 무얼? 하는 생각이 한순간 머릿속을 스쳤습니다. 그러나 생각해보면 그녀는 지금 어떤 소원이든 이뤄주는 편리한 인형을 갖고 있습니다.

"……날려버려."

그렇게 바라면, 당연히 바람대로 되는 것입니다. 마법도, 마도 지팡이도, 필요 없습니다.

그 결과, 어찌 되었는가 하면.

저희 세 사람은 제각기 사이좋게 날려갔습니다. 저와 안네롯테 씨는 사이좋게 겹쳐져 스테이지의 어둠 속까지.

사마라 씨는 객석 가장 안쪽까지.

사마라 씨의 일격은 상당히 묵직했습니다. 마법이라기보다는 배를 납덩어리로 친 것 같은, 바로는 일어날 기력조차 생기지 않을 정도의 일격이었습니다.

"아파……!"

제 바로 위에 겹쳐져 꿈틀대는 안네롯테 씨. 일단 무사한 것 같아 다행입니다만 매우 무거우니 냉큼 비켜주었으면 하는 바입니다.

완전히 피폐해진 저희와 달리, 객석까지 날아갔던 사마라 씨는 바로 일어났습니다.

"……안 돼."

띄엄, 띄엄, 중얼거리면서 그녀는 한 걸음씩 스테이지로 걸음을 옮겼습니다. 비틀비틀한 걸음걸이로, 고개를 떨구고서.

"이제, 전부 다 소용없어—— 미안해. 나 때문에……."

그리고 그녀는, 눈물을 흘리며 말했습니다.

"이제, 당신들은, 내가 살아 있는 한 두 번 다시 여기서 나갈 수 없어——."

●

인형은 내 꿈을 이뤄주었다.

그날부터 멋진 세계가 내 눈앞에 펼쳐졌다. 잠시 길을 걷기만 해도 사람들은 악수를 요청했고, 당신을 동경합니다 하고 기뻐하며 말했다.

아무래도 나는 안네롯테와 같은 입장의 인간이 된 모양이었다.

다른 건 제자가 있고, 지금은 그 제자가 도시를 지켜준다고 되어 있다는 점.

그리고 오늘, 개화의 회당에서 사상 첫 콘서트를 열게 되어 있다——라는 것.

"이게 정말로…… 현실이야……?"

나는 인형에게 물었다.

손안에 있는 작은 인형은 역시 담담하게 대답할 뿐이었다.

『보이는 그대로 현실이야. 여기는 네가 가장 바란 세계. 도시 사람 모두가 너를 신뢰하고 있어. 도시 사람 모두가 네 노력을 인정하고, 도시 사람 모두가 네 노랫소리를 듣고 싶어 해. 도시 사람 모두가 네게 감사하고 있어.』

그리고.

인형은 말했다.

『창천의 마녀 안네롯테는, 존재하지 않아.』

그게 네가 이상으로 여긴 나라야, 라고.

안네롯테가 없다. 존재하지 않는다.

그것은 정말로 내가 원한 것일까. 내 머릿속을 들여다본 인형은, 그 후로 어떤 소원이든 다 이뤄주었다.

멋진 드레스를 주었다.

힘이 고갈되지 않는 마도 지팡이를 주었다.

온 도시에 내 콘서트 포스터를 배포해주었다.

내 제자라는 설정인 밀리나리나라는 소녀는 본 적이 있었다. 분명 안네롯테를 언제나 따라다니던 아이였다.

뭐, 그것도 내가 나라를 바꾸기까지의 이야기다.

"역시 사마라 님은 대단해. 나도 사마라 님처럼 될 수 있으면 좋을 텐데."

첫 콘서트를 위해 개화의 회당으로 향하자, 밀리나리나가 말을 걸어왔다. 그녀 안에서 그녀와 나는 가까운 사이인 것이리라.

"저기, 나, 노력해서 몽롱의 마녀를 잡을 테니까, 그때는 나를 어엿한 한 사람으로 인정해줘."

몽롱의 마녀.

사람의 기억에도 남지 않는 신기한 마녀. 이 나라에서 옛날부터 쓰여온 평범한 표현 중 하나다. 밀리나리나는 그것을 쫓고 있다고 한다.

사실 몽롱의 마녀는 실재한다고 한다. 아무래도 좋았다. 나를 동경하는 여자아이 같은 건.

"그래. 응원할게." 나는 그녀에게 다정하게 대하지도 엄격하게 대하지도 않았다. 관심이 없었기 때문이다.

그리고 그 후 나는 인생 첫 콘서트를 개화의 회당에서 열었다. 넓은 홀 안을 관객이 가득 채웠다.

막이 오르자, 기대와 꿈으로 넘치는 눈빛이 모든 자리에서 쏟아졌다. 그것은 나의 모든 것을 긍정해주는 따뜻한 시선이었다.

나는 그 자리에 있는 사람들에게 감사의 마음을 전하고, 그리고 열심히 마음을 담아서 노래하겠다고 선언했다. 그저 지극히 당연한 말을 늘어놓는 것만으로도 객석의 사람들은 깊게 곱씹고, 끄덕이고, 눈물을 흘렸다.

일단 노래가 시작되자 회장은 정적에 감싸였다.

내 목소리만이 주위의 모든 것을 떨게 한다.

긴장했다. 많은 사람의 시선을 받는 것은 처음이었으니까. 목소리가 나오지 않았다. 홀로, 주변이 온통 어둠으로 감싸인 속에서 고독하게 노래하는 것에, 공포를 느꼈다.

내가 무대에서 선보인 것은 평소 목소리와는 전혀 다른 못난 노랫소리였다. 그저 나는 추태를 보이고 있었다.

노래가 끝나자 사람들은 마치 미리 약속이라도 한 것처럼 일어나 극장을 박수갈채로 감쌌다. 내 노랫소리보다도 훨씬 커다란 환희였다.

내 노래는 더할 나위 없이 훌륭하다고 사람들은 나를 북돋아 주었다.

모두가 나를 사랑해준다.

모두가 나만을 바라봐 준다.

사실은 이 자리에 설 자격 같은 건 없는 평범한 여자 하나를, 사람들은 칭찬했다. 그러나 사람들에게 갈채를 받을 때마다, 그들이 내 노랫소리 따위는 듣고 있지 않다는 것이 명백해졌다.

제대로 들었다면 도저히 못 들어줄 노랫소리였으니까.

그 무렵이 되어서야 나는 겨우 깨달았다. 무대에 계속 서려면 흔들림 없는 실력이 있어야만 한다는 걸.

그리고 안네롯테에게는 그것이 있었고, 내게는 그것이 없었다.

나는 개화의 회당에 선다고 하는 꿈을 이루고서야 겨우 깨달았다. 내게 재능 따위는 없었다는 것을.

그날부터, 매일의 반복이 시작되었다.

다음 날도, 다음다음 날도, 사상 첫 콘서트가 열리게 되었다. 나는 당황했다. 어째서 이런 일이 되어버린 것인지 이해할 수 없었다. 그래서 인형에게 물었다.

『응? 너 스스로 알고 있잖아?』

인형은 말했다.

『사상 첫 콘서트에서 하루라도 지나면, 네가 바란 **모든 사람에게 사랑받는 하루**가 아니게 된다는 것쯤, 알고 있잖아?』

마을 사람들이 내 첫 콘서트에 기대를 하고 있는 건, 아무도 내 노랫소리를 들은 적이 없기 때문이다. 일단 내 노랫소리에 귀를 기울이면, 개화의 회당을 대관할 정도의 매력이 없다는 것을 알게 되고 만다.

그래서 첫 콘서트에서 앞으로 나아가지 못하는 것이다.

나는 그 후로 며칠이고 며칠이고, 같은 하루를 반복하며 노래를 계속 불렀다. 그래도 내일로 나아갈 수 없었다.

노래할 때마다 내게는 실력이 없다는 것을 통감했다. 박수갈채를 받을 때마다, 가슴이 옥죄었다. 그래도 나는 하루하루를 반복했다.

며칠이 지났을 무렵에, 나날의 반복에 변화가 생겼다. 때때로, 내 기억이 날아가는 일이 생긴 것이다. 매일을 반복하게 되기까지 이런 일은 일어난 적이 없었다.

매일 밤에 밀리나리나는 그날의 성과를 내게 전하러 온다. 날에 따라서 그 성과는 달랐다. 어느 날은 동쪽 거리에서 몽롱의 마녀와 마주쳤다. 어느 날은 서쪽 거리. 어떤 날은 개화의 회당에서.

나는 바로 눈치챘다. 안네롯테가 살아 있는 거라고.

"어떻게 된 거야?"

나는 바로 인형에게 물었다. 안네롯테는 존재하지 않는다고 말했을 터.

『나는 네 소원을 이뤄줬을 뿐. 네 본심은, 그녀가 너와 같은 처지가 되기를 바랐나 보네.』

그건 즉.

"……내가 누구의 기억에도 남지 않는 몽롱의 마녀 같은 존재였다고 말하고 싶은 거야?"

『글쎄?』

인형은 웃었다.

그리고서 나는 며칠이고 며칠이고 같은 하루를 반복했다. 그래도, 몇 번을 반복해도, 나는 완벽한 콘서트를 할 수 없었다.

반복하면 반복할수록 내가 그렸던 완벽한 모습에서 멀어져갔다.

"…………."

일주일이 지났을 무렵에, 나는 겨우 통감했다.

내 노랫소리는, 설령 무대에 선다 해도 누구의 마음도 울리지 못했다. 그래서 나는 인형에게 빌었다.

콘서트를 완벽하게 해낼 정도의 노랫소리를.

하지만.

『그건 무리려나.』

인형은 이때도 웃었다.

『너한테 노랫소리를 줘버리면, 도시의 모든 사람들이 네 노력을 인정한다고 하는 소원을 파기하는 게 돼.』

받은 노랫소리는 노력으로 얻은 것이 아니니까 무리. 인형은 딱 잘라 그렇게 답했다.

그것은 즉, 아무리 발버둥 쳐도 오늘에서 미래로는 나아갈 수 없다는 뜻이기도 했다.

나는 이때야 겨우 덫에 걸렸다는 것을 깨달았다. 이 인형은 친절한 척을 하며 인간에게 접근해, 결국 처음부터 내 가장 소중한 것을 빼앗을 셈이었던 것이다.

"……그렇다면" 그만 됐어.

가수가 되는 꿈을 포기하라는 것이리라.

"내 노랫소리를 빼앗고, 소원을 전부 없었던 일로 해줘."

나는 꿈을 포기하겠다고 인형에게 말했다. 첫 콘서트를 몇 번이고 반복했을 무렵부터 각오는 하고 있었다. 그런 예감은 하고 있었다. 결국, 내가 바란 대로 되는 세계란 환상이었던 것이다.

하지만.

『그것도 무리려나.』

인형은 같은 말을 다시 반복했다.

"……어째서?"

그저 망연자실한 나를 보며 인형은 웃었다.

『너도 알잖아? 그게──.』

네 노랫소리에 가치 따위 없잖아.

인형은 말했다.

『너한테는 이제, 목숨 정도밖에는 내놓을 게 없어.』

나는 훨씬 전부터 그랬다.

결국 이번에도 그랬다. 언제나 내가 깨달았을 때는 모든 것이 이미 늦었고, 어찌할 수도 없는 상황에 빠져 있다. 미래에 희망 따위 없이, 그저 매일을 살아갈 뿐.

이전과 명확하게 다른 것은, 내게는 이제 물러날 곳도 아무것도 없었고.

죽음 이외의 선택지 같은 건 남아 있지 않다는 것.

"……어쩌지, 어쩌지……."

눈물을 흘려본들 도와줄 사람은 없다. 누가 믿어줄까. 인형의 꼬드김에 넘어가 이런 세계를 바랐다는 걸.

누구에게도 말할 수 없는 고통을 끌어안은 채, 나는 하루하루를 그저 계속 살아갔다. 도움을 요청하지도 못하고, 어찌하지도 못하고, 나는 죽을 각오가 생길 날을, 그저 기다렸다.

그리고 마녀 일레이나와 안네롯테, 두 사람이 왔다.

나만 쓰러뜨리면, 원흉을 제거하기만 하면 분명 사태는 해결된다고 생각하고 있는 것이리라. 그건 큰 착각이다.

사태가 호전되는 일 따위, 없다.

"이제, 전부 다 소용없어—— 미안해. 나 때문에…….."

자포자기한 나는, 객석에서 소리쳤다.

"이제, 당신들은, 내가 살아 있는 한 두 번 다시 여기서 나갈 수 없어——."

사과한들 용서받을 수 있을 만한 일이 아니지만. 나는 그저 두 사람에게 사과했다.

말려들게 해서 미안해.

하찮은 인간이 허세를 부려서 미안해. 부디 용서해줘—— 지금까지 계속 자신 안에 억눌러왔던 감정은, 한 번 토해내자 멈추지 않았다.

눈물과 함께 말이 새어 나왔다.

더 빨리 깨달았으면 좋았을 것을. 나는 아무것도 할 수 없다고.

더 빨리 포기했다면 좋았을 것을. 나는 아무도 행복하게 만들수 없다고.

"과연. 사정은 잘 알았습니다."

무대에서 일어선 안네롯테는.

그리고서 나를 바라보며 미소 지었다.

"그럼, 내가 나설 차례로군요."

그 손에는 내 인형이 들려 있었다.

○

"어느 틈에——."

사마라 씨는 경악하며 눈을 크게 뜨고, 자신의 품을 뒤적였습니다. 있을 리 없는 인형이 나오는 일은 없었습니다.

아마도 조금 전 사마라 씨에게 달라붙었을 때 몰래 빼앗은 것일 테지요. 도시의 평화를 지키는 수호자인 것치고는 손버릇이 안 좋은가 봅니다.

"……돌려줘. 뭘 할 셈이야? 그건 네가 갖고 있어서 좋을 물건이 아냐——."

천천히 스테이지로 다가오며, 사마라 씨는 말했습니다.

하지만 안네롯테 씨는 천천히 고개를 저으며 웃었습니다.

"거절."

인형을 양손으로 만지며, 그녀는 바라보았습니다. 이윽고 손안의 인형은 『너는 뭘 바라지?』하고 담담하게 말을 걸었습니다.

"사마라 씨가 이룬 소원을 없었던 일로 해줘, 라고 바라면 어떻게 되려나?"

『네 안에서 가장 가치 있는 것 받을 거야.』

"내 안에서 가장 가치 있는 게 뭔데?"

『당신이라면 마력.』

인형은 웃었습니다.

『마력을 줘. 그러면 그 소원을 들어줄게.』

앞으로 남은 인생에서 이제 두 번 다시 마녀로 활동하지 못하게 되어도 괜찮다면. 지금까지 마법을 배운 날들이 전부 없었던 일이 되어도 괜찮다면. 소원을 없었던 걸로 해줄게.

인형은 웃으면서 답했습니다.

그럴 각오가 있어? 하고.

"──과연."

도발적인 인형의 물음에 안네롯테 씨는 그저 신묘한 얼굴로 고개를 끄덕일 뿐이었습니다.

도시를 지키는 수호자 안네롯테 씨.

그녀가 지금, 무슨 생각을 하고 있는지는── 저도, 사마라 씨도, 손바닥을 들여다보듯 알 수 있었습니다.

"……바보 같은 짓 하지 마!"

사마라 씨가 스테이지로 달려갔습니다. 안네롯테 씨에게서 인형을 빼앗기 위해.

"네가 마법을 희생할 필요 같은 건 없어! 내가 벌인 일이야. 내가, 내가 책임을 지고 죽어야만, 그것 이외의 방법은──."

이 도시를 지켰던 본래의 수호자의 미래를 지키기 위해, 사마라 씨는 필사적으로 소리쳤습니다. 하지만 그녀가 안네롯테 씨의 곁까지 다가가는 일은 없었습니다.

스테이지로 올라갔을 때, 그녀는 마법으로 몸을 구속당하고 말았으니까요. 손을 뻗으려 해도, 팔다리를 묶은 마법의 선이 그녀를 그 자리에 머물게 했습니다.

"……! 마법? 어째서——."

당황하는 사마라 씨.

안네롯테 씨의 지팡이는 조금 전에 분명 망가졌을 터입니다. 마법 따위 날릴 수 있을 리 없습니다. 그러니까 그, 당연히, 마법을 쓰고 있는 것도 그녀가 아닙니다. 그럼 누구인가? 그렇습니다. 저입니다.

"……미안해요."

이번에야말로 진지하게 저는 사과했습니다. 사마라 씨의 바람에 어긋나는 짓을 하고 있다는 자각은 당연히 있었습니다. 그러나 어쩔 수 없습니다.

이것이 안네롯테 씨가 바란 일이었으니까요——.

"고민을 안고서 살아가는 건 괴롭지. 비밀을 갖고 지내는 건 힘들지."

안네롯테 씨는, 웃어 보였습니다.

"하지만 괜찮아. 전부 내가 어떻게든 할 테니까."

그러니까 걱정하지 마.

그녀는 말하면서 제게 눈짓을 했습니다.

여기에 오기 전의 이야기입니다.

안네롯테 씨는 제게 계획을 밝혀주었습니다. 그것은 아주아주 단순한 방법이었습니다.

"할머니한테 배웠는데── 그 인형은, 소원을 이룰 때는 아무런 대가도 요구하지 않아. 다만 소원을 없었던 일로 하기 위해서는, 본인의 소중한 것을 대가로 요구한다고 해."

즉, 끝없이 소원을 계속 이뤄주고, 돌이킬 수 없게 되었을 때 인형은 대가를 지불하게 할 셈인 것이겠지요.

그래서, 하고 그녀는 말을 이었습니다.

"내가 대신 대가를 지불할 거야."

"…………."

그렇게 하면 원래대로 돌아갈 수 있어. 그녀는 말했습니다.

그 말이 무엇을 의미하는지는 물을 것까지도 없었습니다.

안네롯테 씨가 지불할 대가가 무엇인지는, 말할 것까지도 없을 테지요.

"……그것밖에 방법은 없는 겁니까?"

"아마도."

제게 고개를 끄덕인 그녀는 어딘가 즐거워 보였습니다.

"후후후, 분명 내가 마녀로 있을 수 있는 것도, 오늘이 마지막이겠네."

하지만, 이것밖에 방법이 없어.

입을 다문 제게 그녀는 말했습니다.

"그러니까 일레이나 씨. 협력해줄래?"

네 힘이 필요해──라고.

"그만둬……! 부탁이야, 그만둬! 나를 위해 네 재능을 희생할 필요 없어! 이건 내가 벌인 일이야. 내가, 내가 마무리를 지어야만──."

"다른 사람이 일으킨 문제를 없었던 일로 만드는 게 수호자님의 일이야. 사마라 씨."

"하지만──."

"괜찮아."

여기에 다다르기까지 분명 고민도 있었을 것입니다.

그래도 그녀는 갈등을 덮어 감출 정도의 미소로 답했습니다.

"나는 마법사라서 사람을 돕고 있는 게 아냐. 마법 같은 거 없어도, 나는 내가 살고 싶은 대로 살아 보일 테니까."

마법사라는 것만이, 내가 살아갈 길은 아니야.

그녀는 말했습니다.

"그러니까, 지켜봐 줘."

앞으로의 나를, 지켜봐 줘──.

그녀는 인형을 끌어안았습니다.

그리고, 하얀 눈 부신 빛이, 저희를 감쌌습니다.

○

그것은 마치 긴 꿈을 꾸고 있는 것만 같았습니다.

눈을 뜨자, 저희는 여전히 개화의 회당 안에 있었습니다. 스테이지 위에서 사이좋게 셋 함께 푹 잠들어 있었나 봅니다.

몸을 일으키니 뒤따라 안네롯테 씨가 눈을 떴습니다.

"안네롯테 씨——."

기억이 사라지는 일은 없었습니다. 저는 그녀가 안네롯테 씨라는 걸 알고 있었습니다.

지금까지 사라졌던 기억 전부가 제 머릿속으로 돌아왔습니다.

저는 그녀와 지냈던 날들의 일을 기억하고 있었습니다.

"해냈어. 일레이나 씨."

해냈다고—— 짧은 숨을 토하고, 그녀는 가볍게 웃었습니다.

"어째서……."

가장 마지막으로 일어난 것은 사마라 씨.

저희처럼 일어서지는 않았습니다. 그저 천천히 몸을 일으킨 그녀는, 그 자리에 주저앉아서 어깨를 떨며 울음을 터뜨리고 말았으니까요.

"당신이 나를 위해 그렇게까지 할 필요는——."

작은 어린아이처럼, 커다란 눈물방울을 떨어뜨리며, 그녀는 나라를 지키던 마녀가 사라지고 만 것을 한탄했습니다.

"아하하하. 나는 딱히 신경 쓰지 않아요."

정작 본인은 마치 아무 일도 없었던 양 태연했습니다. 그게 뭐 어떠냐고 말하고 싶은 것처럼 보일 지경이었습니다.

그녀 안에서는, 이미 한참 전에 마음의 정리가 되어 있었는지도 모릅니다.

"나는 딱히 마법 같은 거 없어도 괜찮아."

그녀는 사마라 씨의 눈앞에서 허리를 낮추고, 흐느껴 우는 그녀의 머리카락을 쓰다듬어주었습니다. 그야말로 작은 어린아이에게 그리하듯이.

"나한테 마법이 없어도, 내가 나인 건 달라지지 않으니까."

그녀는 그리 말하며 웃어 보였습니다.

"……안네롯테."

사마라 씨는 고개를 들었습니다.

"아, 드디어 나를 제대로 봐줬어."

그렇게 말하고 안네롯테 씨가 지은 것은 오늘 중 가장 환한 웃음이었습니다.

"지금까지 쭉 나를 봐주지 않아서, 나 섭섭했거든요? 사마라 씨."

정말 기뻤던 것일 테지요.

안네롯테 씨에게 있어 사마라 씨는, 꿈을 준 사람이니까요. 그런 사람을 구할 수 있었던 것은 그저 영광이었을 테지요.

"실은 저, 줄곧 사마라 씨와 직접 이야기를 나누고 싶었어요."

나라로 돌아오고서, 줄곧, 몇 년이고 참았어요.

순간 눈을 반짝이며 안네롯테 씨는 말했습니다. 그녀도 역시 작은 어린아이처럼 눈을 빛내고 있었습니다.

아무리 어른이 되었어도, 어린 시절의 추억은 줄곧 소중하게 여기고 있었던 것입니다.

사마라 씨도.

그리고 안네롯테 씨도.

"……느긋하게 이야기를 나누기에 여기는 좀 지나치게 넓네요."

개화의 회당의 제2홀은 격전 탓에 처참한 상태였습니다. 귀찮으니 안네롯테 씨에게 적당히 고쳐두라고 하고 싶었지만, 그러고 보니 그녀는 이제 마법을 쓸 수 없었지요.

아무래도 제가 고칠 수밖에 없나 봅니다.

그러나 공짜로 일하는 건 제 성격에 안 맞습니다.

그런고로.

"여기는 제가 고쳐드리죠. 하지만, 괜찮다면 그 후에 답례로 두 사람에게 밥을 얻어먹을 수 있다면 좋겠다, 하는 생각이 드는데. 어떤가요?"

저는 제안했습니다.

사실 저, 괜찮은 가게를 알고 있거든요. 하고.

○

격렬한 전투로 엉망이 된 개화의 회당의 제2홀을 마법으로 후 다닥 수리한 다음, 저는 사마라 씨와 안네롯테 씨를 데리고 한 고급 레스토랑을 방문했습니다.

그곳은 레스토랑이면서, 미술관 같은 분위기를 자아내는 멋지고 재미있는 가게.

마침 저희가 방문한 시간대에는 손님이 없었고, 거의 전세를 낸 것이나 다름없는 상태였습니다.

그건 그렇고, 신경 쓰이는 것은 도시 사람들의 상태였습니다. 같은 하루를 반복했던 사람들은── 인형이 만든 세계에서 풀려난 사람들은 대체 어찌 되었을까요.

결과부터 말씀드리자면 도시 사람들은 반복을 계속했던 2주간의 일을 기억하고 있었습니다.

갑자기 나타난 가희 사마라에게 심취해 콘서트에 갔었던 날들의 일을 사람들은 기억하고 있었습니다. 기억하고 있었지만 어째서 그녀를 깊게 사랑했는지, 어째서 매일같이 다녔는지, 어째서 갑자기 사라졌는지. 그들은 때때로 의문을 품었습니다.

도시 사람들에게는 사정을 설명해야만 할 테지요.

"내가 이것저것 설명해야 할 것도 있으니까, 뒷일은 맡겨줬으면 해."

제 맞은편에 앉은 안네롯테 씨는 말했습니다.

"지금의 나는 창천의 마녀가 아니게 된 동시에, 몽롱의 마녀도 아니게 되었으니까."

마을 사람들도 이야기에 귀를 기울여줄 거야, 하고 그녀는 말했습니다.

그 옆에서 면목 없다는 듯이 고개를 숙이고 있는 것이 사마라 씨.

"미안해……."

개화의 회당에서 몇 번이고 했던 말을 여기서도 하고 있었습니다.

옆의 안네롯테 씨가 비교적 어찌 되든 상관없다는 얼굴을 하고 있는 탓에 그녀들을 둘러싼 일이 심각한 것이었는지 어떤지 잘 알 수 없게 되었습니다.

"사마라 씨, 신경 쓰지 않아도 돼요. 어차피, 앞으로의 일에 관해서도 공표해야만 하니까. 게다가 인형에 관해서도 모두에게 이야기해야 하고."

덜컹하고 안네롯테 씨는 작은 유리 케이스에 담긴 인형을 테이블에 올려놓았습니다. 잘 모를 글자가 적힌 종이가 사방팔방에 붙어 있었고, 인형은 눈을 감은 채 꼼짝도 하지 않았습니다.

"그 인형은 어쩔 셈인가요?"

"어떻게 할까?"

안네롯테 씨는 아하하 하고 웃었습니다.

……무계획이군요.

"제 지인 중에 그런 물건 다루는 데 능숙한 사람이 있습니다. 연락처를 가르쳐줄 테니, 그 사람에게 떠넘겨 두도록 하죠."

"어? 그래도 돼?"

"네. 이 나라에 두는 것보다는 안전할 테니까요."

그렇다고는 해도 연락선도 제대로 다니지 않는 먼 섬나라의 분이니, 바로 받아줄 거라고 할 수도 없습니다만.

어쩌면 "응? 싫은데"라며 거절할 것 같기도 합니다만.

일단 저는 『뭔가 저주받은 물건 같으니 어떻게 해주세요』라고 일필휘지로 쓰면서, 안네롯테 씨에게 지인의 연락처를 건네두었습니다.

뭐, 이걸로 어떻게든 될 테지요.

그나저나.

"후와아……."

그 인형을 흥미진진하게 바라보고 있는 한 소녀가 있었습니다. 소매가 쓸데없이 긴 그녀는 검은 머리카락을 머리핀으로 고정하고 있었습니다.

　오컬트를 좋아하는 피가 끓는 것일까요? 다소 흥분한 모습으로 인형을 바라보고 있었습니다.

　"그게 말을 걸면 소원을 들어준다고 하는 인형인가요? 과연. 먼 옛날 이 나라에서 유행했던 인형 디자인을 답습하고 있네요. 그런데 이 인형은 어떤 식으로 말을 걸어오나요? 괜찮다면 한번 보고 싶은데요——."

　"패티 씨 미안하지만 좀 조용히 해주겠어요?"

　길에서 어슬렁거리고 있기에 겸사겸사 데려왔습니다만, 아무래도 좀처럼 볼 수 없는 인형에 상당히 흥분한 모양이었습니다.

　"안네롯테 씨와 식사……? 진짜? 꿈인가……?"

　아마도 이쪽이 훨씬 평범한 반응이라 할 수 있지 않을까요?

　밀리나리나 씨.

　이 가게에서 함께 점심이라도 먹자고, 언젠가 약속을 나누었던 그녀도 데려왔습니다.

　안네롯테 씨를 동경했던 그녀에게 있어선 이렇게나 영광스러운 일은 없을 테지요.

　"……너희에게도 폐를 끼쳤어. 미안해."

　사과만 하는 사마라 씨는 이어서 밀리나리나 씨와 패티 씨에게도 고개를 숙였습니다만.

　"음? 딱히 그런 일을 당한 기억은 없는데요……."

　그러나 정말이지 아무 관계도 없는 패티 씨에게는 애초에 지극히 어찌 되든 상관없는 이야기였고.

"나도 안네롯테 씨와 친해질 기회가 생겼으니까, 별로."

밀리나리나 씨에게 있어서도 역시 딱히 어찌 되든 상관없는 일이었습니다.

"……아마도, 많은 사람이 신경 쓰지 않을 거라고 생각해요."

속여서 돈을 뜯어낸 것도 아니니까요. 애초에 이미 지나간 과거의 일입니다.

"미안하다고 생각한다면, 앞으로 시간을 들여서 갚으면 될 뿐인 이야기예요."

모든 게 끝나서 늦고 만 것도 아니니.

얼마든지 다시 시작할 수 있습니다.

"저기, 다른 이야기인데 말이지."

인형은 일단 제쳐두고, 사마라 씨가 반복했던 2주 동안의 일도 일단은 제쳐두고.

안네롯테 씨는 벌떡 하고 갑자기 생각난 것처럼 자리에서 일어났습니다.

"노래를 좀 들어보고 싶지 않아?"

그리고 그녀는, 사마라 씨를 바라보았습니다.

●

한 레스토랑 안. 안네롯테가 내 손을 끌며 객석 사이를 걸어 빠져나갔다.

"창피해."

그렇게 말하며 나는 조금 거부했지만, 그녀가 내 손을 놓는 일은 없었다.

곧이어 다다른 곳은 가게 한쪽 구석.

작은 스테이지.

거기서 멈춘 그녀는 빙글 뒤를 돌고.

"제멋대로인 부탁이란 건 알고 있지만요, 그래도, 말할게요."

그리고 웃으면서 말했다.

"또, 노래를 들려줬으면 좋겠어요."

내가 어렸을 때 길에서 들려주었던 노래를.

내게 꿈을 주었던 노래를.

노래해주세요.

안네롯테는, 나를 바라보며 말했다.

나는 몰랐다.

안네롯테가 예전과 다름없이 나를 기억해주고 있었다는 것을.

나는 몰랐다.

줄곧 그녀의 눈에는 내가 비치고 있었다는 것을.

"……고마워."

그리고 나는 노래했다.

가게 안의 모두가 내게 시선을 보냈다.

모두가 내 노랫소리에 귀를 기울이고, 때때로 고개를 끄덕이면서 웃음 지었다.

내가 노래한 것은 한 곡뿐이었다.

노래가 끝난 순간, 가게 안이 박수로 감싸였다. 객석의 사람들이 일어났고, 그 자리에 있던 모두가 내게 미소를 보내주었다.

그것은 틀림없이.

인생에서 가장 행복한 순간이었다.

반복되는 날들이 끝을 고하고서 사흘 정도가 지났습니다.

정체해 있던 시간이 흐르기 시작한 순간, 이 나라에서는 일제히 사건과 감춰져 있던 진실이 드러나게 되었습니다.

신문 기사가 매일같이 대대적으로 보도하는 것은 그런 역사적인 사건들.

『경악! 체스터 씨의 알려지지 않은 어두운 과거!』

어느 날 신문에 실려 있던 것은 한 소녀에 의한 발견. 체스터성에 유기되어 있던 백골 사체를 발견한 소녀는 체스터 씨의 수상한 경력을 지적하는 논문을 발표하고, 그의 눈부신 공적 뒤편에서 지워지고 만 한 슬픈 마법사 소녀의 진실을 밝혔습니다.

『가희 사마라의 수수께끼』

기사에 따르면.

2주 전, 혜성처럼 갑자기 나타난 가희 사마라에게 도시 사람들 모두가 열광했던 것을 기억하고 있는가. 온 나라가 열광하고, 매일같이 그녀의 콘서트에 다니던 날들은 기억에 새롭지 않은가. 그러나 지금 가희 사마라는 과거의 존재.

갑자기 사라지고 만 가희 사마라의 행방을 아는 이는 없다. 그녀는 누구이고, 어디로 사라지고 만 것일까.

소문으로는 어느 레스토랑에서 가끔 노래를 부르고 있다고 한다……

등등.

결국 그녀가 일으킨 2주 동안의 일은 많은 사람들에게 있어서는 딱히 이유도 없지만 열광했던 2주간이라고 받아들여지게 된 모양입니다.

사마라 씨는 스스로 스테이지에 설 만큼의 가치가 없다고 생각한 모양입니다만. 적어도, 그렇게 생각한 사람만 있는 나라는 아니었다는 것일 테지요.

『창천의 마녀 안네롯테, 마녀명 반환』

아마도 최근 온 나라를 가장 떠들썩하게 한 사건이라고 하면 이것일 테지요.

안네롯테 씨가 별을 본뜬 브로치를 반납하고, 마녀를 그만두어 버린 것입니다. 이유에 관해서 그녀는 오로지.

"이제 마법 쓰는 게 좀 힘들어져서."

──라고 답했습니다. 도시의 많은 사람이 슬퍼하고, 당혹스러워했습니다.

이제부터 이 나라는 대체 누가 지키면 좋을까요──.

거리를 잠시 걷다 보니, 한 골동품 가게 앞을 지나게 되었습니다.

"이런 오컬트적인 물건을 한데 모아둔 가게가 있다니⋯⋯!"

후와아 하고 쓸데없이 소매가 긴 옷을 입은 소녀 손님이 다소 흥분하면서, 지금은 필요가 없어진 물건들을 바라보았습니다. 오컬트적인 물건에 흥미를 느끼는 조금 특이한 취미 취향의 여자아이인가 봅니다.

"⋯⋯찬찬히 보고 가."

가게 주인인 여성은, 그런 특이한 소녀에게 미소를 보냈습니다.

마을 사람들은 그녀가 바로 갑자기 자취를 감춘 가희라는 것을 모릅니다. 분명 가게 앞에서 노래라도 부르지 않는 한은 누구에게나 평범한 가게의 주인으로 보일 뿐일 테지요.

그러나 그녀는 불만을 품은 기색 같은 건 없었습니다.

"사장님, 이 가게에서 제일 레어한 물건은 뭔가요? 가능하다면 저는 오컬트적인 사연이 있는 물건을 보고 싶은데 그런 게 있을까요?"

"갑자기 말이 빨라졌어……."

키득 웃으며 가게 주인은 가게 안을 둘러보았습니다.

"그러네——."

뭔가 희귀한 게, 있었던가? 하고.

그 눈은 어쩐지 즐거워 보였습니다.

그리고 그런 모습을, 가게 주인과 똑같은 눈으로 제가 바라보고 있던 때였습니다.

"도, 도둑이야!"

어디선가 들려온 비명 소리.

돌아보니 바닥에 쓰러진 여성이 이쪽으로 손을 뻗으며 소리치고 있었습니다. 시선 끝에는, 남성 2인조.

"헤헤헤…… 형님, 이것 좀 보십쇼! 이 녀석 돈이 두둑합니다."

"으하하하하하. 당연하지. 일부러 돈이 있어 보이는 행인 여자를 고른 거니까!"

남자들은 여성용 가방을 열고, 안을 확인하더니 동시에 상스러운 웃음소리를 냈습니다. 어머나 세상에. 소매치기가 아닌가요.

이대로는 죄 없는 여성의 가방이 남자들의 배를 채우는 데 쓰이고 말 겁니다. 아아, 이 무슨 일이란 말인가.

누군가 그들을 제지해줄 멋진 분은 안 계신가요? 구체적으로 말씀드리자면, 예를 들어 안네롯테 씨 같은 분이라든가.

"마법 소녀 밀리나리나 미라클 체인지♡"

남자들이 나아가는 길 앞.

한창때의 학생 한 명이 스스로를 마법 소녀라 칭하고 빙글빙글 돌면서 기묘한 의상으로 변신. 눈부실 정도로 화려하고 나풀나풀한 의상이었습니다.

"저기 언제나 생각하는 건데, 그거 부끄럽지 않아?"

당연하게도, 길 한가운데에서 그러한 의상을 걸친 그녀는 사람들의 주목을 받았고, 옆에 선 사복 차림의 안네롯테 씨에게 차가운 시선을 받기도 했습니다.

안네롯테 씨.

마녀를 그만둔다고 공표했습니다만.

이전과 같은 활동을 그만둔다고는, 그녀는 말하지 않았습니다.

"후후후. 저기, 안네롯테 씨. 내가 만든 안네롯테 씨 전용 의상, 언제쯤 입어줄 거야?"

"아, 응. 그건 조만간 입을게."

"조만간이라니 언제?"

"조만간은 조만간이지 딱히 지금이 아니어도 되잖아. 아, 큰일이야. 지금 적이 접근해 오고 있어서 이러고 있을 때가 아냐."

©Azure

가볍게 기지개를 켜면서 그녀는 마도 지팡이를 꺼내 들었습니다.

마법이 없어졌다고 해서, 사람에게 도움의 손길을 뻗을 수단이 사라진 것은 결코 아닙니다.

"——! 너, 너희는 뭐야?!"

남자들은 갑자기 앞을 막아선 안네롯테 씨와 밀리나리나 씨를 보고 놀라 멈춰 섰습니다.

안네롯테 씨는 마도 지팡이를 휘둘렀습니다.

그리고, 웃었습니다.

"정의의 수호자다."

말하면서 그녀의 시선은, 저—— 그리고 골동품 가게 주인 사마라 씨에게로 향했습니다.

그녀의 눈은 말하고 있었습니다.

——지켜봐 줘.

"마법 소녀 안네롯테 씨가, 증명해줄게."

그러니까, 지켜봐 줘. 앞으로도, 쭉.

마법을 잃었어도. 설령 재능이 자신 안에서 사라졌다고 해도.

살아갈 길이 끊어진 것은 아니라는 걸.

후기

"슬슬 집을 사는 것도 좋을지 모르겠어."

집 장만. 그것은 인생에 있어 커다란 스테이지 중 하나다. 앞으로의 인생을 위해 집을 찾아본다고 하는 것도 좋지 않은가.

생각했으면 바로 실행. 나는 그날부터 매일같이 모 사이트에서 죽치고 물건을 검색하게 되었다.

그러던 어느 날의 일. 나는 이상하리만치 싸고 넓은 물건을 도내 모처에서 발견했다. 입지도 나쁘지 않다. 이건 대체 어떻게 된 일일까? 이유는 알 수 없었지만 가봐야만 한다며 나는 바로 방문 날짜를 잡았다.

그리고 방문 당일. 나는 물건이 싼 이유를 알았다.

"옆이 묘지잖아."

옆이 묘지였던 것이다. 과연.

전국 방방곡곡 사람이 죽지 않은 곳은 없다는 건 이해하고 있지만, 그래도 역시 창밖에 묘지가 펼쳐져 있는 광경은 신경 쓰는 사람은 신경 쓰는 법이고, 슬프게도 나는 신경 쓰는 타입의 인간이었다.

"어떠신가요? 여기 통풍도 잘되고, 창을 열어두면 봄에는 시원한 바람이 지나간답니다."

내가 찾아간 그 날, 거주자인 누님이 방 설명을 해주었다.

"참고로 여기서는 가족분과 함께 사실 건가요?"

누님이 물었다.

"그러네요. 슬슬 여자 친구랑 결혼할까 싶어서요."

"어머나 멋져라."

"네."

나는 숨을 쉬듯 거짓말을 했다. 그게, 결혼 예정도 없고 여자 친구도 없다. 내 뇌리에는 앤 씨와 쿠파 군(애묘)의 얼굴이 떠올라 있었다.

그러나 신경 쓰이는 것은 이 집의 창밖으로 보이는 묘지의 모습이었다.

"저기, 참고로 이 방. 유령 같은 게 보이거나 합니까……?"

아무래도 옆이 묘지라면 신경 쓰이는 일이리라. 모른 척하고 계약하는 일 따위, 나에게는 불가능했다. 나는 무서운 이야기는 좋아하지만 무서운 체험은 싫어한다. 유령 목격 정보 같은 게 있으면 앤 씨가 허공을 바라볼 때마다 겁을 먹고 지릴지도 모른다. 누님은 내 질문에 우후후 하고 웃었다.

"괜찮아요. 저는 본 적 없거든요."

"과연."

응? 저는, 이라고 했나? 어라?

"하지만 아래층 사람이 본 적 있다고 했었어요……."

"과연."

나는 이 시점에서 이 집에서 사는 걸 포기했다. 여기서 살았다 간 몸이 못 버틴다.

"혹시 오컬트적인 이야기를 믿는 타입의 분인가요?"

누님은 물었다. 물론, 그런 걸 믿지 않았다면 그러한 질문을 던지는 일도 없었으리라. 내가 바로 고개를 끄덕이자, 누님의 표정이 살짝 흐려졌다.

"……뭔가 그런 체험을 한 일이 있는 건가요?"

"그러네요…… 실은 예전에 몇 번인가 가위에 눌린 적이 있어서……."

그러한 트라우마 때문에 중고 물품 같은 것엔 아주 조금 저항감이 있다는 취지의 이야기를 하자, 누님은 순간 의기양양한 얼굴을 하고서 이야기하는 것이었다.

"후후후, 괜찮아요. 가위눌림은 과학적으로 해명되어 있어서──."

"…………!"

역시나 왔다!

나는 이때 마침 『마녀의 여행』 17권 1장의 상당 부분을 쓴 뒤였기 때문에 약간 운명이라는 느낌마저 받았을 정도였다. 렘수면 시에 깜빡 잠이 깼을 때 보이는 환상이 가위눌림이라고 말하고 싶은 거겠지. 그러나(이하 생략).

애초에 과학적 근거 따위 5년 지나면 정설이 뒤집히는 법이고, 과학적으로 증명되었다고 하는 귀에 상당히 거슬리는 말에 포함되어 있는 것을 유일한 진실이라고 여기는 것은 위험. ……이라는 말은 일절 하지 않고, 나는 일단 "과연, 그런가요……"라고 누님의 이야기에 고개를 끄덕였다. 결국 무서웠기 때문에 집을 계약하는 일은 없었다.

……그러한 느낌으로 도내에 온 지 약 반년. 오래도록 살 곳을 찾아 헤매는 수상한 요괴가 되고 만 나는, 어디 좋은 물건이 없으려나…… 하고 중얼거리며 모 사이트에서 집 정보를 바라보는 날들을 보내고 있다. 아마도 이런저런 이유를 붙여 결국 사지 않겠지 하고 생각하면서도, 역시 물건 찾기는 재밌다. 망상이 커져가. 멋져!

그런고로, 오랜만입니다. 시라이시 죠우기입니다.

이번엔 한 권 전체가 한 나라 이야기가 되었습니다. 첫 시도이고, 이런 테이스트의 이야기를 쓴 것도 처음인 것 같습니다. 아슬아슬할 때까지 끈질기게 붙잡고 쓴 탓에 관계자 여러분에게 큰 폐를…… 잘못했습니다.

아무튼, 일단 각 화 코멘트부터 들어가려 합니다. 스포일러가 싫은 분은 이쯤에서 돌아가 주시길 바랍니다! 그럼 시작합니다.

제1장 『망령관』

제 취향을 전개한 이야기였습니다. 패티 씨 캐릭터를 포함해 상당히 마음에 들었습니다. 패러디투성이인 이야기였습니다. 일단 써두자면, 체스터성의 소재는 윈체스터 미스터리 하우스이고, 성안의 기믹 등등도 영화나 게임의 패러디입니다. 좋아하는 걸 가득 담아 넣었더니 '최종 절규 계획' 같은 이야기가 되어버렸다. 하지만 가끔은 이런 이야기도 좋으려나 하고 느꼈습니다.

제2장 『사실 나는』

이 이야기도 역시 패러디가 포함되었다나 어쨌다나. 2, 3장은 간소한 입가심 같은 이야기입니다.

제3장 『어느 날 밤의 이야기』

글을 쓰는 과정에서 아무래도 이러한 이야기가 마무리에 필요해진지라 갑작스레 보탠 이야기였습니다.

제4장 『캐러셀의 수호자』

이전부터 담당 편집자님에게 "마법 소녀래, 저기, 그렇대"라는 말을 계속 들어왔습니다만, 저는 그때마다 "아니 마법 소녀는 좀……" 하고 거절해왔습니다. 그러나 도시를 지키는 여자아이라는 역할은 몇 번 생각해도 마법 소녀밖에는 없었고, 결국 이 권에서 나오게 되었습니다. "젠장!" 하고 제가 생각했다는 건 말할 필요도 없겠지요. 밀리나리나의 캐릭터 디자인도 캐릭터성도 꽤 마음에 듭니다.

제5장 이후

일단 여기서부터는 하나의 이야기로 한꺼번에 쓰겠습니다.

아시는 대로 하루가 루프 하는 이야기와 누구의 기억에도 남지 않는 인물의 이야기입니다. 이 권 즈음의 타이밍에 하고 싶었던 것이 안네롯테 같은, 사람들의 기억에 남지 않는 캐릭터라는 성질과 하루가 계속해서 루프 한다는 이야기 구조였습니다. 좋아하는 것을 가득 담은 결과 이야기가 복잡해지고 페이지가 너무 늘어나서 한때는 큰일이 되기도 했습니다. 최종적으로는 적당한 수준의 페이지로 마무리되어 다행이었습니다.

참고로 개인적으로는 사마라의 회상을 쓰는 것이 가장 괴로웠습니다. 딱히 본인은 아무것도 잘못하지 않았는데……. 하지만 표현자의 주변만이 아니라, 이런 고민을 하는 사람은 드물지 않을 거라고도 생각했습니다. 그저 운이 나빴을 뿐인데 길이 막혀버리고 마는 건 슬픈 이야기입니다. 길이 하나만 남기 전에 누군가와 손을 잡는 것이 가능하다면 행복한 일이겠지요.

그런고로 『마녀의 여행』 17권이었습니다!

시간이 너무 많이 걸려 정말이지 면목이 없습니다. 이 후기를 쓰는 것도 상당히 아슬아슬한 타이밍입니다.

애니메이션화가 끝난 후, 바빴던 반동으로 이야기를 쓸 수 없게 되는 일이 소설, 만화에 관계없이 창작 업계에서는 상당히 많다고 합니다만, 결과적으로 원고가 늦지 않아 다행이라고 지금은 가슴을 쓸어내리고 있습니다. 그렇다기보다 바빴던 반동이 올 것까지도 없이 계속 바빠.

일단 다음 권까지는 상당히 시간적으로 여유가 있으니, 이번에는 조금 더 여유를 가지고 원고를 쓸 수 있도록 하고 싶습니다…… 언제나 하는 말인 것 같습니다만.

그건 그렇고, 이 원고를 읽고 계실 무렵에는 이미 발표가 되었을 거라고 생각합니다만, 일단 여기에도 쓰겠습니다. 『기도의 나라의 리리엘』이라는 작품을 GA에서 발표하게 되었습니다! 참고로 발매 타이밍은 현재『마녀의 여행』18권과 동시 발매를 예정하고 있습니다. 힘내라, 미래의 시라이시 죠우기.

참고로 모르는 분도 계실 거라고 생각하는지라 일단 써두겠습니다만『기도의 나라의 리리엘』은『마녀의 여행』3권 발매 후에 한 번 발표했던『리리엘과 기도의 나라』라는 작품의 리부트 작품입니다.

『마녀의 여행』4권 발표 이후에 줄곧 소식이 없었습니다만, 이번에, 이번 기회에『기도의 나라의 리리엘』로 새롭게 단장해 GA노벨에서 발매되게 되었습니다. 기다리신 분이 계시다면, 기다리게 해서 정말 죄송합니다. 일단, 설정 등등 여러 가지 달라진 부분이 있기 때문에 제목도 살짝 바꾸었습니다. 그리고 어조로 봐도『기도의 나라의 리리엘』쪽이 취향에 맞았던지라.

그런고로 올해도 또 바빠질 것 같습니다만, 건강에도 신경을 쓰면서, 치킨이라도 먹으면서 열심히 노력하려고 합니다.

두 작품 동시 간행을 위해 7월 이후, 다음 권까지 조금 사이를 두게 되겠지만, 잠시 격조하게 되는 만큼 즐거운 이야기를 쓸 수 있었으면 하고 생각합니다, 부디 잘 부탁드립니다!

그리고 서적 간행 간격을 조금 두게 되는 대신에 Twitter 쪽에서 note의 기사를 조금씩 올려볼까 하고 생각하고 있습니다. 심심풀이 삼아 봐주신다면 기쁠 겁니다.

그리고『마녀의 여행』18권입니다만, 이건 지금까지 등장했던 캐릭터가 제법 나오는 이야기가 될 예정입니다. 어떤 이야기가 될지는 그때의 즐거움이라는 걸로. 잘 부탁드립니다.

아직 드라마 CD와 이것저것 하고 싶은 것도 잔뜩 있으니, 앞으로도 잘 부탁드립니다! 17권의 드라마 CD 진짜 재밌었습니다. 다음에도 다시 꼭 하고 싶습니다! 그렇습니다! GA 문고 편집부 여러분!

그런고로 시라이시 죠우기였습니다. 여기서부터는 감사 인사입니다.

담당 편집자 M님.

이번에도 또 원고가 매우 아슬아슬해져서 죄송했습니다…….
다음엔 아마도 『마녀의 여행』 원고 쪽이 일찌감치 마무리되리라고 생각하니 잘 부탁드립니다…….

아즈루 선생님.

표지부터 시작해 하나부터 열까지 전부 신이었습니다……. 아니 정말로 17권 통산판 표지, 엄청나게 좋았습니다……. 평생 바라보고 싶어……. 역시 여름은 좋구나…….

여러 관계자 여러분.

언제나 『마녀의 여행』 시리즈에 관여해주셔서 감사드립니다!
앞으로도 잘 부탁드립니다!

그런고로, 후기였습니다. 최근 제 Twitter가 비교적 조용해졌습니다만, 계속해서 작품은 착착 써나가려고 합니다. 앞으로도 부디 부디 잘 부탁드립니다!

올해는 책을 내는 것이 아마도 이게 마지막이 될 겁니다(간행 예정적으로).

그런고로, 내년 이른 단계에서 다시 만나 뵙겠습니다. 기다려주시는 만큼 분명 즐거운 『마녀의 여행』과 『기도의 나라의 리리엘』이 되리라 생각합니다. 기대해주세요!

그럼 앞으로도 잘 부탁드립니다!

시라이시 죠우기였습니다.

MAJO NO TABITABI 17

Copyright © 2021 by Jougi Shiraishi

Illustrations Copyright © 2021 by Azure

All rights reserved
Original Japanese edition published in 2021 by SB Creative Corp.
Korean translation rights arranged with SB Creative Corp., Tokyo
through Eric Yang Agency Co., Seoul.
Korean translation rights © 2024 by Somy Media, Inc.

[마녀의 여행 17]

2024년 3월 15일 1판 1쇄 발행

저　　자 시라이시 죠우기
일러스트 아즈루
옮 긴 이 이신
발 행 인 유재옥
본 부 장 조병권
담당편집 정영길
편 집 1 팀 박광운 최서영
편 집 2 팀 정영길 조찬희 박치우 정지원
편 집 3 팀 오준영 이소의 권진영
미　　술 김보라 박민솔
라이츠담당 김정미 맹미영 이윤서
디 지 털 박상섭 김지연 윤희진
발 행 처 ㈜소미미디어
인쇄제작처 코리아피앤피
등　　록 제2015-000008호
주　　소 서울 마포구 토정로 222, 403호(신수동, 한국출판콘텐츠센터)
판　　매 ㈜소미미디어
마 케 팅 최정연 최원석 박수진
물　　류 허석용
전　　화 편집부 (070)4164-3962, 3963 기획실 (02)567-3388
　　　　　판매 및 마케팅 (070)4165-6888, Fax (02)322-7665

ISBN 979-11-384-2572-8
ISBN 979-11-5710-752-0 (세트)